ハヤカワ・ミステリ文庫
〈HM285-2〉

シャッター・アイランド

デニス・ルヘイン
加賀山卓朗訳

早川書房
5932

SHUTTER ISLAND

by

Dennis Lehane

Translated by
Takuro Kagayama
Published 2006 in Japan by
HAYAKAWA PUBLISHING, INC.
This book is published in Japan by
arrangement with
ANN RITTENBERG LITERARY AGENCY, INC.
through JAPAN UNI AGENCY, INC., TOKYO.

耳を傾け、聞き入れ、ときに支えてくれた、
クリス・グリースンとマイク・アイゲンに

わたしたちは、夢を夢見て
手に入れなくてはならないの？
――エリザベス・ビショップ『旅の問い』

謝辞

シーラ、ジョージ・ビック、ジャック・ドリスコル、ドーン・エレンバーグ、マイク・フリン、ジュリー・アン・マクネアリー、デイヴィッド・ロービショーと、ジョアンナ・ソルフリアンに感謝する。

本書の執筆には、次の三冊の書物が欠かせなかった――エミリー&デイヴィッド・ケイル著『ボストン・ハーバー・アイランズ』、マクリーン病院について書かれたアレックス・ビーム著『グレイスフリー・インセイン』、そしてアメリカの精神障害者施設における、統合失調症患者への向精神薬の投与について記録した『マッド・イン・アメリカ』。この三つの卓越したルポルタージュから得られたものは計り知れない。

そしていつもながら、編集者のクレア・ヴァハテル（すべての作家が同じ祝福を得られんことを）、私にシナトラを与えることでこの本を完成させてくれた、リテラリー・エージェントのアン・リッテンバーグに、心から謝意を表する。

目次

シャッター・アイランド

登場人物

テディ・ダニエルズ……………………連邦保安官
チャック・オール………………………テディの相棒
ドロレス・シャナル……………………テディの妻
ジョン・コーリー………………………アッシュクリフ病院の医長
マクファースン…………………………同副院長
ジェレマイア・ネーリング
レスター・シーハン　　　　}……………同医師
レイチェル・ソランド
ブリジット・カーンズ
ピーター・ブリーン　　　}…………………同患者
アイク・ガントン………………………同看護助手長
トレイ・ワシントン
ビビー・リュース　　}……………………同看護助手
ジョージ・ノイス………………………同元患者
アンドルー・レディス…………………放火魔
ハーリー…………………………………上院議員

プロローグ

レスター・シーハン医師の日記より

一九九三年五月三日

あの島はもう数年間、眼にしていない。最後に見たのは友人の船の上からだった。外港に出ると、島は湾の先で遠く夏の靄《もや》に包まれ、うっかり空にこぼしたペンキの染みのように見えた。

島には二十年以上、行っていない。しかし、エミリーは（ときにふざけて、ときに真剣に）私はそもそもあの島を離れていないのではないかと言う。時間は私にとって、人生の本に挟んだいくつかのしおりにすぎず、私はそこをまえへ、うしろへ飛んでいるだけだと、一度彼女に言われた。同僚の鋭い眼で見ると、そうやって同じ出来事を何度も思い出すのは、古典的な鬱病《うつびょう》の兆候にほかならないらしいが。

エミリーは正しいのかもしれない。彼女はたいていの場合、正しい。

その彼女ももうすぐいなくなる。あと数カ月といったところだと、木曜日にアクセルロッド医師から言われた。旅行しろよ、と彼は勧めた。あんたたちは春のフィレンツェ、ローマやヴェニスに行きたいっていつも言ってただろう。それにレスター、と彼は付け加えた。あんた自身もあまり健康そうに見えないぞと。

私もそう思う。最近はしょっちゅうものを置き忘れる。とくに眼鏡を。車のキーも。店に入って何を買いにきたのか忘れ、映画に行っても、劇場を去るときには何を観たのか忘れている。私の時間が本当にいくつかのしおりだとしたら、誰かが本を振って、黄ばんだ紙切れや、破れたマッチのカバーや、先の平たいコーヒー混ぜを床に落とし、折ったページの端をもとに戻したかのようだ。

だからこれを書き留めておきたい。もちろん、自分に都合のいいように話を曲げようというのではない。それはちがう。そんなことは彼が許さない。彼は彼なりの基準で、私の知る誰よりも嘘を嫌う。私はただ記録を残したいだけだ。今の保管場所（正直なところ、湿気が多く、雨漏りがしはじめている）から、このページに移し替えておくのだ。

アッシュクリフ病院は、島の北西部の平地の中央に建っている。穏やかなたたずまいと言っていいかもしれない。精神を患った犯罪者の病院を思わせるところは何もなく、ましてその前身だった兵舎の面影はまったくない。実際、外観からは、ほとんどの人が寄宿学校を思い浮かべるだろう。中心の敷地のすぐ外側には、院長の住むヴィクトリア様式のマンサード屋根の建物と、暗い色調の美しい、小さなチューダー様式の城がある。城にはかつて北東部の海岸線を守る北軍の司令官が住んでいた。今はわれわれの医長の住居になっている。めぐらされた壁の内側には職員の住まい——医師の住む古風な羽目板張りの小屋と、看護助手や警備員や看護婦のいる低層のコンクリートブロックの寮三棟——がある。中央の敷地には芝生が広がり、きれいに刈りそろえられた垣根や、鬱蒼《うっそう》と茂るオークの木、アカマツ、ほっそりとしたカエデの木が立ち並ぶ。秋が深まると、リンゴの実が木から壁に落ち、草の上を転がる。その敷地の真ん中に、二棟対になったコロニアル様式の赤煉瓦《あかれんが》の建物があり、それに挟まれて、大きなダークグレーの石と、上品な御影石《みかげいし》でできた病院が建っている。その先は崖と、湿地と、長く続く谷だ。アメリカ独立戦争直後の数年間、谷では集団農場が営まれたが、失敗に終わった。植えられた木——桃、ナシ、チョークベリー——は生き延びたが、もう果実はつけず、しばしば夜風がうなりながら谷に吹き込んで、猫のように金切り声を上げる。

そしてもちろん、砦も残っている。病院の最初の職員が来るはるかまえに作られ、今も静かに南の崖の上に屹立している。その先には灯台もあるが、南北戦争のまえからすでに使われておらず、ボストン灯台の光の傍らで忘れ去られている。

海のほうから見ると、たいした島ではない。一九五四年九月の穏やかな朝に、テディ・ダニエルズが眼にしたものを想像してもらいたい。外港の真ん中に浮かぶ、みすぼらしい土地。とても島とは呼べないかもしれない。何の目的で使われるのだろう——彼はそう思ったかもしれない。いったい何の目的で。

動物でいちばん数が多いのはネズミだ。藪の中を走りまわり、夜になると海岸に列をなして濡れた岩をよじ登る。ヒラメほどの大きさのものもいる。一九五四年夏の終わりのあの不思議な四日間のあと、私は数年にわたって、島の北岸を見下ろす丘の切り通しからネズミたちを観察するのを日課とした。ネズミの中にパドック島に泳いでいこうとするものがいることを発見して、心から魅了された。その島はコップ一杯ほどの砂に囲まれた岩ひとつで、一日のうち二十二時間は海に沈んでいる。潮がいちばん引く一、二時間、島が姿を現わすと、ネズミたちはせいぜい十四ほどの群れで泳いでいき、いつも途中の流れで押し戻された。

いつも、と書いたが、実はちがう。一匹だけ島にたどり着くのを見たことがある。たった一度、五六年十月の満月の夜だった。鹿皮のような黒い背中が砂をさっと横切るのを見たのだ。

そう思っているだけかもしれない。島で知り合ったエミリーなら言うだろう。「レスター、見えるわけないわ。あんなに離れてるのに」

彼女は正しい。

それでも本当に見えたのだ。丸々と太ったネズミがパールグレーの砂の上を横切ったと見る間に、また溺《おぼ》れかかっていた。満ちてきた潮がパドック島を呑み込み、おそらくそのネズミも呑み込んでしまった。泳いで戻るところは見なかったから。

しかしその瞬間には、ネズミが砂地に上がるのを見ながら（まちがいなく見た。どれだけ離れていようと関係ない）、テディのことを思った。テディと、彼の亡き妻、可哀《かわい》そうなドロレス・シャナル、恐るべきレイチェル・ソランドとアンドルー・レディスのふたり、そして彼らがわれわれ全員にもたらした大混乱のことを。もしテディが私といっしょに坐っていれば、彼もネズミを見ただろうにと思った。見たにちがいない。

そして私は何かほかのことを言う。

テディ?

彼は拍手してくれただろう。

一日目　レイチェル

1

テディ・ダニエルズの父親は漁師だった。一九三一年、テディが十一歳のときに浅瀬に乗り上げて船を失ったが、仕事があるときにはほかの船を借り、ないときには埠頭で積み荷を下ろした。そうやってひとしきり働いたあとで、朝の十時には家に帰り、肘掛け椅子に坐って手を見つめ、ときに暗い眼を見開いて、ひとりつぶやいていた。

父親は、まだ幼く、ろくに船の手伝いもできない息子を島に連れ出した。テディにできるのは、もつれた釣り糸をほどき、釣り針を糸にとめることだけだった。何度か手を切って、指先に血がにじみ、手のひらを汚した。

ふたりはまだ暗いうちに海に出た。太陽が現われると、水平線から冷たい象牙色の光がせり上がり、島々は消えゆく闇の中で何かに捕まえられたかのように肩を寄せ合った。

ある浜辺にはパステル色の小さな小屋が並び、別の浜辺には崩れかかった石灰石の屋敷が建っていた。テディの父親は、ディア島の刑務所や、ジョージ島の堂々たる砦を指さした。トンプスン島の高い木々には鳥が群れをなしていて、その鳴き声は雹《ひょう》とガラスが降ってくる嵐のようだった。

それらをすべて過ぎると、シャッター島《アイランド》と呼ばれる島が、スペインのガレオン船から投げ捨てられたように浮かんでいた。一九二八年当時、島は草木が伸び放題で放っておかれ、いちばんの高台にそびえる砦には蔦《つた》がびっしりと絡まり、苔《こけ》の大きな雲がかかっていた。

「どうしてシャッターって言うの？」とテディは訊いた。

父親は肩をすくめた。「おまえはよく質問するな。質問ばかりだ」

「うん。でもなぜ？」

「ある場所にはただ名前がついていて、それがずっと続いてる。海賊がつけたのかもしれない」

「海賊？」テディはその響きが好きだった。眼帯をして、長いブーツを履《は》き、刀をぎらつかせている大男たちの姿を思い浮かべることもできた。

父親は言った。「昔、やつらはこのあたりに隠れてたんだ」腕を振って水平線を示した。「このたくさんの島のあいだに身を隠し、金も隠した」

テディは金貨が縁からこぼれ出る宝箱を思い描いた。

そしてそのあと、父親の船の横から黒いロープを海に投げ入れながら、何度も、激しい船酔いに襲われた。

父親は驚いた。海に出て何時間も経《た》ち、波もおさまり、海面が静かにきらめく頃になって初めてテディが嘔吐しはじめたからだ。彼は言った。「大丈夫だ。初めてだからな。何も恥ずかしがることはない」

テディはうなずき、父親が渡した布で口を拭いた。

父親は言った。「揺れてる最中は何も感じないが、あとで急に吐き気がこみ上げてくることがある」

テディはまたうなずいたが、父親には言えなかった——胃がよじれたのは揺れのせいではないと。

それは水だった。まわりに広がり、果ては世界がそれだけになってしまう水のせいだった。水は空まで呑み込んでしまえると思った。そのときまで、見渡すかぎり自分たちだけしかいないことに気づかなかった。

涙がにじむ赤い眼で見上げると、父親は言った。「すぐによくなるさ」テディは微笑もうとした。

その父親は、一九三八年の夏にボストンの捕鯨船に乗り込み、帰ってこなかった。翌年の春、テディが育ったハルの町のナンタスケット・ビーチに、船の残骸が流れ着いた。竜骨の一部、台の部分に船長の名の彫られたガステーブル、トマトとポテトスープの缶、破れゆがんだエビ捕り籠がいくつか。

聖テレサ教会で四人の漁師の葬儀が営まれた。教会のうしろの壁は、幾多の教区民の命を奪ってきた同じ海に面していた。テディは母親の横に立ち、船長と副長に追悼のことばが捧げられるのを聞いた。三人目の漁師は、ギル・レスタックという老練の船乗りで、第一次世界大戦で踵《かかと》を砕かれ、頭の中に無数のむごたらしい場面を蓄えて帰還してから、ハルの酒場を荒らしまわっていた。しかし死にあたって、彼が震え上がらせていたバーテンダーのひとりは、すべてを赦《ゆる》すと言った。

船主のニコス・コスタは、テディの父親をほとんど知らなかった。出港間際に船員のひとりがトラックから落ちて骨を折ったので、彼を雇ったことを認めた。それでも船長はテディの父親のことを誉めていた。町じゅうの誰もが一日の仕事を任せられる男だと思っていたと。男に与えられる賞賛に、これを超えるものがあるだろうか。

教会の中で、テディは父親の船に乗ったあの日のことを思い出した。その後二度と、ふたりで海に出ることはなかった。父親はまた行こうと言い続けていたが、息子の誇りを傷つけないためにそう言っているのがテディにはわかった。父親はあの日に起きたことをどう思っているか口にしなかった。しかし、島のあいだを縫いながら家に向かう途中で、ふたりは目配せを交わしたのだ。シャッター島は背後に、トンプスン島はまだ前方にあった。空を背景に街の輪郭《りんかく》がくっきりと間近に見え、建物の先端をつかんで持ち上げられそうだった。

「これが海だ」と父親は、ふたりで船尾に寄りかかり、テディの背中を手で軽くこすりながら言った。「海に心を寄せる男もいれば、呑み込まれてしまう男もいる」

そして彼は、テディがそのどちらになるかわかったというふうに、息子を見たのだった。

一九五四年にそこへ行くのに、彼らは街からフェリーに乗り、忘れ去られたほかの小島の群れ――トンプスン島、スペクタクル島、グレイプ島、バンプキン島、レインフォード島、ロング島――を過ぎていった。硬い砂の山と、細くしなやかな木々と、骨のように白い岩の連なりから成る島々は、勝ち誇ったようにそこだけ海から飛び出している。フェリーは火曜と土曜に生活物資を運ぶほかに、ときおり不定期に運行していた。大型船はあらゆるものを剝《は》ぎ取られ、残っているのは薄い鉄板の床と、窓の下にあるふたつの鉄製のベンチだけだ。ベンチはどちらも床にボルトで留められ、その両端は黒く大きな柱にやはりボルトで固定されている。柱からは手枷《てかせ》と鎖が垂れ、スパゲッティのように床に積み上がっていた。

この日、フェリーは患者を精神病院に運んでいなかった。船に乗っているのは、テディと、新しいパートナーのチャック・オール、そしてキャンヴァス地の郵袋がいくつかと、数個の医薬品の箱だけだった。

フェリーのエンジンが鈍い破裂音とともにガタガタと動きはじめ、ガソリンと、夏の終わりの海のにおいが鼻孔を満たすと、テディはさっそく手洗いに駆け込み、膝をついて嘔吐した。わずかの胃液のほかには何も出てこなかったが、咽喉《のど》は収縮し続け、胃は食道に突き当たり、顔のまえで空気が渦を巻いて、埃《ほこり》がチラチラと眼のようにまたたいた。

最後の吐き気の波に続いて、たまっていた酸素の固まりが、胸の一部をこそげ取ったかと思うほどの勢いで口から飛び出すと、テディは鉄の床に坐り込み、ハンカチーフで顔を拭いた。新しいパートナーと仕事を始めるのに、これほど体裁の悪いことはない。チャックが家に帰って、妻に話している姿が眼に浮かんだ――もし妻がいればだが。テディは彼についてまだそんなことも知らない。チャックが、伝説の人、テディ・ダニエルズとの最初の出会いについて語る。「ハニー、彼はえらくおれのことが気に入ったみたいだぞ。いきなり吐いてた」

少年時代のあの体験以来、テディは海に乗り出すのを愉《たの》しんだためしがなかった。地面がないこと、手を伸ばすと中に吸い込まれるのではなく、きちんと触れられるものがまわりにないことに、まったく喜びを見出せなかった。大丈夫だと自分に言い聞かせる――水の上を渡るときにはそうするしかない――のだが、もちろん大丈夫ではなかった。戦争中でさえ、浜辺の襲撃自体より、ボートから岸に至るまでの数ヤードのほうが怖かった。深みに足を取られ、得体の知れない生物がブーツにまとわりついてくるのが耐えられなかった。

それでも、胸がむかつくほど温かく、やたら揺れるこんな船の奥にいるより、甲板に立って新鮮な空気の中で恐怖に立ち向かうほうがまだましだ。

胃の泡も消え、頭もふらふらせず、吐き気が完全に去ったことを確信すると、テディは手と顔を洗い、洗面台の上にはめ込まれた小さな鏡で自分の顔を見た。ガラスが塩分でほとんど腐食していて、中央には小さな曇りがある。が、まだ比較的若く、髪を兵士のクルーカットにした男がどうにか映っていた。しかし顔には、戦争とその後の年月の証である皺《しわ》が刻まれ、かつてドロレスが〝犬のように哀しい〟と評した眼には、追跡と暴力につねに惹《ひ》かれる性格が如実に表われていた。

こんな険しい顔をするにはまだ若すぎる。

銃とホルスターが腰のうしろに収まるように、ベルトを調節した。トイレの水槽の上に置いた帽子を取ってまたかぶり、つばをいじってほんの少し右に傾ける。ネクタイを締め直す。流行遅れになって一年ほど経つが、まだ締めている。ドロレスがくれたものだからだ。誕生日にリヴィングルームのソファに坐っていると、彼女はそれを彼の眼に巻きつけ、咽喉仏《のどぼとけ》に唇を押しつけた。温かい手で頬に触れた。彼女の舌はオレンジのにおいがした。ドロレスは膝の上に乗ってきて、ネクタイをはずした。テディは眼を閉じていた。彼女のにおいを嗅《か》ぐために。心の中で彼女を思い描き、抱きしめるために。

今もそうすることができる。眼を閉じれば彼女が見える。しかしこのところ、彼女の一部が――耳たぶや、まつげや、髪の輪郭が――白くぼやけてきた。まだ霞《かす》んでしまうほどではないが、時が彼女を奪っていくのが怖かった。頭の中の写真立てを次々と壊されているような気がした。

「おまえが恋しいよ」と彼は言い、船内を通り抜けて、上甲板に出た。

外は暖かく、晴れていたが、一面蒼白い水には錆色の暗い輝きが織り交ぜられていて、深みで何か邪悪なものが育ち、集結しているように思われた。

チャックはフラスクからひと口酒を飲むと、テディのほうへ首を傾け、片方の眉を上げた。テディが首を振ると、それをスーツのポケットに戻し、はためくコートの裾《すそ》を腰のまわりに巻きつけて、海のほうを見た。

「大丈夫かい？」とチャックは訊いた。「顔色が悪いけど」

テディは肩をすくめて、質問をやり過ごした。「大丈夫だ」

「本当に？」

テディはうなずいた。「船に慣れるのに時間がかかるだけだ」

ふたりはしばらく黙って立っていた。海面はうねり、波の窪《くぼ》みはビロードのように暗く、なめらかだった。

「あそこは昔、捕虜収容所だったんだ。知ってるか」とテディは言った。

「あの島が？」

テディはうなずいた。「南北戦争の頃な。そのとき砦や兵舎を建てた」

「砦は今、何に使ってるんだい」

テディは肩をすくめた。「よくわからない。あちこちの島にかなりの数の砦がある。戦時中はほとんど大砲の射撃演習に使ってた。そのままの形で残ってるものはあまりない」

「病院はどこにある？」

「おれが知ってる範囲では、兵舎を使ってるようだ」

チャックは言った。「また初年兵に逆戻りか」

「それは勘弁だな」テディは手すりのまえで振り向いた。「戦争ではどんな体験をした、チャック」

チャックは微笑んだ。テディより少し太めで背が低い。五フィート十インチといったところだ。硬くカールした黒髪に、オリーヴ色の肌。手は体の残りの部分と不釣り合いなほどほっそりとして繊細だ。まるで本物が店から戻ってくるまで、別の手を借りているように見える。左の頬に小さな鎌状の傷跡があり、それを人差し指で軽く叩いた。

「いつも傷の話から始めることにしてる」と彼は言った。「どうせいつかは訊かれるから」

「ああ」

「戦争でできた傷じゃないんだ」とチャックは言った。「戦争でできたことにすればいいとガールフレンドには言われるんだけどな……」肩をすくめる。「実は戦争ごっこをしてたときにできた。子供のときにな。別の子供と森の中でパチンコを撃ち合ってて、そいつの飛ばした石がはずれた。それならよかったと思うだろう？」彼は首を振った。「石が木に当たって、木っ端が頰に飛んできた。だから傷ができた」

「戦争ごっこね」

「そう、戦争ごっこだ」

「オレゴンから移ってきたんだっけ？」

「シアトルだ。先週配属された」

テディは次のことばを待ったが、チャックはそれ以上説明しようとしなかった。

テディは言った。「連邦保安官になって何年経つ」

「四年だ」

「だったらどれほどちっぽけな組織かってことは知ってるわけだ」

「ああ。おれがどうして移ってきたか知りたいんだな」チャックは何かひとりで心を決めたかのようにうなずいた。「雨が嫌になったと言ったら？」

テディは手すりの上で両方の手のひらを上に向けた。「そう言うならそれでもいいが……」

「確かに狭い世界だ。みんながみんなを知っている。だからいずれは――なんだっけ――風評《スカトルバット》が立つ」

「そういうことだ」

「あんたはブレックを見つけたんだろう？」

テディはうなずいた。

「やつの居場所がどうしてわかったんだい？　五十人の人間が追いかけてて、みんなクリーヴランドに行ってたのに、あんたはメイン州に行った」

「やつは子供の頃、そこで一度、家族と夏を過ごしたことがあった。やつが犠牲者にしたこと、あれは普通、馬にすることだ。おれはやつの叔母って人に会って、やつが幸せだったのはメイン州の牧場で過ごしたときだけだったという話を聞いた。だから牧場の近くで彼らが借りたコテージに行ってみた」

「五発撃ったんだよな」とチャックは言い、泡立つ船首に眼を向けた。

「あと五発撃ってたかもしれない」とテディは言った。「たまたま五発ですんだ」

チャックはうなずき、手すり越しに唾《つば》を吐いた。「おれのガールフレンドは日本人なんだ。つまり、こっちで生まれたんだが……収容所で育った。ポートランドや、シアトルや、タコマのあたりじゃ、まだぴりぴりした雰囲気が残っててな。みんな、おれが彼女といっしょにいるのが気に入らない」

「だから転属になったのか」

チャックはうなずき、また唾を吐いて、それが渦巻く泡の中に落ちていくのを見つめた。

「でかくなるって言ってたな」と彼は言った。

テディは手すりについた肘《ひじ》を上げ、伸びをした。顔が濡れ、唇が塩からい。飛沫《しぶき》が顔に飛んできた憶えはないのに、ともかく海のほうが彼を見つけていたことに少し驚いた。

コートのポケットを叩き、チェスターフィールズの煙草を探した。「言うって誰が？でかくなるってなんだ？」

「新聞だよ」とチャックは言った。「嵐になるって書いてあった。かなりでかくなるそうだ。大荒れだと」空に腕を振った。空は舳先《へさき》で渦巻く泡のように蒼白いが、南の水平線に沿って、紫色の綿のような細い線が、インクの染みのように広がりつつあった。

テディは空気のにおいを嗅《か》いだ。「戦争のことは憶えてるだろ、チャック？」

チャックは微笑んだ。お互い相手のリズムをつかみ、相手をコケにする方法を学びつつあると言いたげな笑みだった。

「少しな」とチャックは言った。「瓦礫《がれき》のことは憶えてる。瓦礫が山のようにあった。人は瓦礫を馬鹿にするが、おれは捨てたもんじゃないと思う。あれにはあれで芸術的な美しさがあるよ。美は見る者の眼の中にありだ」

「三文小説みたいだ。そう言われたことがないか？」

「よく言われるよ」チャックは海にまた小さな笑みを向け、船首から身を乗り出して、背筋を伸ばした。

テディはズボンのポケットを叩き、スーツの上着のポケットの中を探した。「兵隊の配置がどれほど天気予報に影響されたか憶えてるか？」

チャックは手首の裏側で顎の無精髭を撫《な》でた。「ああ、もちろん」

「その天気予報がどれほど当たったかってことも？」

チャックはまじめに考えていることを示すために眉根を寄せた。そして唇を鳴らすと、言った。「三十パーセントといったとこか」

「よくてそのくらいだ」

チャックはうなずいた。「よくてな」

「で、今、おれたちはこの世界に……」

「ああ、この世界に」とチャックは言った。「安住《エンスコンスト》して、とでも言うか」

テディは笑いをこらえた。これまでよりずっとこの男が好きになった。安住してか。なんてこった。

「安住しているが」と彼は同意した。「あの当時より天気予報に信頼を置くべき理由があるか？」

「ふむ」とチャックは言った。小さな三角形のゆがんだ頂上が、水平線の上にちらりとのぞいた。「信頼は多い少ないで表わせないかもしれない。煙草か？」

テディは二巡目のポケット叩きの手を止めた。チャックが傷の下の頬に苦笑いを浮かべて、彼を見つめていた。

「乗ったときにはあったんだ」とテディは言った。

チャックは肩越しにうしろをうかがった。「船にいるのは政府職員だからな。眼の悪い人間からだってものを盗む」チャックはラッキーストライクのパックを振って煙草を一本取り出し、テディに渡して、真鍮《しんちゅう》のジッポーのライターで火をつけてやった。灯油のにおいが潮風に乗って、テディの咽喉の奥に届いた。チャックはライターをパチンと閉じ、手首の返しでまた開けて自分の煙草に火をつけた。

テディはふうっと煙を吐き出した。一瞬、島の三角形の先が、渦巻く煙で見えなくなった。

「外国で」とチャックは言った。「パラシュートを背負って投下地点まで飛ぶべきか、海から浜辺の上陸地点に向かうべきかってことを天気予報が決めたときには、かなりの危険が伴ったよな」

「ああ」

「だが今ここで、多少好き勝手に天気予報を信じて何が悪い？　そういうことが言いたいんだ、ボス」

島は三角形の先以上の姿を現わしはじめた。下の部分が徐々に見えてきて、そこからまた平らな海が広がる。絵筆をふるったように、色もつきはじめた。人の手が加えられていない草木はくすんだ緑、海岸線は黄褐色、北端の崖の表面は黄土色。船が波をかき分けてさらに近づくと、その上に建物の長方形の平らな線が見えてきた。

「残念だな」とチャックは言った。

「え？」

「進歩に伴う犠牲だよ」彼は片足を引き綱の上に載せ、テディの横の手すりにもたれた。島の輪郭がくっきりと見えてきた。「精神衛生学がこの調子で進歩すれば――甘く見ちゃいけない、進歩は毎日のように起こってる――ここみたいな場所はなくなってしまうんだろうな。今から二十年後には、野蛮な建物と呼ばれてるかもしれない。過ぎ去ったヴィクトリア朝時代の遺物だと。さっさとなくすべきだってことになるんだろうな。社会に組み込むべきだ。それが現代の秩序のあり方だ。囲いの中へようこそ。あなたをなだめ、改造してやろう。われわれは皆マーシャル将軍（一八八〇～一九五九年。軍人、政治家。第二次世界大戦中、アメリカ軍を指揮し、戦後はヨーロッパの再建援助のためにマーシャル・プランを創案した）だ。新しい社会だ。人を追放する場所などない。エルバ島はなしだ」

建物はまた木の陰に見えなくなったが、テディはおぼろな塔の円錐形を認めた。ごつごつと突き出た建物の角が見え、古い砦だろうと思った。

「でも未来を約束するために、過去を捨てられるものかな」チャックは煙草を波間に弾いた。「それが問題だ。床を掃除したら何がなくなる、テディ？ 埃だ。放っておけばアリがたかる食べかすだ。だが彼女がなくしたイヤリングは？ それも今はゴミなのか」

テディは言った。「〝彼女〟って誰だ？ どこから出てきた、チャック」

「彼女と呼ぶ人間はいつもいるさ。ちがうか？」

テディは後方でエンジンの音が変わるのを聞いた。足もとの甲板が少し傾いた。フェリーが向きを変えて西側から島に近づくにつれ、南端の崖の上に立つ砦がはっきりと見えてきた。大砲は取り払われているが、砲塔は容易に見分けられた。砦の向こうはまた丘になり、そこに壁が築かれているはずだ。テディが今いる角度からは、ぼんやりと景色に溶け込んで見える。そして崖の向こうのどこかにアッシュクリフ病院が建っていて、島の西岸を見下ろしている。

「ガールフレンドはいるのか。結婚は？」とチャックが訊いた。

「してた」とテディは言い、ドロレスを思い浮かべた――かつて新婚旅行で、彼女が裸の肩に触れそうなほど首をまわして浮かべた表情を。肌の下、背骨の近くの筋肉が動いていた。「彼女は死んだ」

チャックは手すりから離れた。首にほんのり赤みが差した。「なんてこった」

「いいんだ」とテディは言った。

「いや、よくない」チャックはテディの胸のまえに手を上げた。「おれは……聞いてたんだ。どうして忘れてたんだろう。数年前だったよな」

テディはうなずいた。

「なんてこった、テディ。おれはなんて間抜けなんだ。本当に。悪かった」

テディはまた彼女の姿を見た。彼に背を向け、アパートメントの廊下を歩いていく。彼の古い制服のシャツを着て、鼻歌を歌いながら台所に入っていく。いつもの倦怠感が骨にしみ入った。ドロレスのことを話さないですむなら、どんなことでもする。あの水の中を泳いでもいいほどだ。彼女は三十一年間地上にいて、不意にそれをやめた。そんな感じだった。その朝、テディが仕事に出るときにはいたのに、午後には逝《い》っていた。

しかしそれもチャックの傷と同じで、片づけてしまわなければ、先に進めない話だと思った。言ってしまわなければ、どこで、どうして、なぜ、がいつまでもふたりのあいだにとどまる。

ドロレスが亡くなって二年になる。しかし夜になると、彼女は夢の中で甦る。ときに眼覚めて数分間、本当に彼女がバトンウッドのアパートメントの台所に立ち、玄関ポーチでコーヒーを飲んでいると思い込むことがある。残酷な心のいたずらだ。が、テディははるか昔にその理屈を受け容れていた。つまるところ、眼覚めは誕生とほとんど変わらない。

前歴を持たずに浮かび上がってきて、まばたきし、あくびをしながら過去を再構築する。記憶の断片を時系列に並び替え、守りを固めて現在に戻ってくるのだ。

それよりはるかに残酷なのは、一見でたらめなものごとが、マッチに火をつけるように、脳に宿る妻の記憶を呼び覚ますことだった。それが何かは予測できたためしがない。塩をふることだったり、通りの人混みを歩いていく見知らぬ女性や、コカ・コーラの瓶、グラスに残った口紅の跡や、装飾用のクッションだったりする。しかしそういった記憶の引き金のうち、論理的なつながりは他のものよりはるかに少ないのに、ひりつくような効果をもたらすのは、水だった——蛇口からぽたぽたと垂れる水、屋根を叩く雨の音、歩道の水たまり、あるいは、今のように、周囲数マイルにわたって自分を取り囲む水。

彼はチャックに言った。「アパートメントで火事があったんだ。おれは仕事に出てた。四人の人間が死んだ。彼女はそのひとりだった。炎じゃなく、煙にやられたんだ、チャック。だから苦しんで死んだわけじゃない。怖かっただろうか——たぶん。だが苦しまなかった。肝腎なのはそこだ」

チャックはフラスクからまた酒を飲み、テディに差し出した。

テディは首を振った。「酒はやめた。火事のあとでな。彼女は、兵士と警官はみんな飲みすぎるってよく心配してた。わかるだろ？　だから……」チャックが横で困りきっているのがわかったので言った。「人はこういったことに耐える方法を学ぶものだ、チャック。ほかにどうしようもないから。戦争で山ほど見た嫌なことと同じさ。憶えてるだろう」

チャックはうなずき、しばらく記憶をたぐるように眼を細め、遠くを見ていた。

「そうするしかない」とテディは低い声で言った。

「そうだな」まだ顔を赤らめたまま、チャックはついに言った。

桟橋が光のいたずらのように視界に入ってきた。この距離からは、砂地から伸びたチューインガムのように見える。灰色で、実体がない。

テディはトイレで過ごして脱水状態になり、この数分間で疲労も感じていた。いくら彼女のことを耐える方法を学んだといっても、その重みに疲れてしまうこともよくある。頭の左側の、眼のすぐうしろに、スプーンの背を押し当てられたような鈍い痛みがあった。脱水症状のちょっとした副産物なのか、ありふれた頭痛の始まりなのか、それとももっとひどいもの——青年期から悩まされている偏頭痛——の始まりなのかはまだわからない。いろいろな場面で訪れる彼の偏頭痛は苛烈で、一時的に片眼の視力が奪われ、光が熱い釘の降り注ぐ嵐に変わり、一度など——ありがたいことに、それきりだった——一日半のあいだ、体が部分的に痺《しび》れて動かなくなった。彼の場合、仕事中や、修羅場をくぐっているときには起こらず、それが終わったあと、爆弾が落ちなくなり、追跡が終わり、すべてが落ち着いたあとで起こる。そうなると、前進基地だろうと、兵舎だろうと、戦争のあとではモーテルの部屋や、田舎の高速道路を家に帰る途中だろうと、最悪の事態を引き起こす。テディは、偏頭痛を避けるコツは、つねに気を抜かず、忙しくしていることだとはるか昔に体得していた。走るのをやめなければ、追いつかれない。

彼はチャックに言った。「この場所のことをいろいろ聞いたか」

「精神病院だってことしか知らないな」

「精神を病んだ犯罪者の病院だ」とテディは言った。

「でなきゃおれたちも来なかった」とチャックは言った。

テディは、相棒がまた乾いた笑みを浮かべているのを見た。「どうかな、チャック。おまえも百パーセントまっとうには見えないけどな」

「ここにいるあいだにベッドの予約金を払っとこうか。将来、おれの場所を確保しといてもらうんだ」

「それも悪くない」とテディは言った。エンジンがしばらく止まり、潮に流されて舳先が右舷方向に曲がった。またエンジンがかかると、ほどなくフェリーはうしろ向きに桟橋に近づきはじめ、テディとチャックの眼のまえに海が広がった。

「聞いたところじゃ」とテディは言った。「彼らはもっぱら過激な治療法を試すそうだ」

「〝赤〟か？」

「赤じゃない」とテディは言った。「過激なだけだ。そこはちがう」

「最近はわからんぞ」

「わからないときもあるな」とテディは同意した。

「で、逃げたっていう女は？」

テディは言った。「詳しいことはわからない。昨日の夜、こっそり施設を抜け出したそうだ。名前は手帳に書いてある。ほかのことは彼らが説明してくれるだろう」

チャックは海面に眼をやった。「どこへ行くつもりだろう。泳いで家に帰るのか？」

テディは肩をすくめた。「ここの患者は明らかにあらゆる種類の妄想を抱いてるからな」

「精神分裂病ってことか」

「ああ、たぶん。とにかくここに見慣れた黄色人種はいない。歩道の割れ目を気にするやつも、たっぷり眠るやつも。ファイルを見るかぎり、ここにいる連中はみんな、本当に頭がいかれてる」

チャックは言った。「でもいくらかは頭がおかしいふりをしてるんじゃないか。おれはずっとそう思ってた。戦時中の第八《セクション・エイト》項（陸軍規則の項目で、不適格な兵士の除隊を定める）の連中を憶えてるか？　あのうちの何人が本当におかしかったと思う？」

「アルデンヌに送られたときに、ある男がいて――」

「あそこに行ったのか」

テディはうなずいた。「そいつは、ある日眼覚めると、逆向きにしゃべりはじめた」

「単語を？　それとも文を？」

「文だ」とテディは言った。「〝曹長、流れてます、血が、たくさん、今日は〟といった具合にな。その日の夕方までに、そいつは塹壕に入って、岩に自分の頭を打ちつけてた。何度も、何度もただ打ちつけてたんだ。あんまり驚いたんで、一分ほど経って、やっとそいつが自分の眼をくり抜いていたことに気がついた」

「嘘だろう」

テディは首を振った。「数年後、ある男から、サンディエゴの退役軍人病院で眼の見えない男に会ったという話を聞いた。まだ逆向きにしゃべってたそうだ。医者にも原因のわからない麻痺《まひ》を起こし、一日じゅう窓際の車椅子に坐って、収穫のことを話してたらしい。収穫しなきゃならないってな。問題は、そいつはブルックリン育ちなんだ」

「ブルックリン出身の男が自分を農夫だと思ったら、まあ第八項だ」

「ああ、ちょっとした理由になるな」

2

副院長のマクファースンが栈橋でふたりを出迎えた。身分のわりには若く、ブロンドの髪は規定より長めに切られている。立ち居振る舞いに細身の優美さがあり、テキサス人か、まわりに馬がいるところで育った男だろうとテディは思った。

彼のまわりには看護助手がいた。ほとんどが黒人だが、白人も数人いた。白人たちは、子供の頃ろくに食べ物を与えられず、成長が止まって、以来いじめられ続けているように見えた。気が抜けたような顔つきをしている。

助手たちは皆、白いシャツに白いズボンという恰好で、ひとまとまりになって動いた。テディとチャックにはほとんど眼もくれなかった。どんなものにもあまり眼をくれず、ただ栈橋を渡ってフェリーに近づき、積み荷が下ろされるのを待っていた。

テディとチャックが、求めに応じて身分証のバッジを見せると、マクファースンは時間をかけてじっくりと眺め、ときどき眼を上げてすがめては、写真と彼らの顔を見比べた。

「連邦保安官のバッジを見るのは初めてのような気がする」と彼は言った。

「今日は一度にふたつ見たわけだ」とチャックは言った。「運のいい日だな」

副院長はチャックにだらけた笑みを向け、バッジを返した。

浜辺はここ数日、波が激しく打ち寄せたようだった。貝殻や、流木、乾いたクラゲ、ゴミを漁《あさ》る生き物に半分食われた魚の死骸が、あちこちに散らばっている。おそらく内港から流れついたゴミ――缶や、濡れた紙の束や、車のナンバープレート――が、森の入口付近に集まり、陽の光にさらされてベージュに色褪せていた。木々はほとんどがやせ細った松とカエデで、木《こ》の間から丘の上に建つ建物が何棟か見えた。

日光浴が好きだったドロレスは、たぶんここを好きになるだろう。しかしテディは、絶えず吹きつける海風に脅威を感じるだけだった。海はいつでも好きなときに襲いかかり、海底に引きずり込むぞと言っているようだ。

助手たちが桟橋を戻ってきて、郵袋と医薬品の箱を荷台に積み込むと、マクファースンはクリップボードの項目に印をつけ、それをフェリーの警備員のひとりに渡した。警備員は言った。「では出発します」

マクファースンは陽光の中で眼をしばたたいた。

「嵐です」と警備員は言った。「どんなことになるか、誰にもわかりませんからね」

マクファースンはうなずいた。

「迎えにきてもらいたいときには事務所に連絡する」とテディは言った。

警備員はうなずいた。「嵐です」とまた言った。

「わかった、わかった」とチャックは言った。「憶えとくよ」

マクファースンは、ふたりの先に立って、木立の中をゆったりと上る小径を歩いていった。木立を抜けると、笑った唇のように小径を横切る舗装路があり、その左右の先に建物が見えた。左のほうはより簡素なヴィクトリア様式で、マンサード屋根と、黒い木の壁枠と、小さな窓がついていて、番人小屋のような印象を与える。右は小さな城のような風格を備えた、チューダー様式の建物だった。

一同は登り続けた。海辺の植物が生い茂る急坂を登ると、まわりに柔らかい緑が広がり、坂の上に近づくにつれ、草の丈が短くなって、ついに普通の芝生になった。そこを数百ヤード行くと、島の地形に沿ってカーヴするオレンジ色の煉瓦《れんが》の壁に突き当たった。高さは十フィートほどあり、上に鉄線が一本張られている。その鉄線を見て、テディは胸を突かれた。不意に、壁の向こう側にいる人間に——あの細い鉄線が何のためにあり、世界がどれほど自分たちを閉じ込めたいと思っているかを知るすべての人間に——哀れみを覚えた。

紺色の制服を着た男が数人、地面を探るように下を向いて壁の外を歩いていた。

チャックが言った。「こう言ってよければ、ミスター・マクファースン、精神病院に刑務所の警備員というのは妙な眺めだね」

「最高の警備態勢を敷いている」とマクファースンは言った。「この施設の運営にはふたつ免許が必要だ。ひとつはマサチューセッツ精神衛生局、もうひとつは連邦刑務局」

「わかるよ」とチャックは言った。「ただ、いつも思うんだ。あんたたちは食事の話題には不自由しないだろうなって」

マクファースンは微笑み、小さく首を振った。

テディは、残りの警備員と同じ制服を着た黒髪の男を見た。ただし彼の制服は詰め襟で、黄色の肩章がついており、バッジは金色だった。頭を上げているのは彼ひとりで、片手を背中につけ、男たちのあいだを堂々と歩いている。その姿は、戦争で見た陸軍大佐を思わせた。軍のためだけでなく、神の名において必要な、重い命令を発する男たちだ。小さな黒い本を胸に押し当てている。テディたちのほうにうなずくと、彼らが登ってきた坂を下りていった。黒髪は風にそよぎもしなかった。

「院長だ」とマクファースンが言った。「あとで紹介するよ」

テディはうなずき、どうして今紹介されないのだろうと思った。院長は丘の向こうに消えた。

看護助手のひとりが鍵を使って壁の中央の門を開けた。大きく開いた門を、看護助手と荷台が通っていった。そのうちふたりがマクファースンに近づいてきて、彼の両側で足を止めた。

マクファースンはすっと背筋を伸ばし、仕事にかかる口調で言った。「ざっと敷地内を案内しよう」

「もちろん」

「おふたりには礼を尽くすつもりだし、こちらで手伝えることはなんでもする。しかしどんなに短い期間だろうと、滞在中は規則に従ってもらわなければならない。いいね？」

テディはうなずき、チャックは「当然だ」と言った。

マクファースンは、ふたりの頭上の一点を見据えていた。「規則の細かい点については、ドクター・コーリーのほうからも説明があると思うが、ひとつだけ強調しておかなければならない。施設内でわれわれの立ち会いなしに患者と接触することは、いっさい禁じられている。いいね？」

テディは思わず初年兵に戻ったように〝イエッサー〟と答えそうになった。が、途中で切って、「ああ《イエス》」とだけ言った。

「A棟は私の右うしろにある建物で、男子棟だ。B棟は女子棟で、左うしろ。C棟はこの敷地と職員の住居のすぐ裏にある崖の向こうで、かつてウォルトン砦だった場所に入っている。C棟への患者の収容は、院長とドクター・コーリー両方の書面による同意と、立ち会いがなければ認められない。わかるかな？」

ふたりはまたうなずいた。

マクファースンは太陽に弱まってくれと頼むように、大きな手のひらをかざした。「武器はここで預からせてもらう」

チャックはテディを見た。テディは首を振った。

「ミスター・マクファースン、われわれは正式に任命された連邦保安官だ。政府の命令で、武器は常時携帯しなければならない」

マクファースンの声は鋼索のように空気を打った。「刑務所および精神障害犯罪者収容施設に関する連邦法の行政命令第三百九十一項には、こうある。警察官の武器携帯義務は、直属の上司による直接の命令、または刑務所もしくは精神衛生施設の管理維持を委《ゆだ》ねられている人員の直接の命令がある場合のみ、解除されるとね。あなたがたにはこの例外が適用される。武器を持ってこの門をくぐらせるわけにはいかない」

テディはチャックを見た。チャックは突き出されたマクファースンの手のひらに首を傾け、肩をすくめた。

テディは言った。「例外適用を記録に残しておいてほしい」

マクファースンは言った。「警備員、ダニエルズ保安官とオール保安官の例外を記録しておいてくれ」

「承知しました」

「いいかな？」とマクファースンは言った。

彼の右側にいた警備員が小さな革の袋を開けた。

テディはコートのまえを開き、ホルスターから官給のリヴォルヴァーを引き出した。手首をさっとひねって輪胴《シリンダー》を開き、マクファースンの手の上に置いた。マクファースンはそれを警備員に渡し、警備員が革の袋に入れると、また手を差し出した。

チャックは銃を取り出すのに少し手間取った。ホルスターの留め具がうまくはずれなかった。マクファースンは苛立つ様子もなく、チャックがぎこちなく彼の手に銃を置くのをじっと待っていた。

マクファースンは銃を警備員に渡し、警備員はそれを革袋に加えて門の中に入っていった。

「あなたがたの銃は、院長のオフィスのすぐ外にある保管室に置いておく」とマクファースンは低い声で言った。ことばが木の葉のようにカサカサ鳴った。「敷地の中央にある病院の建物の中だ。出発する日にそこから持っていくように」カウボーイのように鷹揚《おうよう》な笑みが突然戻ってきた。「さて、公式な手続きはこれでほぼ終わりだ。あなたたちはどうか知らないが、私はすんでほっとした。ではドクター・コーリーに会いにいこうか」

そして振り返り、一行の先頭に立って門をくぐると、門はまた閉まった。

壁の内側に入ると、壁と同じ煉瓦でできた通り道の左右に芝生が広がっていた。足首に枷《かせ》をつけられた庭師が、芝生や、木々や、花壇や、病院の建物に沿って植えられたたくさんのバラの木の世話をしていた。庭師にはそれぞれ横に看護助手がついている。枷をつけたほかの患者も、アヒルのように奇妙な足取りで敷地内を歩いていた。ほとんどは男だが、中には女もいる。

「ここに初めて医者が来たときには」とマクファースンが言った。「このあたりには海辺の植物と低木の茂みしかなかった。写真を見てみるといい。けれど今は……」

病院の両側には、対になった赤煉瓦のコロニアル様式の建物が二棟建っていた。壁枠はまばゆい白に塗られ、窓には格子がはまり、窓ガラスは潮風の塩分で黄色に変色している。病院自体はダークグレーで、石の壁は風にさらされて表面がなめらかになっていた。建物は六階まであり、屋根窓が彼らを見下ろしていた。

マクファースンは言った。「これは南北戦争の直前に、大隊の司令部として造られたんだ。明らかに訓練施設として設計されている。が、戦争が迫ってくると、部隊は砦のほうに集中して、ここはのちに捕虜収容所に造り替えられた」

テディはフェリーから見た塔に気がついた。島の反対側の木々の梢《こずえ》からその先端が飛び出している。

「あの塔はなんだい？」

「古い灯台だ」とマクファースンは言った。「一八〇〇年代の初めから使われていない。北軍があそこに見張り番を立てたと聞いたことがあるが、今は処理施設《トリートメント・ファシリティ》だ」

「患者の治療《トリートメント》に使ってるのか？」

彼は首を振った。「下水処理だよ。このへんの水がどうなってるか、聞いても信じられないと思う。フェリーからはきれいに見えるけど、この州のすべての川に捨てられたあらゆるゴミが、港に流れ込み、外に流れ出て、終《しま》いにここへ流れ着く」

「すばらしい」とチャックは言い、煙草に火をつけた。そして口から離し、小さなあくびをかみ殺して、陽の光に眼を細めた。

「あの壁の先に」――B棟の先を指さしながら――「もともと司令官が使っていた本部がある。ここに上がってくる途中でおそらく見えたと思う。当時、巨費を投じて造られたが、司令官は政府が請求書を受け取ったとたんに職を解かれた。一度見にいくといい」

「今は誰が住んでる？」とテディが訊いた。

「ドクター・コーリーだ」とマクファースンは答えた。「ドクター・コーリーがいなかったら、そもそもこの場所は存在しない。彼と院長がいなかったらね。彼らはここにまったく先例のない施設を作り上げた」

彼らは敷地の裏側をぐるりとまわり、また枷をはめられた庭師と看護助手に会った。その多くは裏の壁のまえの黒土を耕していた。庭師のひとり――小麦色の薄い髪が頭頂部でほとんど禿げかかった中年女性――が通りすがりのテディをじっと見つめ、指を一本立てて唇に当てた。彼女の咽喉《のど》には、甘草の根のように盛り上がった赤黒い傷跡があった。彼女は唇に指を当てたままテディに微笑み、ゆっくりと首を振った。

「コーリーはこの分野の伝説的な人物だ」敷地をひとまわりして病院の正面に戻りながら、マクファースンが言った。「ジョンズ・ホプキンスでも、ハーヴァードでもクラスで一番で、二十歳のときに妄想病理学について最初の論文を発表した。ロンドン警視庁や、MI5（英国軍情報部第五課）や、OSS（CIAの前身である戦略事務局）から数えきれないほど相談を受けてきた」

「どうして？」とテディは訊いた。

「どうしてとは？」

テディはただうなずいた。自分がしたのはもっともな質問だと思った。

「ええと……」マクファースンは途方に暮れたようだった。

「手始めにOSSはどうだ」とテディは言った。「どうして彼らが精神科医に相談する」

「戦争に関連した仕事だ」とマクファースンは言った。

「ほう」テディはゆっくりと言った。「どんな種類の？」

「機密扱いだ」とマクファースンは言った。「と思う」

「どのくらいの機密だい？」とチャックが言った。当惑した眼が、テディの眼と合った。

「もし話せるなら」

マクファースンは病院のまえで立ち止まり、片足を最初の階段の上に置いた。困りきっているようだった。しばらくオレンジ色の壁の曲線を眺めてから言った。「彼に直接訊いたほうがいいだろうね。もう打ち合わせは終わってるはずだ」

三人は階段を上がり、大理石のロビーに入った。上はドーム形の格天井《ごう》だ。ゲートに近づくと、ブザーが鳴って開き、その先は広い待合室だった。右側で看護助手が机について坐り、彼と向かい合うように、左側にも看護助手が坐っていた。またゲートがあり、その先に長い廊下が延びていた。彼らは階段の下にいた看護助手にまたバッジを見せ、マクファースンが三人の名前をクリップボードに書いた。看護助手はバッジと身分証明書を調べ、テディとチャックに返した。彼のうしろに檻《おり》があり、中に院長と同じような制服を着た男がひとりいるのにテディは気がついた。背後の壁には鍵のリングがいくつも掛かっていた。

三人は二階に上がり、床洗いの洗剤のにおいが漂う廊下に入った。廊下の突き当たりの大きな窓から入ってくる白色光に、足もとのオークの床が輝く。

「厳重な警備だな」

マクファースンは言った。「われわれはあらゆる予防措置を講じている」

チャックは言った。「世の人々は大いに感謝してるだろうな、ミスター・マクファースン」

「わかってもらいたいんだが」とマクファースンは言い、テディのほうを振り返った。彼らはいくつかオフィスのまえを通り過ぎていた。いずれもドアは閉まり、小さな銀のプレートに医師の名前が書かれている。「アメリカにこのような施設はほかにないんだ。われわれはもっとも障害の大きい患者だけを受け容れる。ほかの施設でとても面倒を見られないような患者をね」

「グライスはここにいるんだろ」とテディは訊いた。

マクファースンはうなずいた。「ヴィンセント・グライス、そう、C棟にいる」

チャックはテディに言った。「グライスって、あの……」

テディはうなずいた。「親類を皆殺しにして、頭の皮を剝《は》ぎ、自分の帽子を作ったやつだ」

チャックはしきりにうなずいていた。「そいつをかぶって町に出かけたんだよな」

「新聞によればな」

彼らは両開きのドアの外で立ち止まった。右のドアの中央に貼られた真鍮のプレートには、〈医長、ドクター・J・コーリー〉とあった。

マクファースンは、ドアノブに手をかけてふたりに向き直り、意味の読みとれない緊張感を漂わせて彼らを見た。

「文明があまり発達していない時代なら、グライスのような患者は死刑にされるだろう。しかし、ここでは彼を研究し、病理を分析し、ひょっとすると、社会に受け容れられる行動様式からあれほどかけ離れる原因となった脳の異常個所を特定できるかもしれない。もしそれに成功すれば、いつかあの種の逸脱を社会から根絶できる日が来るかもしれない」

答を待っているのか、ドアノブをきつく握りしめていた。

「夢を抱くのはいいことだ」とチャックは言った。「そう思わないか」

3

ドクター・コーリーは、やつれて見えるほど痩せた男だった。テディがダッハウの強制収容所で見たような、骨や軟骨が浮き上がった痩せ方ではないが、いい食事をとる必要があることはまちがいない。小さな黒い眼は眼窩《がんか》の奥に落ちくぼみ、そこから漏れ出す陰が顔全体を暗くしていた。頰は骨がないかのようにこけ、そのまわりには、古いにきびがあばたになって残っている。唇と鼻は、体同様細く、顎はもとからないかのように四角く削られている。頭の上に残ったわずかな髪は、眼とその下の陰と同じくらい黒かった。

しかし、彼は弾けるような笑みを浮かべた。明るく、自信にあふれ、瞳孔が光る。その笑みとともに机のうしろから出てきて、彼らに挨拶し、手を差しのべた。

「ダニエルズ保安官とオール保安官だね」と彼は言った。「早々に来ていただいて嬉しいよ」

彼の手は乾いていて、銅像のようになめらかだった。握る力はおそろしく強く、テディの手の骨を締めつけて、力が前腕に伝わるほどだった。コーリーは、驚いたかねと言わんばかりに、一瞬眼を輝かせ、次にチャックの手を握った。

「お会いできて光栄だ」と言いながらチャックの手を振り、不意に笑みを消して、マクファースンに言った。「ここでいいよ、副院長。ありがとう」

マクファースンは、「わかりました。ではまた」と言い、部屋から出ていった。

コーリーの笑みが戻ってきたが、今度はスープの上にできた膜を思わせるような、粘り気のある笑みだった。

「マクファースンはいい男だ。熱心でね」

「何に対して？」とテディは机のまえの椅子に坐りながら言った。

コーリーの笑みがまた変わった。顔の片側が吊り上がり、そのまま凍りついた。「なんだって？」

「熱心なのは」とテディは言った。「何に対して？」

コーリーはチーク材の机の向こう側に坐り、両手を広げた。「仕事にだよ。法と秩序と治療の道徳的な融合体に対してだ。ほんの半世紀前まで――ある場合にはもっと最近まで――ここに収容されているような患者に対する考え方は、よくて枷をはめ、汚物まみれにしておけばいいというものだった。彼らは組織ぐるみで打ちすえられた。そうすれば精神疾患が叩き出されるとでも言わんばかりに。われわれは彼らを悪霊に見立て、拷問にかけた。両手両足をラックに縛りつけた。脳にドリルで穴をあけた。ときには溺《おぼ》れさせることもあった」

「でも今は？」とチャックが言った。

「今は彼らを治療する。人の道からはずれずに。病を癒《いや》し、治そうとする。仮にそれに失敗しても、少なくとも彼らの人生にある程度の安らぎをもたらす」

「彼らの犠牲者には？」とテディは言った。

コーリーは眉を上げ、次のことばを待った。

「彼らは全員凶悪な犯罪者だ」とテディは言った。「ちがうかな？」

コーリーはうなずいた。「かなり凶悪と言っていいだろう」

「彼らは人を傷つけた」とテディは言った。「多くの場合、殺した」

「ほとんどの場合、そうだ」

「犠牲者のことを考えたら、安らぎを与える必要なんてあるだろうか」

コーリーは言った。「なぜなら私が治療するのは彼らであって、犠牲者ではないからだ。私は犠牲者を救うことはできない。この世のどんな仕事にも限界はある。私の仕事の限界はそこだ。私は自分の患者のことにしか係われない」そこで微笑んだ。「上院議員は状況を説明したかね？」

テディとチャックは、坐ったまま眼を見合わせた。

テディは言った。「ドクター、われわれは上院議員のことなど何も知らない。連邦保安局から派遣されただけだ」

コーリーは緑の机敷きの上に両肘をつき、手を合わせて顎を載せ、眼鏡の縁の上からふたりをじっと見つめた。

「だったら私の勘ちがいだ。どんな話を聞いたかね？」

「女性の囚人がいなくなったと言われた」テディは手帳を膝の上に置き、ページをめくった。「レイチェル・ソランドという名の囚人だ」

「患者だ」コーリーは冷ややかな笑みを向けた。

「患者だな」とテディは言った。「失礼した。逃げ出してまだ二十四時間経っていないと聞いている」

コーリーは顎を手の上でこくんと動かした。「昨日の晩だ。十時から真夜中までのあいだに」

「で、まだ見つかっていない」とチャックが言った。

「そのとおり、ああと、お名前は……」謝るように手を上げた。

「オール」とチャックは言った。

コーリーの顔が手の上で細くなった。テディは彼のうしろの窓にいくつか水滴が当たるのを見た。空からなのか、海からなのかはわからない。

「ファーストネームはチャールズ？」とコーリーは言った。

「ああ」とチャックは答えた。

「チャールズという感じはするが、オールというのはぴんとこない」

「運がいいんだろうな」

「どうして？」

「名前は選べないから」とチャックは言った。「少なくともどちらかが似合ってると誰かが思うなら、運がいい」

「名前をつけたのは誰かな」とコーリーは言った。

「両親だ」

「姓のほうだよ」

チャックは肩をすくめた。「そんなこと誰にわかる？　二十世代ほど遡《さかのぼ》らないと」

「一世代かもな」

チャックは椅子の上で身を乗り出した。「なんだって？」

「ギリシャ系だろう」とコーリーは言った。「あるいはアルメニア系だ。どちらだ？」

「アルメニアだ」

「すると、オールは……」

「アナスマジアン」

コーリーは弱々しい視線をテディに向けた。「では、あなたは？」

「ダニエルズかい？」とテディは言った。「十世代目のアイルランド人だ」コーリーはにやりと笑った。「そう、先祖はずっと遡れるよ、ドクター」

「ファーストネームのほうは？　セオドアかな？」

「エドワードだ」

コーリーは椅子の背にもたれ、顎の下から両手を離して、ペーパーナイフを机の端に打ちつけはじめた。その柔らかい、絶え間のない音は、屋根に落ちる雪のようだった。

「私の妻はマーガレットという名前なんだ」と彼は言った。「だが私以外、誰も彼女のことをそう呼ばない。昔からの友人はマーゴと呼ぶ。まあ、それはわからなくもないが、ほかのみんなはペギーと呼ぶ。これがどうにも理解できない」

「何が」

「どうしてマーガレットがペギーになるんだね。しかしそう呼ばれることは多い。それにどうしてエドワードがテディになる？　マーガレットに〝p〟はないし、エドワードに〝t〟はないのに」

テディは肩をすくめた。「あんたのファーストネームは？」

「ジョンだ」

「誰かにジャックと呼ばれたことはないかい？」

彼は首を振った。「ほとんどの人はドクターと呼ぶんでね」

また水滴が窓に当たった。コーリーは会話を頭の中でさらっているかのように、遠い眼を輝かせていた。

「ここにいる患者はすべて暴力的な性向を持っている」とコーリーは言った。「男も女も。だからここにいるわけだ。レイチェル・ソランドは戦争で夫を失った。家の裏の湖で、三人の子供を溺死させた。ひとりずつ連れていって、頭を水の中に突っ込み、死ぬまで押さえていた。そして彼らを家に連れ帰って、台所のテーブルのまわりに坐らせ、食事をしているところへ、隣人が立ち寄ったんだ」

「隣人も殺したのか？」とチャックは訊いた。

コーリーは眉を上げ、小さなため息をついた。「いや。中に入っていっしょに朝食を食べましょうと誘った。彼は当然断わって、警察に通報した。レイチェルは今も子供たちが生きていて、彼女を待っていると思ってる。それが脱走した理由かもしれないな」

「家に帰るってことか」とテディが言った。

コーリーはうなずいた。

「場所は？」とチャックが訊いた。

「バークシャー地方（マサチューセッツ州西部の丘陵地帯で保養地）の小さな町だ。ここからだいたい百五十マイルだな」首を傾けて、うしろの窓を示した。「こっちに泳げば、地面に着くまでに十一マイルある。北に泳げば、ニューファンドランドまで陸地はない」

テディは言った。「島の中は探したんだね？」

「探した」

「隈《くま》なく？」

コーリーは数秒のあいだ、机の隅に置かれた銀の馬の胸像をもてあそんでから答えた。

「院長と配下の職員に加え、看護助手の選抜隊が、夜から今日の午《ひる》近くまで島じゅうを探した。施設の建物はすべて見てまわったが、影も形もなかった。さらに不可解なことに、どうやって部屋から出たのかさえわからないんだ。彼女の部屋は外から鍵がかけられてたし、ひとつしかない窓にも鉄格子がはまっている。鍵がいじられた形跡はまったくなかった」馬から眼を離して、テディとチャックをちらりと見た。「まるで壁を抜けて、蒸発してしまったかのようだ」

テディは手帳に〝蒸発〟と書いた。「消灯時に彼女が部屋にいたのは確かなんだね？」

「確かだ」

「どうしてわかる？」

コーリーは馬から手を引き、インターコムの呼び出しボタンを押した。「マリノ看護婦かな？」

「はい、ドクター」

「ミスター・ガントンに部屋に入るよう言ってくれないか」

「わかりました、ドクター」

窓のそばに、水のピッチャーとグラスが四つ載った小さなテーブルがあった。コーリーはそこまで行って、三つのグラスに水を注いだ。ひとつをテディ、もうひとつをチャックのまえに置き、自分のグラスを持って机のうしろに戻った。

テディは言った。「ここにアスピリンはないだろうね」

コーリーは小さく微笑んだ。「探せばいくらかはあると思うよ」机の抽出《ひきだし》の中をかきまわし、〈バイエル〉の瓶を取り出した。「二錠、それとも三錠？」

「三錠あれば充分だ」テディは眼のうしろの痛みが脈打ちはじめるのを感じた。

コーリーは錠剤を机越しに渡し、テディはそれを口に放り込んで、水で飲み下した。

「頭痛持ちかね、保安官？」

テディは言った。「あいにく船酔いになりやすくて」

コーリーはうなずいた。「ああ、脱水症状ね」

テディはうなずき、コーリーはクルミ材の煙草ケースを開けて、テディとチャックのまえに差し出した。チャックは首を振って、自分のパックを取り出した。三人で煙草に火をつけ、コーリーは背後の窓を開けた。

そしてまた椅子に腰を下ろし、机の向こうから写真を手渡した——若く、美しい女性。眼の下に隈《くま》ができている。黒髪と同じくらい黒い隈だ。眼自体は大きく開きすぎている。何か熱いものが、頭の中から眼を押し出しているようだ。カメラのレンズの向こう、写真を撮っている人間の向こう、そして人の知る世界のあらゆるものの向こうに、彼女が何を見ているにしろ、それは眼にして愉快なものではない。

彼女のどこかに居心地が悪くなるほどの親近感を覚え、テディはふと思い出した。強制収容所で見た少年だ。与えた食べ物に決して手をつけようとせず、四月の陽光の中、壁にもたれて坐り、眼にこの女性と同じ表情を浮かべていた。やがて少年はまぶたを閉じ、ついに駅に積まれた山の中に加えられた。

チャックは低い音で口笛を吹いた。「なんとね」

コーリーは煙草の煙を長々と吸い込んだ。「明らかに美人であることに反応しているのかね？　それとも明らかに異常をきたしていることに？」

「両方だ」

あの眼だ、とテディは思った。時が止まっていても、わめいているのがわかる。写真の中に乗り込んでいって、〝さあ、さあ、いいから、大丈夫だよ、静かに〟となだめたくなる。震えが止まるまで抱きしめて、心配することは何もないと言ってやりたくなる。

オフィスのドアが開き、髪にかなり白いものの混じった背の高い黒人が入ってきた。看護助手の白いシャツと上着を着ていた。

「ミスター・ガントン」とコーリーは言った。「こちらが以前話したかたたち――オール保安官とダニエルズ保安官だ」

テディとチャックは立ち上がってガントンの手を握った。テディは男がひどく怖れているのを嗅《か》ぎ取った。まるで法の執行官と握手するのを心地よく思っていないようだ。元の世界では、令状のひとつやふたつもらってもおかしくないようなことをしていたのかもしれない。

「ミスター・ガントンはここで十七年間働いている。助手長だ。昨晩レイチェルを部屋に連れていったのは、このミスター・ガントンだ。そうだね？」

ガントンは椅子に坐って足首を交差させ、両膝に手を置いた。いくぶん背を屈めて、眼を靴に落とした。「九時に〝グループ〟がありまして――」

コーリーが言った。「ドクター・シーハンとマリノ看護婦がおこなうグループ治療のことだ」

ガントンはコーリーがしゃべり終わるのを確認してから、また口を開いた。「ええ、そうです。それがグループです。そのグループが十時頃終わりました。私はミス・レイチェルを階上《うえ》の彼女の部屋へ連れていきました。彼女が中に入り、私は外から鍵をかけました。消灯のあいだは、二時間おきに見まわります。真夜中に彼女の部屋に戻ると、ベッドは空《から》でした。たぶん床に寝ているのだろうと思いました。そうする人間が多いので――床の上に寝る患者が。そこで私はドアを開け――」

コーリーがまたさえぎった。「きみの鍵を使ってだな、ミスター・ガントン？」

ガントンはコーリーにうなずき、また膝に眼を戻した。「ええ、私の鍵を使いました。ドアの鍵が閉まっていたからです。中に入りました。ミス・レイチェルはどこにもいません。ドアを閉めて、窓と鉄格子を確かめました。しっかりはまっています」肩をすくめた。「そこで院長に電話しました」眼を上げて、コーリーを見ると、コーリーは父親のように温かくうなずいた。

「おふたかた、何か質問があるかね？」

チャックは首を振った。

テディは手帳から眼を上げた。「ミスター・ガントン、部屋に入って、患者がいないのを確かめたと言ったね。つまり、どういうことだろう」

「なんですか？」

テディは言った。「クロゼットはあるかい？　ベッドの下に隠れられる空間は？」

「どちらもあります」

「そこも調べた」

「はい」

「ドアを開けたままで？」

「なんですか？」

「部屋に入って、見まわして、患者を見つけられなかったと言ったね。それから、ドアを閉めたわけだ」

「いいえ、私は……つまり……」

テディはコーリーにもらった煙草を吸って、待った。チェスターフィールズよりなめらかで、濃い煙だった。香りも異なり、甘く感じられるほどだった。

「ぜんぶで五秒ほどしかかかりませんでした」とガントンは言った。「クロゼットにドアはありません。そこを見て、ベッドの下を見て、ドアを閉めました。隠れられる場所はありません。小さな部屋ですから」

「壁に張りついていたとか？」とテディは言った。「ドアの右か左の壁に」

「いいえ」とガントンは首を振った。テディは初めてそこに怒りを垣間見た気がした。伏し眼と丁寧《ていねい》な応答のうしろにある根源的な怒りを感じた。

「それはないだろう」とコーリーが言った。「言いたいことはわかるよ、保安官。しかし部屋を見れば、彼女が壁の内側のどんな場所にいたとしても、ミスター・ガントンが見逃すはずがないことがわかるだろう」

「そうです」ガントンは今やテディをまっすぐ見て言った。テディは、質問したことで、男が自分の仕事に抱くすさまじいまでの誇りを傷つけたことを知った。

「ありがとう、ミスター・ガントン」とコーリーは言った。「このくらいで結構だ」

ガントンは立ち上がった。さらに数秒、テディに視線をとどめたあとで、「ありがとうございます、ドクター」と言い、部屋を去った。

三人はしばらく無言で煙草を吸った。吸い終わった煙草を灰皿で消してから、チャックが言った。「今から部屋を見せてもらえますか、ドクター」

「もちろんだ」とコーリーは言い、手にホイールキャップほどの大きさのキーリングを持って、机のうしろから出てきた。「ついてきたまえ」


そこは小さな部屋だった。ドアは内側へ開いた。鋼鉄製で、蝶番《ちょうつがい》にもきちんと油が差されているので、右側の壁にぴたりとついた。左側には壁が少しあり、その先に小さな木製のクロゼットが置かれている。プラスティックのハンガーに、作業服と、腰を紐《ひも》で縛るズボンが何着か掛かっていた。

「ご説ごもっともだな」とテディは認めた。「どう考えても、ドアロで人目を逃れることはできない」

コーリーはうなずいた。

　コーリーは皆が入ると、ドアを閉めた。即座にテディは監禁されたような気がした。部屋と呼ばれているかもしれないが、ここは紛れもなく独房だ。狭いベッドの奥に浮いているように見える窓には鉄格子がはめられている。化粧箪笥《けしょうだんす》が右の壁沿いに置かれていて、床と壁はむき出しの白いセメントだ。部屋に三人で入ると、手足をぶつけずに動ける空間はほとんど残らなかった。

　テディは言った。「ほかにこの部屋に入れるのは誰だ」

「夜のあの時間に？　この棟の中に残っている人間はほとんどいないな」

「わかるよ」とテディは言った。「だがとにかく、この部屋に入れるのは誰だ」

「看護助手だ、もちろん」

「医師は？」とチャックが訊いた。

「看護婦は入れる」とコーリーが言った。

「医師はこの部屋の鍵を持ってないのか」とテディが訊いた。

「持っている」コーリーはわずかに苛立った口調で言った。「しかし十時にはもうこの建物から引き上げてるよ」

「鍵も提出して？」

「ああ」

「記録があるかな」とテディは言った。

「どういう意味だね」

チャックが言った。「鍵を受け取るときと戻すときにサインするんだろう、ドクター。そこが訊きたいんだ」

「もちろん」

「だったら、昨日鍵を受け取った人間の記録を調べられるな」とテディが言った。

「ああ、なるほど。もちろんだ」

「一階の檻の中に保管されてるんだな」とチャックが言った。「中に警備員がいて、そのうしろに鍵がずらりと並んでた」

コーリーはすぐにうなずいた。

「それから人事ファイルもだ」とテディは言った。「医療スタッフと、看護助手と、警備員のファイルだ。それを見なきゃならない」

コーリーはテディの顔をまじまじと見つめた。まるでそこからゴキブリがわき出してきたかのように。「なぜ？」

「鍵のかかった部屋から女が消えたんだろう、ドクター？ ちっぽけな島から逃げ出して、誰も見つけ出せないんだ。少なくとも誰か手を貸した人間がいると考えるべきだろう」

「検討するよ」とコーリーは言った。

「検討する？」

「ああ、保安官。院長と何人かの医師と相談しなきゃならない。その上で、あなたの要望について決定を下し――」

「ドクター」とテディは言った。「これは要望じゃない。われわれは政府の命令でここに来てるんだ。ここは連邦の施設で、ここから危険な囚人が逃げ出した――」

「患者だ」

「危険な患者が」テディは声をできるだけ平静に保ちながら言った。「逃げ出した。その患者を捕らえようとしている連邦保安官への協力を拒むなら、ドクター、あんたは残念ながら――チャック？」

チャックは言った。「捜査を妨害していることになる、ドクター」

コーリーは、テディからの厄介ごとは覚悟していたが、チャックはレーダーに映っていなかったといった顔つきで彼を見た。

「ああ、つまり」と生気のない声で言った。「私に言えるのは、あなたがたの要望を満たすためにできるだけ協力するということだけだ」

テディとチャックは短く視線を交わして、またがらんとした部屋を調べはじめた。コーリーは、ふたりに不快感を示したあとに投げつけられた類いの質問に、おそらく慣れていないのだろう。だから少し時間を与えて、ひと息つかせることにした。

テディは小さなクロゼットの中を見た。白い作業服が三着と、白い靴が二足あった。

「患者が与えられる靴は何足だ？」

「二足だ」

「裸足でここから出ていったということか」

「そうだ」コーリーは白衣の下に締めたネクタイの結び目を直し、ベッドの上に置かれた大きな紙を指さした。「それが化粧箪笥の裏に落ちていた。どういう意味かはわからない。誰か教えてくれないだろうかと思ってる」

テディは紙を拾い上げた。裏返すと、文字が下に行くほどピラミッド型に小さくなる、病院の視力検査用の紙だった。また裏返して、チャックにも見えるように持ち上げた。

4の法則

わたしは47
彼らは80

＋あなたは3

われわれは4
でも
67は誰？

テディは紙を持っていたくもなかった。紙の隅を持つ指がひりひりした。

チャックは言った。「なんだこりゃ」

コーリーがうしろから近寄ってきた。「われわれの医学的な見解も似たようなものだ」

「われわれは三人だ」とテディが言った。

チャックは紙をのぞきこんだ。「え？」

「〝3〟というのはおれたちかもしれない」とテディは言った。「今、この部屋に立っているおれたち三人だ」

チャックは首を振った。「どうして彼女にそんなことが予言できる？」

テディは肩をすくめた。「ひとつの考え方だ」

「ああ」

コーリーが言った。「確かに。ちなみに、レイチェルは自分のゲームではきわめて優秀だった。彼女の妄想は――とりわけ、三人の子供がまだ生きていると信じるに至ったものは――非常に繊細で入り組んだ構造を持っていてね。その構造を支えるために、非常に手の込んだ自伝を作り上げていた。すべて架空の話だがね」

チャックはゆっくりと首を向けてコーリーを見た。「そいつを理解するのには学位が要《い》りそうだな、ドクター」

コーリーはくすっと笑った。「子供の頃、親に言った嘘を考えてみたまえ。それがどれほど念入りだったかを。どうして学校に行かなかったか、用事を忘れたかといったことを単に説明するのではなく、尾ひれをつけて、すばらしい話に仕立て上げただろう？」

チャックは考えて、うなずいた。

テディが言った。「もちろん。犯罪者も同じことをするんだな」

「そのとおり。要は混乱させるんだ。聞き手を煙に巻いて、疲れさせ、真実を超えるものを信じさせる。そんな嘘を自分自身につくことを想像してみてほしい。レイチェルがしているのはまさにそれだ。この四年間、彼女は自分が施設にいるとは夢にも思っていない。彼女にしてみれば、バークシャー地方の家に帰っていて、われわれは荷物の配達人や、牛乳屋や、郵便配達夫や、ただの通行人だ。現実がどうあれ、彼女は恐るべき意志の力で、幻想をどんどん膨《ふく》らませている」

「でも、どうして現実が割り込んでこないんだろう」とテディが言った。「つまり、彼女は精神病院にいるんだろう。どうしてときどきそれに気づかずにいられるんだろう」

「なるほど」とコーリーは言った。「ついに本格的な妄想型の怖ろしい美点に踏み込んできたね。いいかね、もし自分ひとりが真実を知っていると信じ込めば、まわりの人間すべてが嘘をついていることになる。そして、まわりの人間すべてが嘘をついているなら……」

「彼らがどんな真実を語ろうと」とチャックが言った。「それは嘘になる」

コーリーは親指と人差し指を立て、銃のようにチャックに向けた。「わかってきたね」

テディが言った。「それがこの数字にも関係していると?」

「そうにちがいない。数字は何かを表わしているはずだ。レイチェルの場合、ただぼんやりと考えたり、何かのついでに考えたりはしない。頭の中に築き上げたものが崩れないように、つねに真剣に考えなければならないんだ。これは」――視力検査紙を叩いて――「その構造を紙の上に表わしたものだ。私は、これが彼女の行き先を示していると本気で思っている」

　ほんの一瞬、テディは紙が自分に語りかけ、確固たる姿を現わしたと思った。最初のふたつの数字――〝47〟と〝80〟――だ。まちがいない。その何かが彼の脳を引っかいていた。ラジオからまったく別の曲が流れているのに、頭はある歌のメロディを思い出そうとしている感じだ。〝47〟は鍵としては単純そのものだ。すぐ眼のまえにある。造作もない。それは……

　考えられる論理の懸け橋がそこで崩れ、テディの頭は真っ白になった。鍵も、つながりも、懸け橋も手元から逃げてしまった。彼は紙をベッドの上に戻した。

「正気じゃない」とチャックが言った。

「なんだね？」とコーリーが言った。

「彼女の思考が行ってしまった場所だよ」とチャックは答えた。「おれはそう思う」

「うむ、それは確かだ」とコーリーは言った。「それは当然と考えていいだろう」

4

　三人は部屋の外に出た。廊下は中央の階段から延びていて、レイチェルの部屋のドアは、階段から左に半分ほど行った右手だった。

「この階から出るのはこの階段しかないのか」とテディが訊いた。

　コーリーはうなずいた。

「屋上には出られない？」とチャックが訊いた。

　コーリーは首を振った。「上に上がるには非常階段を使うしかない。建物の南側にあるんだが、ゲートがついていて、いつも鍵がかかっている。もちろん職員は鍵を持っているが、患者は持っていない。もし屋上に上がるなら、一度下に降り、外に出て鍵を開け、そこから上がらなければならない」

「いずれにせよ、屋上は調べたんだな？」

　コーリーはまたうなずいた。「棟内のすべての部屋もね。彼女がいなくなったとわかってすぐに、すべて見てまわった」

　テディは階段のまえの小さなカードテーブルについて坐っている看護助手を指さした。

「誰かがあそこに二十四時間いるのか?」

「ああ」

「すると昨日も誰かいたわけだ」

「実は、ミスター・ガントンだ」

階段のほうに進みながら、チャックは、「つまり……」と言い、テディに眉を上げてみせた。

「だな」とテディは同意した。

「つまり」とチャック。「ミス・ソランドは鍵のかかった部屋から廊下に出て、この階段を降りた」彼ら自身も降りていった。チャックは親指を振って、二階で彼らを待っていた看護助手を指した。「そしてどうやったのかはわからないが、ここの助手のまえも通り過ぎた。自分を見えなくする術でも使ったんだろうか。彼女はさらに階段を降りて、次に……」

最後の階段を降りると、そこは仕切りのない大部屋だった。寝椅子がいくつか壁際にあり、折り畳み式の大きな机と椅子が部屋の中央に置かれている。出窓から白い光が燦々《さんさん》と降り注いでいた。

「ここはいちばん大きなリヴィンググルームだ」とコーリーが言った。「夜はほとんどの患者がここで過ごす。昨晩はグループ治療がおこなわれた。あの出口の向こうに看護婦室が見えるだろう。消灯後は助手がここに集まってくる。床にモップをかけたり、窓を拭いたりするはずなんだが、実際にはカード遊びをしているところをしょっちゅう眼にする」

「昨日の夜は？」

「勤務していた者たちの話では、大いに盛り上がっていたそうだ。階段の下に七人の男が坐って、スタッドポーカーをしていたようだな」

チャックは腰に手を当て、ふうっとため息をついた。「彼女は明らかにここでも消える術を使って、右か左に行った」

「右に行けば、食堂から厨房に入る。厨房の先にドアがあるが、鉄格子がはまっていて、夜九時に調理担当の職員が立ち去るときに警報装置を作動させる。左は看護婦室と、職員用のラウンジだ。外に出られるドアはない。出られるのは、このリヴィングルームの反対側にあるドアと、階段の裏の廊下の先にあるドアだけだ。昨晩はどちらにも見張りがついていた」コーリーは腕時計を見た。「さて、私は打ち合わせがある。質問があったら、職員の誰に訊いてもらってもいいし、マクファースンを訪ねてもいい。マクファースンはこれまで捜索の指揮をとってきた。必要な情報はすべて彼が持ってるはずだ。職員は六時きっかりに、寮の地下にある食堂で食事をとる。そのあとはここの職員用のラウンジに集まってくるから、昨晩の事件があったときに働いていた者がいたら、誰にでも質問してくれ」

コーリーは足早に正面のドアから出ていった。ふたりは彼が左に曲がり、姿を消すまで見ていた。

を見て、テディに眼を戻した。「そう考えてもいいんじゃないか」

テディは言った。「内部の人間のしわざじゃないと感じさせるものが何かあるか？」

「おれは自分の透明人間の理論が気に入ってる。瓶に魔法の薬を入れてたのかもしれないぞ。わかるかい？　今もおれたちを見てるのかもな、テディ」チャックは肩越しにうしろを見て、テディに眼を戻した。「そう考えてもいいんじゃないか」

午後、ふたりは捜索隊に加わり、島の中を見てまわった。風は嵐をはらみ、暖かくなった。島の多くのものは育ちすぎていた。雑草が絡まり合い、野草をつかむように太古のオークの根が這い、棘《とげ》のある蔓草《つるくさ》が一面に伸びていた。ほとんどの場所は、警備員が持っている鉈《なた》を使っても通り抜けられない。レイチェル・ソランドは鉈を持っていないだろうし、もし持っていたとしても、島の自然は来る者すべてを海岸へ追い返しているように見えた。

捜索はおざなりだとテディは思った。彼とチャックだけが真剣に取り組んでいるような気がした。隊は湾を見下ろす丘の上を海岸線に沿って、伏し眼がちに、重い足取りで進んでいった。やがて黒い岩棚をまわりこむと、眼のまえに海に落ち込む断崖が現われた。左手の苔《こけ》と茨《いばら》と赤い実のなる草が絡まり育った茂みの先に、小さな沼地がある。沼地の上には低い丘が連なり、それが徐々に高くなって、切り立った崖に達していた。テディは、丘の斜面にいくつか割れ目があり、崖に楕円形の穴が開いているのに気がついた。

「洞窟か？」彼はマクファースンに訊いた。

マクファースンはうなずいた。「いくつかある」

「あそこは調べた？」

マクファースンはため息をつき、両手を丸めて風を避けながら細い葉巻に火をつけた。

「保安官、彼女は靴を二足持っていた。それは両方とも部屋にあった。なのにどうやってわれわれが今来た道をたどり、岩を横切り、あの崖を登れるんだね？」

テディは沼地の先のいちばん低い丘を指さした。「遠まわりをして西側から登った可能性は？」

マクファースンは自分の指をテディの指に並べた。「あの沼地が落ち込んでる場所が見えるかな。あなたの指の先にあるのは湿地帯だ。あの丘のふもとには毒のある蔦《つた》やら、ヴァージニアカシやら、漆《うるし》やら、千種類もの植物が生えている。そのどれにも、私の一物ほどの棘がついている」

「大きいってことかい？　それとも小さいってことか？」数歩先を歩いていたチャックが振り返って言った。

マクファースンは微笑んだ。「真ん中あたりかな」

チャックはうなずいた。

「要するにだ、保安官。彼女は海岸線を歩くしかない。で、どちらの方向に進んでも、半分ほど行けば浜辺はなくなる」彼は崖を指さした。「あれに突き当たるんだ」

一時間後、島の反対側で彼らはフェンスのまえに出た。その先に、古い砦と灯台が見えた。テディは、灯台自体のまわりにもぐるりとフェンスが張りめぐらされているのを見た。ふたりの警備員が門のまえに立ち、胸にライフルを抱えている。

「下水処理だっけ？」と彼は言った。

マクファースンはうなずいた。

テディはチャックを見た。チャックは眉を上げた。

「本当に下水処理？」とテディはまた訊いた。


夕食時、テディとチャックのテーブルには誰も寄ってこなかった。ときおりぱらつく雨と、潮の香りが漂う生暖かい風で湿った体で、ふたりは席についた。外では、暗闇の中で島がガタガタと揺れはじめていた。微風は夜の嵐に変わりつつあった。

「鍵のかかった部屋」とチャックが言った。

「裸足」とテディが言った。

「三個所の見張りのまえを通過」

「部屋じゅうにいた看護助手」

「裸足でな」とチャックは同意した。

テディは食べ物をつついた。シェパードパイのような代物で、肉は筋だらけだった。

「通電線の張られた壁を乗り越えて」

「あるいは警備員のいる門を抜けて」

「あの中へ」風が建物を、闇を、揺らしていた。

「裸足で」

「誰も彼女を見ていない」

チャックは肉を嚙《か》み、コーヒーをひと口飲んだ。「この島で誰か死んだら——そりゃ誰か死ぬだろう？——そいつはどこへ行く？」

「埋葬される」

チャックはうなずいた。「今日、墓地を見たっけ？」

テディは首を振った。「たぶんどこかフェンスで囲われてるんだろう」

「下水処理施設みたいにな。もちろん」チャックはトレイをまえに押し出し、椅子の背にもたれた。「このあと誰と話す？」

「職員だな」

「協力してくれると思うか」

「思わないのか」

チャックはにやりと笑った。煙草に火をつけ、テディの眼を見つめ、やがて低い声で笑いはじめた。笑いのリズムに合わせて口から煙が飛び出した。

テディは部屋の真ん中で、両手を金属製の椅子の背に置いて立ち、職員に丸く取り囲まれていた。チャックはポケットに手を入れ、横の柱にだらしなくもたれていた。

「なぜわれわれがここにいるのかは、みんなもわかってると思う」とテディは言った。

「昨晩、脱走があった。われわれの知るかぎり、ひとりの患者が消えた。その患者が誰かに助けられずにこの施設を去ったことを示す証拠は今のところない。マクファースン副院長、そうだね？」

「ああ。現時点ではそう判断するしかない」

テディがまた口を開きかけたときに、看護婦の横に坐っていたドクター・コーリーが言った。「おふたかた、とりあえず自己紹介してもらえないかな。職員の何人かはまだあなたたちを知らないんでね」

テディはすっと背筋を伸ばした。「連邦保安官のエドワード・ダニエルズだ。こちらはパートナーのチャールズ・オール保安官」

チャックは一同に軽く手を振り、またポケットに戻した。

テディは言った。「副院長、あなたの捜索隊は島を捜しまわった」

「そのとおり」

「何が見つかった？」

マクファースンは椅子に坐ったまま背伸びをした。「女性が逃げていることを示す証拠は何も見つからなかった。破れた服の切れ端も、足跡も、折れた草も、何もなしだ。昨日の夜は海流が速く、潮も満ちていた。泳ぐことは論外だ」

「でも、泳ごうとしたかもしれないわ」看護婦のケリー・マリノが言った。ほっそりとした女性で、部屋に入るなり、頭の上と首のすぐ上で留めた髪をほどいていた。帽子を膝の上に置き、指でけだるそうに髪を撫《な》でつけた。疲れているようだが、部屋にいた男は全員、疲れて髪を撫でつけるならベッドに行かなきゃなと言いたげに、彼女を盗み見た。

マクファースンは言った。「なんだね？」

マリノは髪をすくのをやめ、手を膝の上に置いた。

「どうして彼女が泳がなかったってわかるの？　泳いで溺れたのかもしれないわ」

「それなら今頃岸に流れ着いてるはずだ」コーリーは拳の中にあくびをした。「あの波だぞ」

マリノは〝あら失礼、皆さん〟とばかりに手を上げた。「言ってみただけ」

「ありがとう」とコーリーは言った。「保安官、先に進んでくれ。今日は大変な一日だったからな」

テディはチャックのほうをちらりと見た。チャックは眼尻を少し上げて応えた。小さな島で、暴行の前歴のある女性が逃亡しているのに、誰もがただベッドに入りたがっている。

テディは言った。「ミスター・ガントンの説明によれば、真夜中にミス・ソランドの部屋を見たところ、彼女はいなくなっていた。窓の鉄格子も、ドアの鍵も、いじられた形跡がなかった。ミスター・ガントン、昨晩十時から真夜中のあいだに、三階の廊下から眼を離すようなことがあったかな」

いくつかの頭がガントンのほうを向いた。何人かの顔が面白がるように輝くのを見て、テディは戸惑った。まるでテディが小学三年生の教師で、いちばん人気のある生徒に質問したかのようだ。

ガントンは自分の足を見つめて言った。「廊下を見てなかったのは、彼女の部屋に入って、いなくなってるのを発見したときだけです」

「三十秒ほどだね」

「十五秒くらいです」彼はテディに眼を向けた。「小さな部屋ですから」

「ほかの患者は？」

「ほかは全員、十時までに部屋に入って鍵をかけられていました。彼女は最後に部屋に入りました。私は階段の上で見張りにつきました。そこで二時間のあいだ、誰も見ませんでした」

「ずっとあの場所を離れなかったんだね？」

「離れませんでした」

「コーヒーを飲んだりもしなかった？」

ガントンは首を振った。

「わかった。では皆さん」とチャックが柱から離れて言った。「ここで大きく話を飛躍させよう。ミスター・ガントンを軽んじるつもりは毛頭ないし、議論のためだけにこんなことを言うんだが、とにかく頭の中で、ミス・ソランドが天井を這うか何かして外に出たと考えてみよう」

何人かがくすっと笑った。

「そして二階に降りる階段にたどり着いたとする。彼女は次に誰のまえを通る？」

赤毛で乳白色の肌の看護助手が手を上げた。

「あなたの名前は？」とテディが訊いた。

「グレン。グレン・マイガです」

「わかった、グレン。あなたはずっと机についていたかな」

「ええ……まあ」

テディは言った。「グレン」

「え？」いじっていた指のささくれから眼を上げた。

「本当のことを言ってくれ」

グレンはコーリーを見て、テディに眼を戻した。

「グレン」とテディは言った。「さあ」

グレンはテディにじっと見つめられ、徐々に眼を見開いて言った。「ええ、ついていました」

コーリーが膝に手をついて身を乗り出した。「誰が代わりに見張りに立ったんだね」

「ちょっと小便をしただけなんです」とグレンは言った。「ほんのわずかのあいだです、申しわけありません」

「どのくらいだ」

グレンは肩をすくめた。「せいぜい一分です」

「本当に一分だね？」

「私はラクダじゃありません」

「確かに」

「出たらすぐに終わりですよ」

「規則違反だぞ」とコーリーは言った。「なんてこった」

「わかっています。私は——」

「それはいつのことだ？」とテディは訊いた。

「十一時半頃です」コーリーに対する恐怖が、テディに対する憎しみに変わりつつあった。あといくつか質問をすれば、敵意をむき出しにするだろう。

「ありがとう、グレン」とテディは言い、首をチャックに傾けて、残りは任せることにした。

「十一時半頃」とチャックは言った。「ここではポーカーがまだ大いに盛り上がっていたのかな」

いくつかの顔が互いに視線を交わし、またチャックを見た。やがてひとりの黒人がうなずき、残りの助手たちも続いた。

「その時間にまだ残っていたのは？」

四人の黒人と一人の白人が手を上げた。

チャックは、最初にうなずき、最初に手を上げた、仲間のリーダーとおぼしき男に焦点を絞った。丸々と太った男で、剃《そ》り上げた頭が照明の下で光っている。

「名前は？」

「トレイです。トレイ・ワシントンです」

「トレイ、みんなが坐ってたのはどこだい」

トレイは床を指さした。「このあたりです。部屋の真ん中で、階段がよく見えるんで。正面のドアと、うしろのドアも見てました」

チャックは彼の横に歩いていき、首を伸ばして正面とうしろのドア、階段の位置を確かめた。「いい場所だ」

トレイは声を低くした。「患者だけを見てるわけじゃないんです。医者や看護婦の中には、あたしらを好きじゃない人もいるもんで。本当はカード遊びをしてちゃいけませんしね。とにかく誰が来るのか見て、モップをさっとつかまなきゃならないんです」

チャックは微笑んだ。「そうとうすばやいんだろうな」

「八月の稲妻を見たことがありますか」

「ああ」

「あたしがモップをつかむのに比べりゃ、あれも遅いほうだ」

それで一同はどっと沸いた。マリノ看護婦も思わず笑みを漏らし、何人かの黒人が互いに手のひらを打ち合わせた。テディは、滞在中、チャックにいい警官を演じさせようと思った。チャックには人の心をつかむ才能がある。どんな人間の集まりを選んでも、その中で心地よく過ごすすべを心得ている。肌の色も、ことばさえも関係ない。日本人のガールフレンドがいようがいまいが、シアトルの事務所はいったい何を考えて彼を手放したのだろうと思った。

一方、テディは生来、群れの指導者だ。まわりの男たちがそれを受け容れれば――戦争中、皆がたちどころにそうしたように――実にうまくやっていける。が、それまでは緊張が生じる。

「わかった、わかった」チャックは笑いを静めるために手を上げたが、みずからもまだ笑っていた。「それで、トレイ、あんたたちはみんなで階段の下にいて、ポーカーをしてた。何かおかしいと気づいたのはいつだい？」

「アイクが――ああ、ミスター・ガントンのことだけど――下に向かって叫びはじめたんです。〝院長を呼んでくれ。脱走〟だってね」

「それはいつだった」

「十二時二分三十九秒です」

チャックは眉を上げた。「あんたは時計か？」

「いいえ。でも、何か異常が発生したときに時計を見る訓練を受けてますんで。どんなことでも〝事故〟かもしれませんし、そうなるとわれわれはみんな〝事故報告書《IR》〟ってやつに記入しなけりゃなりません。ＩＲで最初に訊かれるのは、事件が起きた時刻です。ＩＲ

を何度も書けば、何かおかしいと感じたらすぐに時計を見るのが癖になりますよ」

彼の話に数人がうなずき、いくつかの口からは、教会の伝道集会にいるように、〝そうだ〟や〝そのとおり〟が飛び出した。

チャックはテディに一瞥《いちべつ》を送った――どう思う？

「十二時二分だな」とチャックは言った。

「それと三十九秒です」

テディはガントンに訊いた。「真夜中から二分経ってるのは、ミス・ソランドの部屋に行くまえにいくつかほかの部屋を見たからだね？」

ガントンはうなずいた。「彼女の部屋は廊下の五番目ですから」

「院長が現場に現われたのはいつだ」とテディは言った。

トレイが答えた。「ヒックスヴィル――警備員のひとりです――がまず最初に正面のドアから入ってきました。ゲートで働いてたんだと思います。彼が現われたのは、十二時六分二十二秒です。院長はその四分後に六人の男と現われました」

テディはマリノ看護婦のほうを向いた。「あなたはそういった騒ぎを聞いて……」

「看護婦室に鍵をかけたわ。わたしはちょうどヒックスヴィルが正面のドアから入ってくる頃、娯楽室に入ったの」肩をすくめ、煙草に火をつけた。ほかの職員はそれを合図と受け取り、おのおの煙草に火をつけた。

「看護婦室にいるあなたのそばを誰も通り抜けなかった？」

彼女は手首に顎を載せ、鎌状の煙の向こうからテディをじっと見つめた。「通り抜けてどこへ行くの？　水治療室のドア？　そんなところに入っても、たくさんのバスタブと小さなプールがいくつかあるセメントの箱に閉じ込められるだけよ」

「その部屋も調べた？」

「調べたよ、保安官」とマクファースンが疲れた声で言った。

「マリノ看護婦」とテディは言った。「あなたは昨晩のグループ治療に立ち会ったね」

「ええ」

「何か普通でないことは起こらなかった？」

「〝普通でない〟を定義して」

「え？」

「ここは精神病院よ、保安官。精神障害の犯罪者のための施設なの。日々の生活で〝普通〟のことはあまりないわ」

テディは彼女にうなずき、自信なさげな笑みを見せた。「言い換えよう。昨晩のグループで、とくに記憶に残るようなことはなかったかな。いつもより……」

「普通でないこと？」と彼女は言った。

コーリーが微笑んだ。笑い声がまばらに起こった。

テディはうなずいた。

彼女はしばらく考え込んだ。煙草の先の灰が白くなって曲がった。それに気づき、灰皿を軽く叩いて、顔を上げた。「ないわね、申しわけないけど」

「ミス・ソランドは昨日の夜、発言したかな？」

「何度かしたと思うわ、確かに」

「どんなことを？」

マリノはコーリーにちらりと眼をやった。

彼は言った。「今、保安官のまえでは、患者に対する守秘義務はないと考えていい」

彼女はうなずいたが、テディには、内心その意見にあまり賛成していないのがわかった。

「短気矯正《アンガー・マネジメント》の方法について話し合ったの。最近、あまり好ましくない事態が何件か生じたので」

「たとえば？」

「患者が別の患者に叫んだり、喧嘩をしたりといったことよ。常軌を逸したことじゃないわ。ここ数週間、みんな少し気が立ってるの。何よりこの熱波のせいだと思うけど。だから昨日の夜は、心配や不快を外に示すのに適切な方法と、不適切な方法を話し合ったの」

「ミス・ソランドは最近、何か怒りに関する問題を抱えていたのか」

「レイチェルが？　いいえ。レイチェルは雨が降ると苛立つだけよ。昨日のグループ治療でそう言ってたわ。〝雨が聞こえる。雨音が聞こえるの。今ここじゃないけど、もうすぐ来るわ。食べ物をどうしましょう〟ってね」

「食べ物？」

マリノは煙草を灰皿でもみ消し、うなずいた。「レイチェルはここの食べ物が大嫌いなの。いつも文句を言ってたわ」

「理由がわからなくもない？」とテディは言った。

マリノは笑みが広がるまえに自分を押しとどめ、眼を落とした。「わかるかもね。わたしたちは道徳的な善し悪しで理由や動機を得るわけじゃないから」

テディはうなずいた。「それで昨日の夜はドクター・シーハンがここにいたんだろう。グループ治療をおこなったのは彼だ。彼はここにいるかい？」

誰も、何も言わなかった。何人かの男が、椅子のあいだに置かれた灰皿に煙草を押しつけた。

ついにコーリーが言った。「ドクター・シーハンは朝のフェリーで発《た》った。あなたたちの乗ってきたフェリーの帰りの便で」

「なぜ？」

「しばらく休暇を取ることになってたんだ」

「だがわれわれは彼と話さなければならない」

コーリーは言った。「グループ治療については、彼の書いた報告書がある。彼のメモもすべて持ってる。彼は昨晩十時に病院を出て、自室に引き上げ、今朝《けさ》出発した。ドクター・シーハンの休暇は長いことお預けになっていて、まえまえから計画されてたんだ。引き止める理由がなかった」

テディはマクファースンを見た。

「あなたは許可したのか」

マクファースンはうなずいた。

「今ここは封鎖されてるんだぞ」とテディは言った。「患者が逃げたんだ。どうして封鎖中に、誰であろうと、外に出ることを認めたんだ」

マクファースンは言った。「夜のあいだ、彼の居場所は確実にわかっていた。それで充分だと思ったんだ。とどめておく理由は見つからなかった」

「彼は医師だ」とコーリーが言った。

「なんてこった」とテディは低い声で言った。これまで見てきたあらゆる監禁施設の運用手順で、もっとも重大な違反にあたるのに、皆たいしたことではないふりをしている。

「彼はどこに行った」

「なんだね？」

「休暇でだよ」とテディは言った。「どこに行ってるんだ」

コーリーは天井を見上げ、思い出そうとした。「ニューヨークだと思う。確かあの街だ。家族がそこのパーク・アヴェニューに住んでるから」

「電話番号を教えてくれ」とテディは言った。

「どうして彼の」

「ドクター」とテディは言った。「電話番号を教えてくれ」

「あとで教えるよ、保安官」コーリーは天井を見たままだった。「ほかに何かあるかね」

「もちろん」とテディは言った。

コーリーは顎を落とし、まっすぐにテディを見つめた。

「電話が要《い》る」とテディは言った。


看護婦室の電話からは空電音しか聞こえなかった。建物の中にはさらに四台の電話があり、皆、鍵つきのケースに入っていたが、ガラスの扉を開けて受話器を取ると、結果はすべて同じだった。

テディとコーリーは病院の一階にある中央交換台まで行ってみた。ドアを入ると、黒いヘッドフォンを首から掛けた交換手が顔を上げた。

「医長」と彼は言った。「通信が途絶えました。無線も使えません」

コーリーが言った。「外の嵐はまだそれほどひどくないぞ」

交換手は肩をすくめた。「がんばってみますが、こちらで何をしようとあまり関係ないんです。どちらかというと、向こう側の天候の問題ですから」

「続けてくれ」とコーリーは言った。「回線が復旧したら私に教えてくれ。この人が重要な電話をしなきゃならないんだ」

交換手はうなずき、ふたりに背を向けて、またヘッドフォンをつけた。

外の空気は、ふさいだ息のようだった。

「連絡が来なかったら彼らはどうする？」

「事務所か？」とテディは言った。「夜勤の報告書に記入する。通常二十四時間経ったあとで、心配しはじめるよ」

「終わってる？」とテディは言った。「たぶんそれまでには終わってるだろう」

コーリーはうなずいた。

コーリーは肩をすくめ、ゲートのほうに歩きはじめた。「まだ始まってもないじゃないか」

「ほう」とテディは言った。「家で何か飲んで、葉巻を一、二本吸ってから寝るつもりだ。九時頃来るかね？もしおふたりがその気になればだが」

コーリーは足を止め、テディのほうを振り返った。「そのとき話せるかい」壁の向こうの暗い木々が揺れ、ささやきはじめていた。

「もう話してるよ、保安官」


チャックとテディは、大気の中に生暖かい嵐の気配を感じながら、暗い敷地内を歩いた。まるで世界が身ごもり、膨《ふく》らんでいるかのようだ。

「みんな戯言《たわごと》だ」とテディは言った。

「ああ」

「芯《しん》まで腐りきってる」

「おれはバプテストだった。あんたのために祈ってやるよ、〝アーメン、ブラザー〟」

「ブラザー？」

「南部じゃそう言う。一年間、ミシシッピで働いたことがあるんだ」

「ほう」

「アーメン、ブラザー」

テディはチャックからまた煙草をもらい、火をつけた。

チャックは言った。「事務所に電話したのか」

テディは首を振った。「コーリーが言うには、交換台が使えないそうだ」そして手を上げた。「嵐のせいで」

チャックは舌の上から煙草を吐き出した。「嵐？　どこに」

テディは言った。「来てるのがわかるだろう」暗い空を見上げる。「まだ基幹設備の機能を奪うほどじゃないが」

「基幹設備ね」とチャックは言った。「もう陸軍を離れたのかい？　それともまだ退役書類を待ってるところ？」

「交換台か」とテディは言い、煙草を建物のほうに振った。「呼び名はどうでもいいが。無線も使えないそうだ」

「無線も？」チャックは眼を見開いた。「クソ無線も使えないって、ボス？」

テディはうなずいた。「ああ、見通しは暗いな。島に封じ込められて、女を探すなんてな。そいつは鍵のかかった部屋から逃げ出し……」

「四人の見張りのまえを通り過ぎ」

「ポーカーをしてる職員だらけの部屋を抜けて」

「十フィートの煉瓦の壁を上り」

「しかも壁の上には通電線が張られてる」

「十一マイル泳ぎ――」

「――逆巻く波をものともせず――」

「――岸にたどり着いた。〝逆巻く〟ね、気に入った。しかも冷たいだろう。水の中はどのくらいだ、十度かそこらか」

「せいぜい十五度だろうな。しかし夜だから」

「十度に戻る」チャックはうなずいた。「テディ、どうなってるんだ、これはいったい」

テディは言った。「それから、いなくなったドクター・シーハン」

チャックは言った。「やっぱりそれもおかしいと思ったのか。あまり気にしてないのかと思ったよ。コーリーのケツの穴をもっととっちめるかと思ってた、ボス」

テディは笑った。笑い声が一陣の夜風に乗って、遠い波に吸い込まれていった。まるで最初からなかったかのように。自分が持っていたはずのものを、島と、海と、潮風が奪い……

「……でっち上げの一部だったら？」チャックが話していた。

「なんだって？」

「もしおれたちがでっち上げの一部だったらどうだ」とチャックは言った。「最後の仕上げのためにここに呼ばれたんだとしたら」

「明快に頼むよ、ワトソン君」

チャックはまた微笑んだ。「わかったよ、ボス。がんばってついてきてくれ」

「ああ」

「たとえば、ある医者がある患者にのぼせ上がったとする」

「ミス・ソランドか」

「写真を見たよな」

「確かに魅力的だ」

「魅力的？　テディ、兵士がロッカーに写真を貼るほどの美人だよ。で、彼女はわれらがシーハンに言い寄る……わかるか？」

テディは煙草を風に飛ばした。火の粉が散り、風に乗って彼とチャックのうしろに飛んでいった。「シーハンは夢中になり、彼女なしでは生きられないと思った」

「キーワードは〝生きる〟だ。本物の世界で、自由なカップルとして〝生きる〟」

「そこでふたりはずらかった。いっしょに島を抜け出した」

「おれたちがこうやって話してるあいだにも、ファッツ・ドミノの公演にでも行ってるかもしれない」

テディは職員寮の端で足を止め、オレンジ色の壁と向き合った。「だがどうして警察に捜索を依頼しない？」

「してるじゃないか」とチャックは言った。「決まりだから、彼らは誰かを呼ばなきゃならなかった。こういう場所から脱走があった場合には、おれたちだ。しかし職員が関与していることを彼らが隠そうとしてるのなら、おれたちはでっち上げに協力してるだけだ。彼らがすべて規則どおりにやったってことを証明するのさ」

「なるほど」とテディは言った。「だとしても、なんのためにシーハンをかばうんだ」

チャックは片足の靴の底を壁に当て、膝を曲げながら煙草に火をつけた。「そこはまだよくわからない」

「もしシーハンが彼女をここから連れ出したなら、誰かに金をつかませたはずだ」

「だろうな」

「それも大勢」

「少なくとも何人かの看護助手と、警備員だな」

「フェリーの人間にも必要だ。ふたり以上かもしれない」

「フェリーを使ったのならな。自分の船を持ってたのかもしれんぞ」

テディはしばらく考えた。「金はあるな。コーリーの話だとパーク・アヴェニューに家族がいる」

「するとやっぱり自分の船だ」

テディは壁を見上げ、上に張られた細い鉄線を見た。まわりの空気は、今やガラスに押しつけられた泡のような圧迫感があった。

「答にはなるが、同じくらい疑問が湧く」ややあって、テディは言った。

「どうして？」

「なぜレイチェル・ソランドの部屋に暗号がある？」

「彼女は事実、頭がおかしいから」

「でも、なぜそれをおれたちに見せる？　つまり、これが作り話なら、どうしておれたちにさっさと報告書を書かせて、家に帰らせないんだ。〝看護助手は寝ていました〟でもいいし、〝窓の鍵が錆びてはずれていたのに気がつきませんでした〟でもいいじゃないか」

チャックは片手を壁に押しつけた。「たぶん寂しかったんだろう。彼ら全員。外の世界から誰か呼びたかったんだろう」

「もちろんな。おれたちをここに呼べるように話をでっち上げたわけだ。何か目新しい話題を仕入れて。そりゃいける」

チャックは振り返り、アッシュクリフ病院を見た。「冗談はさておき……」

テディも振り返り、病院を正面にとらえた。「なんだい……」

「ちょっと神経が高ぶってきたよ、テディ」

5

「ここは大広間と呼ばれている」とコーリーは言いながら、ふたりを寄せ木張りの玄関ロビーから、オークのドアへと案内した。ふたつ続くドアの真鍮《しんちゅう》のノブは、パイナップルほどの大きさがあった。「冗談じゃなくね。家内が屋根裏で、ここのもとの所有者だったスピーヴィ大佐の送られていない手紙を見つけたんだ。建設中の〝大広間〟について延々《えんえん》と書いてたよ」

コーリーはパイナップルをぐいと引き、重いドアを開けた。

チャックは低く口笛を鳴らした。テディとドロレスがバトンウッドに持っていたアパートメントは、広いことで友人たちの憧れの的だった。廊下はフットボールのコートほどの長さがあると言われていたが、このコーリーの部屋には彼らのアパートメントが軽くふたつは入る。

床は大理石で、ところどころに暗い色の東洋の絨毯《じゅうたん》が敷かれている。暖炉はほとんどの男の背より高い。九つある窓のすべてに下がった、三ヤードほどある濃い紫のビロードのカーテンだけでも、テディが一年で稼ぐ額以上の費用がかかっている。二年分かもしれない。部屋の隅にビリヤード台があり、その上に北軍の青い制服を着た男性と、フリルつきの白いドレスを着た女性の油絵がある。三枚目の絵にはその男女がいっしょに描かれている。彼らの足もとには犬がいて、背景はこの部屋の巨大な暖炉だ。

「あれが大佐かい」とテディが訊いた。

コーリーは彼の視線の先を追って、うなずいた。「この絵が描かれたすぐあとで軍を追い出された。ビリヤード台や、絨毯や、たくさんの椅子といっしょに地下室にあるのを見つけたんだ。地下室をお見せしたいよ、保安官。ポロ競技場がまるごと入るほどだ」

テディはパイプ煙草のにおいを嗅《か》いだ。チャックも彼と同時に振り返り、部屋にもうひとり男がいることに気がついた。背板の高い肘掛け椅子を暖炉のほうに向け、彼らに背を向けて坐っている。片足がもう片方の膝から横に伸びていて、その上に開いた本の端が見えていた。

コーリーはふたりを暖炉のほうへ連れていき、炉辺に丸く並べた椅子を指さした。途中、酒瓶の棚のまえを通り過ぎたときに、「毒はいかがかな」と訊いた。

チャックは言った。「もしあれば、ライ・ウィスキーを」

「あると思うよ。ダニエルズ保安官は？」

「ソーダ水と氷をいただく」

見知らぬ男は彼らを見た。「酒はたしなまないのかな」

テディは男を見下ろした。ずんぐりした体の上に、小さな赤毛の頭がサクランボのように載り、全体にひどく繊細な雰囲気を漂わせている。毎朝、バスルームで嫌というほど時間をかけて、タルカムパウダーと香料入りのオイルで身だしなみを整えるような男だと思った。

「あんたは？」とテディは訊いた。

「私の同僚」とコーリーが言った。「ドクター・ジェレマイア・ネーリングだ」

男は彼らを認めてまばたきしたが、握手の手は伸ばさなかった。テディもチャックも手を差し出さなかった。

「興味深いね」とネーリングは言った。テディとチャックは彼の左側に並べられた椅子に坐った。

「そりゃよかった」とテディは言った。

「どうしてアルコールを飲まないんだね？　きみの職業では飲むのが普通かと思っていたが」

コーリーから飲み物を渡されると、テディは立ち上がり、暖炉の右側にある本棚に歩いていった。「きわめて普通だね」と彼は言った。「あんたのほうは？」

「なんだね？」

「あんたの職業だ」とテディは言った。「飲んべえが山ほどいると聞いたが」

「私は知らないな」

「だったらよく見てないんだ。ちがうかい？」

「言ってることがよくわからない」

「そのグラスの中身は？　アイスティーかな」

テディは本から向き直り、ネーリングが自分のグラスに眼をやるのを見た。なよやかな口にあるかなきかの笑みが浮かんだ。「すばらしいよ、保安官。並はずれた防衛メカニズムだ。尋問がそうとう上手《うま》いんだろうね」

テディは首を振り、少なくともこの部屋には、医学書以外ほとんど置かれていないことに気がついた。ほかの本もいくらかはあるが、ほとんどが小説で、詩集と思しき薄い本が数冊と、歴史書と伝記が数段分あるだけだ。

「ちがうかね？」とネーリングは言った。

「おれは連邦保安官だ。たいていの場合、われわれは容疑者を連れていくだけで、面談は別の人間がおこなう」

「私は〝尋問〟と言ったが、きみは〝面談〟だ。保安官、まったく驚くべき防御能力だよ」そして拍手するように、スコッチのグラスの底をテーブルに何度か軽く当てた。「暴力に浸《ひた》る男にはいつも魅了される」

「何に浸るって？」テディはネーリングの椅子まで戻り、小さな男を見下ろして、グラスの氷を鳴らした。

ネーリングは頭をのけぞらせて、ひと口スコッチを飲んだ。「暴力だ」

「ずいぶん勝手に決めつけるじゃないか、ドクター」チャックだった。テディがこれまで見た中で、いちばん苛立っていた。

「決めつけじゃない。誤解だ」

テディはもう一度氷をカランといわせて、ソーダ水を飲み干した。ネーリングの左眼の近くが引きつった。「おれもパートナーに賛成せざるをえないね」とテディは言い、席についた。

「ちがう《ノー》」ネーリングは一音節を三音節に発音した。「きみは暴力に浸っていると言っただけだ。暴力を振るう男だと言って責めてるわけじゃない」

テディは大きな笑みを浮かべた。「よくわからない。教えてくれ」

彼らのうしろにいたコーリーが蓄音機にレコードを載せた。針の引っかく音がして、サーッという雑音に、プツプツいう音が混じった。テディは先ほど使おうとした電話を思い出した。やがて雑音に代わって、心潤《うるお》す弦楽器とピアノの音が聞こえてきた。クラシック音楽だ。テディにはそこまでしかわからなかった。外国のカフェと、ダッハウ収容所の副司令官の部屋で見たレコードのコレクションを思い出した。その男はレコードを聴きながら、口に銃を突っ込んで引き金を引いたのだ。テディと四人の兵士が部屋に入ったときにはまだ生きていて、うがいをするような音を立てていた。銃が床に落ちたので、二発目を撃つことができなかった。柔らかな音楽がクモのように部屋の中を這いまわっていた。男が死ぬまでに、それから二十分かかった。部屋を荒らしながら、ふたりの兵士が副司令官に、痛いかと訊いた。テディは男の膝から額に入った写真を取り上げた。彼の妻とふたりの子供の写真だった。取り上げるときに、男は眼を見開き、手を伸ばして取り戻そうとした。テディはうしろに下がり、男が死ぬまで、写真と男を代わるがわる見ていた。そのあいだじゅうずっと、あの音楽が流れていた。鈴のような音色で。

「ブラームス？」とチャックが訊いた。

「マーラーだ」コーリーはネーリングの横の椅子に坐った。

「教えてくれと言ったね」とネーリングが言った。

テディは膝の上に肘をつき、両手を広げた。

「小学校の頃から」とネーリングは言った。「きみたちはふたりとも、体を張った対決から逃げたことがないはずだ。それを愉《たの》しむと言うつもりはないが、退却は考えたこともない。ちがうかね？」

テディはチャックのほうを見た。チャックはいくぶんまごついたように、小さく笑った。

チャックは言った。「逃げるようには育てられなかったな、ドクター」

「ああ、なるほど――育てられるね。ところできみは誰に育てられた」

「クマだ」とテディが答えた。

コーリーは眼を輝かせ、テディに小さくうなずいた。

ネーリングはしかし、ユーモアに応じるそぶりを見せず、ズボンの膝をいじっていた。

「きみは神を信じるかね」

テディは笑った。

ネーリングは身を乗り出した。

「驚いたな、真剣に訊いてるのか」とテディは言った。

ネーリングは待った。

「強制収容所を見たことがあるかい、ドクター」

ネーリングは首を振った。

「ない?」テディ自身も前屈みになった。「あんたの英語はすばらしい。ほとんど訛《なま》りがないが、子音をちょっと強く発音しすぎるな」

「合法な移民は犯罪かね、保安官?」

テディは微笑み、首を振った。

「では神の話題に戻ろう」

「ドクター、いつか強制収容所を見てくれ。そして神について自分がどう思うかよく考えてから、おれに質問してもらおう」

ネーリングのうなずきは、まぶたをゆっくりと閉じ、また開くことだった。彼は視線をチャックに向けた。

「きみは?」

「収容所は見たことがない」

「神を信じるかね」

チャックは肩をすくめた。「どっちなのか、もう長いことまじめに考えてないな」

「お父さんが亡くなってから？」

チャックも身を乗り出し、太った小男を鋭い眼で見据えた。

「お父さんは亡くなったんだろう？　きみのお父さんもだ、ダニエルズ保安官。実際、賭けてもいいが、きみたちふたりとも、十五歳になるまでに、人生における支配的な男性像がいなくなったはずだ」

「誰にでもできそうな推測だな」とテディは言った。

「何？」さらに身を乗り出す。

「次の手品は？」とテディは言った。「おれの持ってるカードを言い当てるのか。それとも看護婦の胴体を半分に切るのか。ドクター・コーリーの頭の中からウサギを出すのか」

「これは手品じゃない」

「こういうのはどうだ」テディは、こぶのような肩からサクランボ頭をもぎ取ってやりたいと思いながら言った。「ある女に、壁を抜け、看護助手だらけの建物の上をふわふわ飛んで海を渡る方法を教えるってのは」

チャックが言った。「そりゃいい」

ネーリングはまたあえてゆっくりとまばたきした。餌を与えられた家猫を思わせるしぐさだった。

「またもや防衛メカニズムが――」

「ああ、まただ」

「――すばらしいが、今の懸案は――」

「今の懸案は」とテディは言った。「昨晩、この施設で約九個の重大な規則違反があったことだ。女性がひとりいなくなったというのに、誰も探しちゃいない――」

「探してるさ」

「真剣に？」

ネーリングは椅子の背にもたれ、コーリーをうかがった。テディは、ふたりのうちどちらが本当の責任者なのだろうと思った。

コーリーはテディの視線をとらえた。医師の顎の下がわずかに赤味を帯びた。「ドクター・ネーリングは、ほかの職責とともに、われわれを監督する理事会との連絡を取り仕切っている。今晩はその立場から、あなたが言った要望に返答するために来てもらったんだ」

「どの要望だい？」

ネーリングはマッチを手で覆ってパイプに火をつけた。パイプが生き返った。「医療スタッフの個人ファイルをきみたちに見せるわけにはいかない」

「シーハンのことだな」とテディは言った。

「あらゆる職員だ」

「あんたは股間のものでおれたちを通せんぼしてる」

「そういうことばはよく知らない」

「もっと旅に出るべきだ」

「保安官、捜査は続けてもらっていい。われわれもできるかぎり協力するが――」

「いや」

「なんだね？」コーリーも身を乗り出した。四人とも背を丸めて首を伸ばす恰好になった。

「いや」とテディは繰り返した。「もう捜査は終わった。われわれは最初のフェリーで街に帰る。報告書を書いて提出すれば、あとはおそらくフーヴァー（FBI長官）の連中に引き継がれると思う。だが、とにかくわれわれはこの事件からはずれる」

ネーリングのパイプは宙に浮いたままだった。コーリーは飲み物に口をつけた。マーラーが鈴のように鳴っている。部屋のどこかで時計が時を刻む。外で雨足が強まっていた。コーリーは空いたグラスを椅子の横の小さなテーブルに置いた。

「そうしたいならどうぞ、保安官」

ふたりがコーリーの家を出たときには土砂降りだった。雨がスレート屋根や、煉瓦敷きの中庭や、待っている車の黒い屋根に叩きつけていた。テディは、ヘッドライトの銀色の光が斜めに広がって、闇を切り裂いているのを見た。コーリーの家の玄関ポーチから車まではわずか数歩だったが、それでもずぶ濡れになった。マクファースンが車のまえをまわってきて、運転席に飛び乗った。パッカードのギアを入れながら頭を振ると、ダッシュボードに水滴が飛び散った。

「いい夜だ」さかんに動くワイパーと、屋根を打つ雨の音に負けないように、彼は声を張り上げた。

テディは振り返って、ウィンドウ越しにうしろを見た。コーリーとネーリングがポーチに立って、彼らを見送っている姿がぼんやりと見えた。

「人にも獣にもありがたくない」とマクファースンが言うと、木の幹からもぎ取られた細い枝がフロントガラスの上を流れていった。

チャックは言った。「ここでどのくらい働いてるんだい、マクファースン」

「四年だ」

「これまでに脱走は？」

「あるわけない」

「規則違反は？　たとえば誰かが一、二時間いなくなるとか」

マクファースンは首を振った。「それさえもない。頭が完全にいかれてなきゃ、そんなことはできない。逃げたところでどこへ行ける？」

「ドクター・シーハンはどうだい」とテディが訊いた。「彼とは知り合いだった？」

「もちろん」

「彼はどのくらいここで働いてる？」

「私の一年前からいると思う」

「つまり五年か」

「そんなところだ」

「彼はミス・ソランドの面倒をしょっちゅう見てたのか？」

「私が知るかぎり、それはない。彼女の主治医はドクター・コーリーだ」

「医長が、ある患者の主治医になることはよくあるのかい？」

マクファースンは口ごもった。「それは……」

彼らは待った。ワイパーがひっきりなしに動き、暗い木々が車のまえにたわんできた。

「場合による」とマクファースンは言い、警備員に手を振った。パッカードは中央の門をくぐった。「もちろんドクター・コーリーはC棟の患者を大勢担当してる。それから、そう、ほかの棟でも何人かの患者の主治医になってるな」

「ミス・ソランドのほかには誰がいる？」

マクファースンは男子寮の外で車を停めた。「外に出てあんたたちのためにドアを開けなくても、気を悪くしないだろうね？　ゆっくり休んでくれ。朝になれば、ドクター・コーリーがすべての質問に答えてくれるよ」

「マクファースン」テディは自分の横のドアを開けながら言った。

マクファースンはまえの座席から振り向いて、テディを見た。

「あんた、あまり上手《うま》くないな」とテディは言った。

「何が？」

テディはぞっとするような笑みを浮かべて、雨の中に足を踏み出した。

彼らはトレイ・ワシントンと、ビビー・リュースという看護助手と同じ部屋に入った。かなり大きな部屋で、二段ベッドがふたつと、小さな居間があり、彼らが入ると、トレイとビビーはポーカーをしていた。テディとチャックは、誰かが二段ベッドの上の段に置いていた白いタオルで髪を拭き、椅子を引っ張ってきて、ゲームに加わった。

トレイとビビーは小銭を賭けていて、硬貨がなくなったら煙草で代用できることになっていた。セヴン・カード・スタッドで、テディは三人全員と勝負し、クラブのフラッシュで五ドルと煙草十八本を手にした。煙草をポケットに入れ、そこからは地道に戦った。

しかし本物の名手はチャックだった。終始陽気に振る舞い、まったく手が読めず、硬貨と煙草と、最終的には紙幣を大枚蓄えた。ゲームが終わったときには、眼のまえの山を見て、どうしてこんなものができているのだろうと驚いているかのようだった。

トレイが言った。「X線か何かで透視できるんじゃないですか、保安官」

「運がいいだけだよ」

「嘘だ。そんな阿呆みたいな運があるもんですか。ヴードゥー教のまじないでもかけてるんでしょう」

チャックは言った。「どこかの阿呆は耳たぶを引っ張らないほうがいいだろうな」

「え？」

「あんたは耳たぶを引っ張るんだよ、ミスター・ワシントン。フルハウス以下の手のときには必ずな」彼はビビーを指さした。「そしてこの阿呆は——」

三人はどっと笑った。

「彼は——待て、ちょっと待ってくれ——彼はこれからはったりをかまそうというときに、リスみたいな眼をしてみんなのチップを見始める。しかしすごい手が来たときには、落ち着き払って考え込むんだ」

トレイはこれ以上ないほどの馬鹿笑いで空気を震わせ、テーブルを叩いた。「ダニエルズ保安官はどうなんです？　どうやってわかります？」

チャックはにやりと笑った。「おれが相棒を裏切ると思うか？　それはない」

「こらあ！」ビビーがテーブル越しにふたりを指さした。

「それはできない」

「わかった、わかりましたよ」とトレイが言った。「白人同士ってやつだ」

チャックの顔に影がさした。彼は部屋の空気が吸い尽くされるまでトレイをじっと見つめた。

トレイの咽喉《のど》仏《ぼとけ》が動き、手を上げて謝ろうというところで、チャックは言った。「もちろんさ。ほかに何があるってんだ」彼の顔に広がるにやにや笑いは、川ほどの大きさになった。

「この野郎《マザーファッカー》！」トレイは手でチャックの指を叩いた。

「この野郎《マザーファッカー》！」ビビーも言った。

くす笑った。

「こんにゃろう《マザファアッカ》」とチャックがはるかに黒人らしく言い、三人は小さな少女のようにくすくす笑った。

似たようなことをしようとテディも考えはした。しかし意気がる白人に見えるだろうと思い、あきらめたのだった。だがチャックはどうだ。チャックは見事にやってのけた。

「で、おれはどうしてばれる?」暗闇の中で横になって、テディはチャックに訊いた。部屋の向かいでは、トレイとビビーがいびきの競争の真っ最中で、この三十分は、雨もまるでひと息ついて力を蓄えているかのように、小降りになっていた。

「ポーカーのことか?」チャックは下の段から言った。「忘れてくれ」

「いや、知りたいんだ」

「今までかなり上手《うま》いと思ってただろう? 正直に認めなよ」

「下手《へた》だとは思ってなかった」

「下手じゃないさ」

「こてんぱんにやられた」

「数ドル勝っただけだよ」

「父親が賭博師だったのか」

「クソ親父だったよ」

「それは失礼」

「あんたのせいじゃない。あんたのほうは?」

「父親か?」

「もちろん、あんたの父親さ。ほかに誰がいる」

テディは闇の中に父親の姿を思い浮かべようとしたが、手だけしか見えなかった——傷だらけの手しか。「彼は他人だった」とテディは言った。「誰にとっても。母親にとってさえ。ひょっとすると、本人にとっても他人だったのかもしれない。彼は船と一心同体だった。船をなくしたとき、彼もどこかへ漂っていったんだ」

チャックは何も言わなかった。しばらく経ったので、テディは彼が寝入ったのだと思った。突然、父親の姿が見えた——体全体が。仕事がない日にいつも坐っていた椅子に坐り、壁と天井と部屋に呑み込まれていた。

「なあ、ボス」

「まだ起きてたのか」

「本当に引き上げるのか」

「ああ。驚いたか」

「責めようってんじゃない。おれはただ……」

「なんだ?」

「これまで何かを途中であきらめたことがないから」

テディはしばらく黙って横になっていた。そしてついに言った。「おれたちは何ひとつ本当のことを聞かされなかった。このままじゃどうしようもないし、当てにできるものもない。彼らにしゃべらせる手立てはないさ」

「わかる。わかるよ」とチャックは言った。「理屈はよくわかる」

「でも？」

「でも、おれはこれまで何かをあきらめたことがない。それだけだ」

「手助けなしで、レイチェル・ソランドが鍵のかかった部屋から裸足で出られたわけがない。かなりの助けがあったはずだ。施設全体の助けが。おれの経験を教えようか。話を聞こうともしない連中の壁を打ち破ることはできない。こっちはたったふたりだ。いちばんうまくいって——脅しがきいて、あの大邸宅にいるコーリーがすっかり態度を改めようという気になれば——明日の朝には……」

「あのときには、はったりだったわけだ」

「そんなことは言ってない」

「ボス、おれはさっきあんたとポーカーをしたんだぜ」

ふたりは押し黙った。テディはしばらく海鳴りを聞いていた。

「あんたは唇を結ぶ」とチャックは言った。眠そうな声になっていた。

「何？」

「いい手を持ってるときにな。一瞬だけど、必ず唇を結ぶんだ」

「ほう」

「おやすみ、ボス」
「おやすみ」

6

彼女は廊下を彼のほうへ向かってくる。

ドロレスだ。何カラットもの怒りを眼に蓄えて。どこかでビング・クロスビーが甘くささやくように歌っている。《歌は星空》だ。アパートメントのどこか、おそらく台所から聞こえてくる。彼女は言う。「なんてこと、テディ。まったく、どうなってるの!」手にJTSブラウンの空き瓶を持っている。彼が空けた瓶だ。テディは、彼女がそれを隠し場所のひとつから見つけ出したことを知る。

「あなた、素面《しらふ》でいることがあるの? もう素面になることは二度とないの? 答えて」

しかし、テディは答えられない。話もできない。自分の体がどこにあるのかさえわからない。だが彼女は見える。彼女が長い廊下を向かってくるのは見えるが、自分の体は見えず、その存在さえ感じられない。ドロレスのうしろの廊下の突き当たりには鏡があるが、彼はそこに映っていない。

彼女は左に曲がってリヴィングルームに入る。背中が焼け焦げていて、まだ少しくすぶっている。酒瓶はもう持っておらず、髪からリボンのような煙がゆったりと立ちのぼっている。

彼女は窓のまえで立ち止まる。「まあ、見て。なんて可愛いのかしら。浮かんでるわ」

テディは窓辺で彼女の横に立つ。彼女はもう燃えていない。びしょ濡れだ。自分の姿も見えるようになった。手を彼女の肩に置くと、指が鎖骨にかかる。彼女は首をまわして、その指に軽くキスをする。

「きみは何をしたんだい?」と彼は言う。なぜそんなことを訊くのかまったくわからない。

「あそこを見て」

「ベイビー、どうしてこんなにびしょ濡れなんだ」と彼は言うが、彼女が答えなくても驚かない。

窓の景色は彼が思っていたものではない。バトンウッドのアパートメントから見える景色ではなく、別の場所——一度滞在したことのある山小屋——からの景色だ。外に小さな湖があり、小さな丸太が何本か浮かんでいる。木の表面はなめらかで、水の中でほんのわずか回転していることにテディは気づく。水はさざ波を立て、月の光が届くところでは白く輝く。

「あの東屋《あずまや》、素敵だわ」と彼女は言う。「真っ白なの。塗りたてのペンキのにおいがするのよ」

「ああ、素敵だな」

「それで?」とドロレスは言う。

「戦争でたくさん人を殺した」

「だから飲むの？」

「おそらく」

「彼女はここにいるわ」

「レイチェルかい？」

ドロレスはうなずく。「彼女はいなくなってない。もう少しで見るところだったのよ。ほとんど眼にしたわ」

「4の法則」

「暗号よ」

「もちろん。でもなんのために？」

「彼女はここにいる。引き上げちゃだめよ」

テディは彼女のうしろから腕をまわし、首の横に顔をうずめる。「引き上げないよ。きみを愛してる。心から愛してる」

彼女の腹から水が漏れ出し、彼の両手の指のあいだを液体が流れていく。

「わたしは箱の中の骨よ、テディ」

「ちがう」

「ちがわないわ。眼覚めて」

「きみはここにいる」

「いないわ。真実を受け容れて。彼女はここにいる。あなたもここにいる。彼もここにいる。ベッドの数をかぞえてごらんなさい。彼はここにいるわ」

「誰だい？」

「レディス」

その名は彼の肉の中を這い進み、骨をよじ登る。

「ちがう」

「ちがわない」彼女はうしろを向いて、彼を見上げる。「あなたは知ってるはずよ」

「知らない」

「もちろん知ってるわ。出ていかないで」

「きみはいつも気が張りつめてる」彼は彼女の肩をもむ。ドロレスは不意を突かれたように柔らかいうめき声を漏らす。それを聞いて彼は勃起する。

「もう張りつめてないわ」と彼女は言う。「うちにいるから」

「ここはうちじゃない」と彼は言う。

「あら、そうよ。わたしのうちよ。彼女はここにいる。彼もいるわ」

「レディスか」

「レディスよ」と彼女は言う。「行かなきゃ」

「だめだ」彼は泣いている。「行くな。ここにいてくれ」

「まあ、どうしよう」彼女はまた彼にもたれかかる。「行かなきゃ。行かせて」

「お願いだ、行かないでくれ」涙が彼女の体に滴《したた》り、腹から流れる水と混じり合う。「もう少しきみを抱きしめていたいんだ。あと少し。頼む」

彼女は小さな、泡立つような音を口から漏らす。半ばため息、半ばうめき声で、引き裂かれ、苦悩する中にも美しさがある。彼女は彼の拳の上にキスをする。

「わかったわ。きつく抱いて。思いきり抱きしめて」

そして彼は妻を抱く。抱いて、抱いて、抱きしめる。


朝の五時、世界に雨が降り注いでいた。テディはベッドの上の段から降り、コートから手帳を取り出した。ポーカーをした机について坐り、レイチェル・ソランドの4の法則を書き留めたページを開いた。

トレイとビビーは、まだ雨音に負けないいびきをかいて寝ていた。チャックは腹這いになって静かに眠っている。拳を耳のそばに引き寄せていて、まるで拳が秘密をささやいているように見える。

テディはページに眼を落とした。読み方さえわかれば、簡単なものだ。実際、子供の暗号だ。しかし暗号にはちがいなく、解読するのに六時までかかった。

眼を上げると、チャックが拳に顎を載せて、下のベッドから彼を見ていた。

「引き上げるかい、ボス」

テディは首を振った。

「このクソの中から出られるやつはいませんよ」とトレイがベッドから出ながら言った。窓のブラインドを上げると、真珠色のずぶ濡れの景色が見えた。

「出ていく方法なんてありゃしない」

突然、夢に浸っていられなくなった。ブラインドが上がり、ビビーが乾いた咳をし、トレイが背伸びしながら長々と大きなあくびをするうちに、彼女のにおいが消えていった。テディは思った——もちろんこれが初めてではない——今日こそ、ついに彼女を失ったことに耐えられなくなるのではないかと。火事のあった朝まで時を遡《さかのぼ》って、彼女の体と自分の体を交換できるなら、喜んでそうしただろう。それは当然だ。いつもそう思っていた。しかし時が経つにつれ、ドロレスのいない寂しさは薄れるどころかますます募《つの》り、彼女を求める気持ちは、決して乾かない、膿《うみ》の出続ける切り傷になった。

彼女を抱いたんだ——チャックとトレイとビビーにそう言いたかった。台所のラジオからビング・クロスビーの甘い声が聞こえる中で、彼女を抱いた。彼女と、バトンウッドのアパートメントと、あの夏を過ごした湖のにおいを嗅《か》いだ。彼女の唇がおれの拳をすりむいた。

彼女を抱きしめた。この世界でそれはできない。この世界は、おれが持っていないもの、持てないもの、これまで長いこと持たなかったものを思い出させるだけだ。

おれたちはいっしょに年を取るはずだった、ドロレス。子供を作り、古い木の下を散歩したはずだった。きみの体に皺《しわ》が刻まれるのを見たかった。その一本一本が、いつ表われるのかを知りたかった。いっしょに死にたかった。

こんなはずじゃなかった。こうじゃない。

彼女を抱きしめたんだ、とテディは言いたかった。もう一度抱くには死ぬしかないことがはっきりわかったら、どれほどすばやく銃をこめかみに当てることか。

チャックは彼を見つめ、じっと待っていた。

テディは言った。「レイチェルの暗号がわかったよ」

「すごい」とチャックは言った。「あとひと息だ」

二日目　レディス

7

コーリーがB棟で彼らを出迎えた。服も顔もびしょ濡れで、ひと晩じゅうバス停留所のベンチで過ごした男のようだった。

チャックが言った。「ドクター、コツは横になったら寝ることだ」

コーリーはハンカチーフで顔を拭いた。「なるほど、そうだったか、保安官。何か忘れてると思ってたんだ。寝なきゃいけないのか。そのとおりだ」三人は色褪せた階段を上り、最初の踊り場にいた警備員にうなずいた。

「ドクター・ネーリングは今朝はどうしてた?」とテディが訊いた。

コーリーは、うんざりしたように眉を上げ下げした。「悪かったな。ジェレマイアは天才なんだが、もう少し世慣れないと。歴史上の兵士の文化について本を書こうと思ってるようでね。いつも自分の熱中していることを会話に持ち込んで、人をあらかじめ考えた型に押し込めようとする。本当にすまなかった」

「ああいうことをよくやるのか？」

「なんだね、保安官？」

「飲み物を持って坐って……人を探るようなことを」

「職業病だな。電球を取りつけるのに、精神科医が何人要《い》ると思う？」

「わからない。何人だ？」

「八人」

「なぜ？」

「おっと、分析はほどほどに」

テディはチャックと眼を見合わせた。ふたりは笑った。

「精神科医にユーモアがあるとは思わなかった」とチャックが言った。

「今、精神衛生の分野がどうなってるかわかるかね」

「まったくわからない」とテディが言った。

「戦争だよ」コーリーは濡れたハンカチーフを口に当ててあくびをした。「理念的、哲学的、そしてもちろん心理学的な戦争だ」

「医者同士だろう」とチャックが言った。「友好的にならなきゃ。おもちゃを分け合って」

コーリーは微笑んだ。三人は二階にいる看護助手のまえを通り過ぎた。下のどこかで患者が叫び、こだまが階段を上がってきた。もの悲しい叫び声だったが、テディはそこに、何を望んでも決して満たされることがないと確信した人間の絶望を感じた。

「旧学派は」とコーリーは言った。「どんなにおとなしい患者にも、ショック療法や、部分的な前頭葉切裁術《ロボトミー》や、温泉療法をおこなうべきだと信じていた。精神外科と呼ばれる考え方だ。新しい学派は精神薬理学に取り憑《つ》かれてる。そこには未来があると彼らは言う。きっとそうなんだろう。私にはわからない」

　彼は二階と三階のあいだで、手すりを持って立ち止まった。疲れきっているとテディは思った。コーリーの疲労が、生きて壊れた四人目の存在として、いっしょに階段にいるような気がした。

「精神薬理学がどう適用されるんだい」とチャックが訊いた。

　コーリーは言った。「薬の使用が認められたんだ。使われるのはリチウムだが、それが精神障害の患者をリラックスさせ、おとなしくさせると彼らは言う。手枷、足枷は過去のものとなった。鎖も、手錠もな。楽観論者に言わせれば、鉄格子もいらないそうだ。旧学派は、もちろん精神外科に代わるものはないと主張するが、現在は新学派のほうが優勢だと思う。それにうしろに金がついてる」

「どこから来る金が？」

「もちろん、製薬会社さ。株を買っとくといいぞ。自分の島を買って退職できる。旧学派、新学派、まあ、ちょっと大げさだがね」

「あんたはどっちに属する？」とテディが穏やかに訊いた。

「信じられないかもしれないが、私は会話治療の信奉者だ。基本的な人対人の技術を使うものだな。極端な話、患者に敬意を持って接し、患者が言おうとすることに耳を傾けさえすれば、彼の心に到達できると思っている」

　また叫び声が聞こえた。同じ女性だとテディは思った。階段にいる彼らのあいだに割り込み、コーリーの注意を惹いたようだった。

「こういう患者も？」とテディは言った。

　コーリーは微笑んだ。「ああ、こういう患者の多くは施薬が必要だし、いくらかは枷も必要だろう。議論の余地はない。しかしそれは危ない橋だ。一度井戸に毒を入れたら、そのあとどうやって水から取り出す？」

「無理だ」とテディは言った。

　彼はうなずいた。「そう。最後の手段であるべきものが、徐々に当たりまえの行動になってくる。ああ、わかってる、比喩がごちゃごちゃになってるな。睡眠をとらなければ」とチャックに言った。「あなたの言うとおりだ。次はそうしてみるよ」

「聞いたところでは、驚くほど効果があるらしい」とチャックは言った。三人は最後の階段を上っていった。

　レイチェルの部屋に入ると、コーリーは大儀そうにベッドに腰を下ろした。チャックはドアにもたれて言った。「なあ、電球を取りつけるのに、超現実主義者《シュールレアリスト》が何人要《い》ると思う？」

コーリーは眼を上げて彼を見た。「教えてくれ。何人だ？」

「魚一匹」とチャックは言い、大声で吹き出した。

「あなたもいつか大人になるんだろうな、保安官」とコーリーは言った。「ならないか？」

「疑わしい」

テディは紙を胸のまえに上げ、叩いて彼らの注意をうながした。「もう一度見てみよう」

4の法則

わたしは47
彼らは80

＋あなたは3

われわれは4
でも
67は誰？

ややあって、コーリーは言った。「私は疲れすぎている。保安官、今見てもちんぷんかんぷんだ。申しわけない」

テディはチャックを見た。チャックは首を振った。

テディは言った。「プラスの記号を見てピンときたんだ。それでもう一度考える気になった。〝彼らは80〟の下に引かれた線を見てくれ。この二行を足すんだ。足すといくらになる？」

「百二十七だ」

「一、二、七」とテディは言った。「そう。今度はそれに三を足す。だが、ばらばらにな。彼女は数字を別々に扱ってもらいたがってる。だから一足す、二足す、七足す、三だ。いくらになる？」

「十三」コーリーはベッドで少し背筋を伸ばした。

テディはうなずいた。「十三が何かレイチェル・ソランドに関係してないか？　十三日に生まれたとか、十三日に結婚したとか、十三日に子供を殺したとか」

「調べてみないとわからない」とコーリーは言った。「だが、十三は分裂病の患者にとって重要な意味を持つことがよくある」

「なぜ？」

彼は肩をすくめた。「多くの人にとってそうだがね。十三は不幸の前触れだ。ほとんどの分裂病患者は恐怖の中で生きている。これはこの病に共通する特徴だ。だから彼らのほとんどは迷信深い。十三はそこに当てはまる」

「それでわかった」とテディは言った。「次の数字を見てくれ。四だ。一と三を足すと四になる。だが、そのままだと?」

「十三だ」チャックは壁から離れ、紙をのぞきこんだ。

「そして最後の数字」とコーリーは言った。「六十七。六足す七は十三だ」

テディはうなずいた。「これは〝4の法則〟じゃない。〝13の法則〟なんだ。レイチェル・ソランド(R a c h e l　S o l a n d o)は十三文字だ」

コーリーとチャックが頭の中で文字を数えているのがわかった。コーリーは言った。

「続けて」

「もしそれを受け容れれば、レイチェルがパンくずをいくつも落としていってるのがわかる。この暗号は、1がAで、2がBといった、初歩的な数字と文字の当てはめを使ってる。ここまではいいか?」

コーリーがうなずき、数秒後にチャックも続いた。

「彼女の名前の頭文字はRだ。Rにあたる数字は18。Aは1、Cは3、Hは8だ。Eは5。Lは12。18、1、3、8、5、12。足すとどうなる?」

「なんと」とコーリーが低い声を上げた。

「四十七だ」とチャックが言い、眼を見開いて、テディが胸のまえに持った紙に見入った。

「それが〝わたし〟か」とコーリーは言った。「彼女のファーストネームだ。わかったぞ。しかし〝彼ら〟は?」

「ラストネームだ」とテディが言った。「ラストネームは〝彼ら〟のものだろう？」

「誰？」

「彼女の夫の家族と先祖のものさ。生まれたときにもらった自分の名前じゃない。あるいは、子供たちのことを言ってるのかもしれないな。どちらにしろ、理由はたいして重要じゃない。〝彼ら〟はラストネームの〝ソランド〟だ。文字を数字に当てはめて足し合わせれば、疑うなかれ、八十になる」

コーリーはベッドから立ち上がった。彼とチャックはテディのまえに立ち、テディが胸に掲げた暗号を見た。

しばらくして、チャックは眼を上げ、テディの眼を見た。「あんたはいったいなんなんだ。アインシュタインか」

「以前にも暗号を解読したことがあるのかな、保安官」コーリーはまだ暗号に眼を向けたままで訊いた。「戦時中に」

「いや」

「だったらなぜ……」とチャックは言った。

テディは紙を持つ手が疲れたので、ベッドの上に置いた。

「わからない。クロスワードはよくやるけどな。パズルが好きなんだ」彼は肩をすくめた。

コーリーは言った。「海外で軍の情報部にいた。そうだろう？」

テディは首を振った。「通常の陸軍だ。だけどあんたは、ドクター、OSSにいたんだろう？」

コーリーは言った。「いや、ときどき相談に乗ってただけだ」

「どんな相談に」

コーリーはまた、現われてすぐに消える束の間の笑みを浮かべた。「話しちゃいけない類いの相談だ」

「だが、この暗号はかなり単純だぞ」

「単純だって？」とチャックが言った。「あんたが説明してくれたけど、おれはまだ頭が痛い」

「でも、あんたはちがうだろう、ドクター」

コーリーは肩をすくめた。「どう言えばいい、保安官？　私は暗号担当じゃなかったからな」

コーリーは下を向き、顎を撫《な》でながら暗号に注意を戻した。チャックは疑問符だらけの眼でテディを見つめた。

コーリーは言った。「これで四十七と八十ははっきりした――あなたがはっきりさせたわけだが、保安官。鍵はすべて十三という数字の並べ替えだということもわかった。しかし〝3〟はなんだね？」

「これは」とテディは言った。「われわれのことを指しているか――その場合には、彼女は千里眼ということになる……」

「それはなさそうだ」

「あるいは子供のことを指しているかだ」

「それはありうる」

「レイチェルを三人に加える、か……」

「それから次の行は？　〝われわれは4〟」

「そして六十七は誰だろう」

コーリーはテディを見た。「本気で訊いてるんだね？」

テディはうなずいた。

コーリーは紙の右側に指を走らせた。「このどれを組み合わせても六十七にはならない？」

「ならない」

コーリーは手のひらで頭を撫で、背筋を伸ばした。

「仮説もない？」

テディは言った。「これだけはわからないんだ。何を指しているにしろ、それはおれに馴染みのないことだ。つまりこの島の何かを指してるんじゃないかと思う。あんたは、ドクター？」

「私？　何が？」

「仮説はないかい」

「ないね。最初の行でつまずいたんだから」

「そう言ってたな。疲れたとか」

「とても疲れてるんだ、保安官」テディの顔に視線を据えて言い、窓辺に歩いていって、ガラスを流れ落ちる雨を眺めた。厚い幕となって流れる水のために、外の景色はまったく見えなかった。「昨晩、引き上げると言ってたね」

「最初のフェリーでな」とテディははったりを続けて言った。

「今日は出港しないよ。まちがいない」

「だったら明日だ。あるいはその翌日でも」とテディは言った。「まだ彼女が島のどこかにいると思ってるのか」

「いや」とコーリーは言った。「思わない」

「ならどこにいる?」

彼はため息をついた。「わからないよ、保安官。それは私の専門分野じゃない」

テディはベッドから紙を取った。「こいつは見本だ。将来の暗号を解くためのな。一カ月分の給料を賭けてもいい」

「だとしたら?」

「彼女は逃げようとしてないってことだ、ドクター。彼女はおれたちをここへ呼び寄せたんだ。こんな暗号がほかにもあるはずだ」

「この部屋にはない」とコーリーは言った。

「ああ。だがこの建物のどこかに。それとも島のどこかに」

コーリーは鼻孔から部屋の空気を吸い込んだ。片手を窓枠に突いて体を支え、まるで立った死人のようだ。テディは、昨晩彼を立たせていたものは何だったのだろうと思った。

「彼女がここに呼び寄せた？」とコーリーは言った。「なんのために」

「こっちが教えてほしいよ」

コーリーは眼を閉じ、眠ったのではないかと思うほど沈黙していた。

彼はまた眼を開け、ふたりを見た。

「今日は予定がぎっしりだ。職員の打ち合わせ、理事との予算の打ち合わせ、本当に嵐が来た場合に備えて、緊急保守の打ち合わせ。あなたたちふたりには、ミス・ソランドが消えた夜にグループ治療に参加していた患者すべてと話ができるよう手配しておいた。満足してもらえると思う。彼らとの面談は十五分後に始まる。あなたたちが来てくれて、私は心から感謝してるんだ。跳んで輪をくぐれと言われれば、できるだけそうするつもりだ。そうは見えないかもしれないが」

「だったらドクター・シーハンの個人ファイルを見せてほしい」

「それはできない。絶対に無理だ」彼は頭をうしろにそらして、壁にもたせかけた。「保安官、交換台のオペレーターには定期的に彼の番号に連絡させているが、まだ誰もつかまらない。聞いたところでは、東海岸がみんな浸水しているようだ。もう少しの辛抱だ。私がお願いしたいのはそれだけだ。レイチェルはきっと見つかる。あるいは、彼女に何が起こったのかがわかる」コーリーは腕時計を見た。「遅刻だ。ほかに何かあるかね？　それとも今すぐでなくてもいいかな」

彼らは病院の日除けの下に立っていた。雨が列車の車両ほどの固まりで視界に降り注いでいる。

「彼は〝67〟の意味を知ってると思うか？」とチャックが訊いた。

「ああ」

「あんたが解くまえに、暗号も解いてたのかな」

「やつはOSSだと思う。あそこで才能のひとつやふたつ、磨いたんじゃないか」

チャックは顔を拭き、道に指を振って水を払った。「ここには患者が何人いるんだろう」

「それほど多くない」とテディは言った。

「ああ」

「女二十人、男三十人くらいか」

「多くはない」

「そうだな」

「六十七人にはならない」

テディは振り返ってチャックを見た。「しかし……」と彼は言った。

「ああ」とチャックは言った。「しかし」

彼らは木の梢と、その先にある、篠突く雨の奥に押し込まれたように見える砦の頂上に眼をやった。砦は、煙った部屋にある木炭画のようにぼんやりと霞《かす》んでいる。

テディはドロレスが夢で言ったことを思い出した——ベッドの数をかぞえて。

「あそこには何人いると思う？」

「わからない」とチャックは言った。「協力的な医者に訊かなきゃな」

「ああ、もちろん。協力するって顔に書いてあるんだろうな」

「なあ、ボス」

「ああ」

「これまでの人生で、ここほど連邦の土地が無駄遣いされてるところを見たことがあるか」

「なぜ？」

「この二棟に五十人だぞ。普通なら何人入ると思う？ あと数百人は入るだろう」

「少なくともな」

「職員と患者の率もすごい。患者ひとりをふたりで世話してるんじゃないか。こんな場所を見たことがあるか」

「ないと答えるしかないな」

ふたりは焼けた鉄板を水に浸したような音を立てている地面を見た。

「ここはいったいなんなんだ」とチャックは言った。

面談はカフェテリアでおこなわれた。チャックとテディは奥のテーブルについて坐った。ふたりの看護助手がすぐ近くに坐り、トレイ・ワシントンが患者を連れてきて、話が終わったら連れ帰る役を引き受けた。

最初の男は無精髭を生やし、しきりに顔面を痙攣《けいれん》させ、まばたきを繰り返す患者だった。カブトガニのように背を丸め、腕を掻いて、彼らと眼を合わそうとしなかった。

テディはコーリーに渡されたファイルの最初のページを見た。コーリーが記憶をもとに書き記した短い説明で、実際のカルテではない。この男はリストの最初に挙げられていて、名前はケン・ゲイジ。街角の食料品店の通路で他人に襲いかかったためにここに入れられた。豆の缶で犠牲者の頭を殴りながら、ずっと低い声で「おれの手紙を読むのをやめろ」と言っていたという。

「さて、ケン」とチャックは言った。「調子はどうだい」

「寒い。足が寒い」

「つらそうだな」

「ああ、歩くと痛い」ケンは腕のかさぶたのまわりを掻いた。最初は恐る恐る、城のまわりの濠《ほり》をなぞるかのように。

「おとといの夜、グループ治療に参加したね？」

ていた。

「ああ、靴下が欲しい。靴下だ。靴下が欲しい」ささやきながら頭を垂れ、少し上下させた。

「靴下でも履《は》くか？」とテディは言ってみた。ふたりの助手が忍び笑いをしながら見てい

「足が寒くて、歩くと痛いんだ」

「すぐに持ってきてやるよ。われわれが知りたいのは、あんたが――」

「ものすごく寒いんだ。足かな？　寒くて歩くと痛い」

テディはチャックのほうを見た。チャックは、助手のくすくす笑いがテーブルまで聞こえてくると、微笑んだ。

「ケン」と彼は言った。「ケン、こっちを見てくれないか」

ケンは下を向いたままで、さらに揺れはじめた。ついに爪がかさぶたを剝《は》がし、細い血の筋が腕の毛の中ににじみ出た。

「ケン？」

「歩けない。これじゃだめだ。だめだ。寒い、寒い、寒い」

「ケン、頼むよ、こっちを見てくれ」

ケンはテーブルに拳を叩きつけた。

ふたりの助手が立ち上がった。ケンは言った。「こんなに痛いんじゃいけない。いけないのに、あいつらがそうしたがってる。あいつらが空中に寒気を送り込んでるんだ。寒気

をぼくの膝小僧に送ってくる」

助手がテーブルにやって来て、ケンの先にいるチャックを見た。白人のほうが言った。

「そろそろ終わりでいいですか？　それともこいつの足についてもっと聞きます？」

「足が寒い」

黒人の助手が眉を上げた。「大丈夫だ、ケニー。水療法に連れていってやるからな。すぐに温かくしてやる」

白人は言った。「おれはここに五年いますけど、話すことはいつも同じです」

「ずっと？」とテディは言った。

「ずっとです」と助手は言った。

「歩くと痛い」

「歩くと痛い。あいつらが足に寒気を送り込んでくる」


次に連れてこられたピーター・ブリーンは二十六歳、ブロンドで、小太りだった。拳をぽきぽき鳴らし、いつも爪を噛んでいた。

「どうしてここにいるんだい、ピーター」

ピーターはテーブル越しに、永遠に湿っているような眼でテディとチャックを見た。

「いつも怖れてるから」

「何を」

「いろんなものを」

「なるほど」

ピーターは左の足首を右膝の上に持ってきて手で握り、身をまえに乗り出した。「馬鹿みたいに聞こえるけど、時計が怖いんだ。チクタクいうのが。頭に入り込んでくる。それからネズミも怖い」

「おれもだ」とチャックが言った。

「本当に？」ピーターは顔を輝かせた。

「ああ、本当さ。あのキーキー言うやつら。見るだけでぞっとする」

「なら夜は塀の外に出ないことだね」とピーターは言った。「そこらじゅうネズミだらけだから」

「いいことを教えてもらった。ありがとう」

「鉛筆」とピーターは言った。「鉛の芯《しん》。あれが紙を引っかく音が怖い。あんたも怖い」

「おれか？」

「ちがう」とピーターは言い、顎でテディを示した。「彼だ」

「どうして？」とテディは訊いた。

ピーターは肩をすくめた。「あんたは大きい。クルーカットが意地悪そうだ。自分を抑えられる。拳に傷がある。ぼくの父さんもそうだった。傷はなかった。手はすべすべだったけど、意地悪そうな顔をしてた。兄さんたちも同じだ。みんなに殴られた」

「おれはあんたを殴らない」とテディは言った。

「でも殴ろうと思えば殴れるでしょ。わからない？　あんたには力があるけど、ぼくにはない。だから攻撃される。それが怖い」

「どんなときに怖くなる？」

ピーターは足首をつかんで体を前後に揺らした。前髪が額に垂れた。「彼女はいい人だった。何もするつもりはなかったんだ。でもあの大きな胸が怖かった。白い服を着て動くのが怖かった。毎日うちに来てたんだ。ぼくを見て……ほら、子供に向ける微笑みがあるでしょ。あんなふうにぼくに微笑んだ。ほとんど同い年なのに。まあ、いくつか年上かもしれないけど、まだ二十代だった。彼女は裸になるのが好きだった。ちんこをよく舐《な》めた。そして、このぼくに水を一杯くれないかと言った。まるでなんでもないことのように、このぼくとふたりきりで台所にいたんだ」

テディはファイルを傾けて、チャックにコーリーの記録を見せた。


患者は割れたグラスで父親の看護婦に暴行を加えた。犠牲者は重傷を負い、傷跡が一生残ることになった。患者は自分に責任はないと言う。

「ぼくを怖がらせたからだ」とピーターは言った。「ぼくのものを引き出して、笑いものにしようとした。これじゃ女とつき合えない、子供もできない、男にもなれないって言おうとしてた。そうでなきゃ、ぼくはハエも殺せない人間なんだから。顔を見ればわかるでしょ。ぼくにはあんなことはできない。でも怖くなったら？　そのときには、心だよ」

「心がどうした」とチャックはなだめるような声で言った。

「考えたことある？」

「きみの心のことをか？」

「みんなの心」と彼は言った。「ぼくの、あなたの、ほかのみんなの。心の本質はエンジンだ。そうなんだよ。とても精密で、複雑なモーターなんだ。細かい部品がいっぱい入ってる。歯車や、ネジや、蝶番《ちょうつがい》や、あらゆるものがね。ぼくたちにはその仕組みの半分もわかってない。でも歯車がひとつはずれたら、たったひとつでも……そう考えたことがある？」

「最近はないな」

「考えなきゃ。車みたいなものなんだ。まったく同じだよ。歯車が一個はずれ、ネジが一個割れたら、システム全体がめちゃくちゃになっちゃう。それがわかってるのに、生きていられる？」こめかみを叩いた。「それが全部この中に入ってて、手も出せない。制御もできない。逆にこっちのほうがぼくたちを制御する。そうでしょ？　で、もしこいつがある日、仕事に行く気がしないと言ったら？」前屈みになると、首の筋が引きつっているのが見えた。「そうなると本当にクソみたいなことをしちまうんだよね、ちがう？」

「興味深い見解だ」とチャックは言った。

ピーターは不意に物憂げに椅子の背にもたれた。「それがいちばん怖いんだ」

テディは、偏頭痛の経験から、心が制御不能になる状態を少しは思い描くことができた。一般論として、ピーターの言いたいことはわからないでもないが、それよりこの小生意気なガキの咽喉首をつかんで、カフェテリアの奥のオーヴンに叩きつけ、彼がナイフで切りつけた看護婦のことを問い質《ただ》したかった。

彼女の名前を憶えてるか、ピート？　彼女が怖かったのはなんだと思う、え？　おまえだよ。おまえが怖かったんだよ。生活を支えるために、今日も一日まじめに働こうと思ってただろうにな。彼女には子供がいたかもしれない。夫も。いつか子供を大学にかよわせ、いい人生を送らせてやろうと、ふたりで一生懸命貯金してたかもしれない。ささやかな夢だ。

だが、だめだった。金持ちの腐れマザコン息子が、彼女にそんな夢は見させないと決めたからだ——悪いね、でもだめだ。あんたに普通の人生は送らせないよ、永遠に。

テディはテーブル越しにピーター・ブリーンを見た。顔を思いきり殴りつけ、医者が骨を見つけられなくなるほど鼻を粉々《こなごな》に砕いてやりたいと思った。殴った音が頭の中から消えなくなるほど強く。

そうする代わりに、彼はファイルを閉じて言った。「一昨日の夜、レイチェル・ソランドといっしょにグループ治療に参加したね」

「ええ、しましたよ」

「彼女が部屋へ上がるのを見たか」

「いや。男が先に部屋を出た。彼女は、ブリジット・カーンズと、レオノーラ・グラントと、あの看護婦といっしょに、まだ坐ってたよ」

「あの看護婦？」

ピーターはうなずいた。「赤毛の。ときどき彼女が好きになる。純粋に見えるから。でもほかのときには……わかるよね？」

「いや」とテディは言った。先ほどまでのチャックのように、落ち着いた声の調子を保った。「わからないな」

「彼女を見たでしょ？」

「ああ。名前はなんだっけ」

「名前なんていらない」とピーターは言った。「ああいう女だろ？　あんなのに名前はいらない。小汚い女、それが彼女の名前だ」

「だが、ピーター」とチャックが言った。「さっきは彼女が好きだと言ったじゃないか」

「いつ言ったっけ？」

「ほんの少しまえ」

「あっそう。あいつは屑《くず》だよ。ぐにゃぐにゃでずぶずぶの」

「ほかのことを訊いてもいいかな」

「汚い、汚い、汚い」

「ピーター？」

ピーターは眼を上げてテディを見た。

「ほかのことを質問してもいいかな」

「あ、もちろん」

「その夜、何か異常なことはなかったかい？　レイチェル・ソランドが何か普通じゃないことをしたり、言ったりしなかったか」

「彼女はひと言もしゃべらなかったよ。彼女はネズミだ。ただ坐ってた。あいつ、子供を殺したんだよ。三人も。信じられる？　いったい誰がそんなことするの。こう言っちゃなんだけど、まったく世の中には病気でクソみたいな人間がいるね」

「人にはいろいろな問題がある」とチャックは言った。「中には深刻なものもある。きみが言ったように、病気だな。彼らには助けが必要だ」

「彼らに必要なのはガスだよ」

「なんだって？」

「ガスさ」ピーターはテディに言った。「脳たりんにガスを。殺人者にガスを。自分の子供を殺しただと？　そんなメス犬、ガスで殺しちまえ」

沈黙が流れた。しばらくして、ピーターは世界に光を当てて見せてやったと言わんばかりに、顔を輝かせていた。

「会えてよかったよ、おふたりさん。もう戻る」テーブルを軽く叩いて、立ち上がった。

テディは鉛筆でファイルの表紙に落書きをしていたが、ピーターは立ち止まって、彼のほうを振り返った。

「ピーター」とテディは言った。

「何？」

「ふと――」

「やめてくれる？」

テディは厚紙にゆっくりと、大きく、自分のイニシャルを書いていた。「思ったんだが――」

「やめてくれる？　お願いだから。お願い」

テディはまだ表紙の上に鉛筆を走らせながら、眼を上げた。「何を」

「――やめてよ」

「だから何を？」テディは彼を見て、またファイルに眼を落とした。落書きをやめ、眉を上げた。

「そう。それだ。お願いだ」

テディは鉛筆を表紙の上に落とした。「これでいいか？」

「ありがとう」

「ピーター、アンドルー・レディスという名の患者を知らないか」

「知らない」

「知らない？　そんな名前の患者はいないってことか」

ピーターは肩をすくめた。「A棟にはいないね。C棟にいるかもしれない。あいつらとはつき合いがないから。本当にいかれてるからさ」

「わかった、ありがとう、ピーター」とテディは言い、鉛筆を取ってまた落書きを始めた。


ピーター・ブリーンの次は、レオノーラ・グラントだった。レオノーラは自分をメアリー・ピックフォードだと思っていて、チャックはダグラス・フェアバンクス、テディはチャーリー・チャップリンだった。カフェテリアはサンセット大通りのオフィスで、彼らはユナイテッド・アーティスツ（映画制作・配給、有線テレビ運営会社）の株式公開について話しているのだった。やたらとチャックの手の甲を撫でては、誰が議事録を取るのかと訊いた。

ついに看護助手が彼女の手をチャックの手首から引き離すと、レオノーラは「さようなら《アデュー》、愛しい人《モン・シェリ》、さようなら《アデュー》」と叫んだ。

カフェテリアの中を半分ほど戻ったところで、彼女は助手から逃げ出し、ふたりのほうに突進してくると、チャックの手をつかんだ。

「猫に餌をやるのを忘れないで」と彼女は言った。

チャックは彼女の眼を見つめて言った。「憶えとくよ」

そのあとで、アーサー・トゥーミーが連れられてきた。彼は自分のことをジョーと呼べと言い張った。あの夜のグループ治療では、ずっと眠っていた。ジョーは睡眠発作の患者だった。彼らと話しているあいだにも、二度眠り込んだ。二度目は、そこからほぼ一日続く眠りだった。

その頃までに、テディは頭蓋のうしろのいつもの場所に違和感を覚えていた。髪がかゆくなった。ブリーンを除くすべての患者に同情を抱く一方で、どうしてこんなところで仕事を続けられる人がいるのだろうと思った。

トレイが、ブロンドの髪とペンダントの形の顔をした小柄な女を連れて、ゆっくりと戻ってきた。彼女の眼には明晰さが息づいていた。常軌を逸したものではなく、知的な女性がさほど知的でない場所にいるときに見せる、ごく普通の明晰さだ。彼女は微笑み、椅子に坐りながら、ふたりのそれぞれに小さく、恥ずかしそうに手を振った。

テディはコーリーの記録を確かめた——ブリジット・カーンズ。

「わたしは絶対にここから出られないの」と彼女は言った。数分間、黙って坐ったあとだった。まだ半分しか吸っていない煙草をもみ消し、穏やかで自信にあふれた声で話した。

彼女は、十年あまりまえに夫を斧で叩き殺していた。

「出るべきじゃないと思う」と彼女は言った。

「どうしてだい」とチャックが訊いた。「こう言っちゃ申しわけないけど、ミス・カーンズ——」

「ミセスよ」

「ミセス・カーンズ。失礼。あなたは、つまり、ごく普通の人に見える」

彼女は椅子の背にもたれ、ここで会った誰よりもくつろいだ様子で、小さく笑った。

「そうかもね。でもここへ最初に来たときにはそうじゃなかったの。本当にひどかったの。写真を撮られなくてよかったわ。診断は躁鬱病だった。それを疑う理由はなかったわ。あの頃は本当にひどかった。そんな時期は誰にでもあると思うけど、ちがうのは、みんな夫を斧で殺したりしないことね。わたしには、根深くて癒《いや》されることのない、父親との葛藤があると言われたわ。それにも賛成する。外に出れば、また誰かを殺してしまうかもしれないけど、どうかしら」煙草の先を彼らのほうに向けた。「夫がわたしを殴りつけて、眼にする女の半分とファックして、誰も助けてくれなかったら、そいつに斧を振るうのは、わたしのすることの中でいちばん理解できないことでもないけれど」

そこでテディと眼が合った。彼女の眼に表われた何か——おそらく女学生のようなはにかみと軽薄さ——を見て、彼は吹き出した。

「何？」といっしょに笑いながら彼女は訊いた。

「たぶんここから出るべきじゃないんだろうな」と彼は言った。

「男だからそういうことを言うのよ」

「おっしゃるとおり」

「だったら責めないことにする」

ピーター・ブリーンと会ったあとで笑って、テディは心が安らいだ。実際、彼女にいくらか心惹かれるのを感じた——精神を病んだ患者に。斧を振るう殺人者にだ。**こんなこと**

になってしまったよ、ドロレス。しかしまんざら悪い気もしなかった。長く暗い二年間を喪に服したのだから、ちょっと気の利いた会話を愉《たの》しむぐらいいいではないか。

「本当にここを出たらどうなるのかしら」とブリジットは言った。「もう世の中にどんなものがあるのかわからなくなってしまったわ。爆弾があるって聞いた。いくつもの街を一瞬のうちに灰にしてしまう爆弾が。そしてテレビ――そう呼ぶんでしょう？　噂だと、そのうちひとつの棟に一台置かれるそうよ。その箱で劇が見られるんですってね。わたしは好きになるかどうかわからない。箱から声が聞こえて、顔が見えるなんて。毎日いやというほど声を聞いて、顔を見てるのに。これ以上雑音はいらないわ」

「レイチェル・ソランドのことを話してもらえないか？」とチャックが言った。

彼女は急に口を閉じた。顔が引きつった。眼が少し上向きになり、脳の中から正しいファイルを探し出そうとしているように見えた。テディは手帳に〝嘘〟と書き、曲げた手首をその上に置いて隠した。

出てきたことばは慎重で、丸暗記したような調子だった。

「レイチェルはいい人よ。でも引っ込み思案ね。雨についてよく話すけれど、たいていいつも黙ってる。まだ子供たちが生きてると信じてるわ。まだ自分はバークシャー地方に住んでいて、わたしたちは近所の人間や、郵便配達夫や、荷物の配達人や、牛乳屋だと思ってる。よくわからない人よ」

うつむいて話し、話し終えてもテディの眼を見ることができなかった。視線は彼の顔ではね返された。彼女はテーブルの上を見つめ、また煙草に火をつけた。

テディは彼女が今言ったことを考えた。レイチェルの妄想が、ほとんど一句たがわず、昨日のコーリーの説明と同じであることに気がついた。

「彼女はどのくらいここにいる？」

「え？」

「レイチェルだ。彼女はB棟でどのくらいあなたといっしょにいる？」

「三年かしら。たぶんそんなところよ。時間の感覚がなくなってるから。ここにいるとすぐそうなってしまうの」

「彼女はそのまえにどこにいた」とテディは訊いた。

「C棟にいたって聞いたけど。確か、B棟に移されてきたって」

「よくわからないわけだ」

「ええ。わたし……そういうことも忘れてしまうの」

「だろうね。彼女と最後に会ったときに、何か変わったことが起きなかったかな」

「べつに」

「グループだったんだろう」

「何？」

「彼女と最後に会ったのは」とテディは言った。「一昨日のグループ治療だったんだろう」

「そう、そうよ」彼女は何度かうなずき、灰皿の端で煙草の灰を落とした。「グループ治療だったわ」

「で、いっしょに部屋に上がったんだね」

「ミスター・ガントンと。そうよ」

「その夜、ドクター・シーハンはどうだった」

彼女は眼を上げた。テディはその顔に、混乱と、おそらく恐怖と思われるものを見た。

「言ってることがわからない」

「その夜、ドクター・シーハンもいただろう？」

彼女はチャックを見て、テディに眼を戻し、下の歯で上唇を噛んだ。「ええ、いたわ」

「彼はどんな人間だい」

「ドクター・シーハン？」

テディはうなずいた。

「まあまあよ。いい人だわ。ハンサムよ」

「ハンサム？」

「ええ。彼は……見てくれも悪くない。母の口癖だけど」

「彼があなたの気を惹《ひ》こうとしたことはあるかい」

「ないわ」

「言い寄ってきたことは」

「ない。ないわよ。ドクター・シーハンは立派な医者よ」

「一昨日の夜はどうだった」

「一昨日の夜？」彼女はしばらく考えた。「何も変わったことはなかったわ。わたしたちは、ええと、短気矯正の方法について話して、レイチェルは雨について文句を言った。ドクター・シーハンはグループ治療が終わる少しまえにいなくなって、ミスター・ガントンがわたしたちを部屋まで連れていった。そしてベッドに入って、それで終わりよ」

テディは手帳の〝嘘〟の下に〝指示されている〟と書き、表紙を閉じた。

「それだけかい」

「ええ。それで次の日の朝、レイチェルはいなくなってたの」

「次の日の朝？」

「ええ。起きると、彼女が脱走したって聞かされたの」

「しかしその夜は？　真夜中頃だ。あなたにも聞こえただろう」

「何が？」煙草をもみ消し、あとに漂う煙を手で払った。

「騒ぎだよ。彼女がいなくなったという騒ぎだ」

「いいえ。わたしは――」

「叫び声や怒鳴り声が響き、警備員があらゆる場所から駆け込んできて、警報装置が鳴ったはずだ」

「夢だと思ったの」

「夢？」

彼女はすぐさまうなずいた。「ええ。悪夢だってね」チャックを見た。「水を一杯いただける？」

「もちろん」チャックは立ち上がり、あたりを見まわして、カフェテリアの奥の自動販売機の横にグラスが並べられているのを見つけた。

看護助手のひとりが席から立ちかけた。「保安官、私が行きましょうか」

「水を汲んでくるだけだ。おれがやるよ」

チャックは販売機のほうに歩いていき、ひとつグラスを取って、どの口から牛乳が出て、どの口から水が出てくるのかを、数秒間考えた。

彼が蹄鉄の形をした分厚い取っ手を持ち上げている隙に、ブリジット・カーンズはテディの手帳とペンをさっとつかんだ。彼を見据え、眼で動けなくして、新しいページを開いた。そこに何かを書きつけ、閉じて、手帳とペンを押し戻した。

テディは問いたげな顔を向けたが、彼女は眼を落とし、所在なげに煙草のパックを撫でていた。

チャックが水を持ってきて、坐った。ふたりはブリジットがグラス半分の水を一気に飲むのを見つめた。彼女は言った。「ありがとう。ほかに何か質問がある？　少し疲れたわ」

「アンドルー・レディスという患者に会ったことがあるかい」とテディは訊いた。

彼女の顔から表情が消えた。雪花石膏《アラバスター》になったかのように、完全な無表情だった。両手は、離すとテーブルが天井まで浮いていくと言わんばかりに、天板を上から押さえつけていた。

どうしてそうなるのかはまったくわからないが、テディには、彼女が今にも泣きそうになっているのがはっきりとわかった。

「いいえ」と彼女は言った。「聞いたことがない」


「彼女が指示されてたと思うのか」とチャックが言った。

「思わないか？」

「確かに少し無理したような口ぶりではあった」

ふたりはアッシュクリフ病院とB棟をつなぐ、屋根つきの通路を歩いていた。もう雨は気にならず、肌に水飛沫《しぶき》を浴びていた。

「少し？　彼女はコーリーが別の場所で言ったことばをそのまま使ってたぞ。グループ治療の話題はなんだったと訊いたときに、一瞬つまって〝短気矯正〟と言っただろう？　自信がないみたいに。テストのまえの日に一夜漬けしたみたいに」

「つまりどういうことだ」

「わかりゃ苦労はしない」とテディは言った。「疑問だらけだ。半時間ごとに新しい疑問が三十湧いてくる」

「確かに」とチャックは言った。「ところで質問していいか。アンドルー・レディスって誰だ」

「気づいたのか」テディはポーカーで奪った煙草に火をつけた。

「話した患者みんなに訊いてたぞ」

「ケンとレオノーラ・グラントには訊かなかった」

「テディ、彼らは自分たちがどんな惑星にいるのかもわかってない」

「そうだな」

「おれはあんたの相棒だろう、ボス」

テディは石の壁にもたれた。チャックもそうした。テディは首を横に向け、チャックを見た。

「おれたちは会ったばかりだ」と彼は言った。

「おれを信用してないのか」

「信用してるさ、チャック。もちろん。だがおれはルールを破ってる。実は、自分のほうからこの事件を担当させてくれと願い出たんだ。保安官事務所に連絡が来るとすぐにな」

「つまり？」

「つまりおれの動機は必ずしも純粋じゃない」

チャックはうなずき、自分の煙草に火をつけ、しばらく物思いに沈んだ。「おれのガールフレンドのジュリー――ジュリー・タケトミっていう名前だが――は、おれと同じくらいアメリカ人だ。日本語はひと言もしゃべれない。なんたって移住してきたのは彼女の両親の二世代前だから。だが、彼女は収容所に入れられて……」彼は首を振り、雨の中に煙草を飛ばして、シャツの裾《すそ》をまくり、右の腰の上の肌を見せた。「見てくれ、テディ。もうひとつ傷があるんだ」

テディは見た。長く、ゼリーのように黒く、厚さは彼の親指ほどもあった。

「これも戦争で得た傷じゃない。保安官として働きだしてからだ。タコマのある家の中に入った。そこで追ってた男に刀で斬りつけられたんだ。信じられるか？　なんと刀だぜ。腸を元どおりに縫い合わせるために、三週間入院した。連邦保安局のためにだ、テディ。お国のために。なのにおれは職場から追い出された。東洋人の肌と眼を持つアメリカ女性と恋に落ちたからだ」シャツをまたズボンに入れた。「あいつらみんな、くそくらえだ」

「もしおまえのことをよく知らなきゃ」とテディはしばらくして言った。「本当にその女性を愛してると信じ込むな」

「死ぬほど愛してるさ」とチャックは言った。「死んでも悔いはない」

テディはうなずいた。世の中にこれほど純粋な感情はない。

「その気持ちを失うなよ」

「失うもんか、テディ。それは確かだ。だが、なぜおれたちがここにいるのか話してくれよ。アンドルー・レディスとはいったい誰なんだ」

テディは吸いさしの煙草を敷石の上に落とし、踵《かかと》で踏んで消した。

ドロレス、と彼は思った。こいつには話さなきゃならない。ひとりじゃ無理だ。もしおれが罪を償《つぐな》えるとしたら――酒を飲んだこと、そしておまえをあまりにも長いあいだ、ひとりきりにして、落ち込ませ、嘆かせたことを、少しでも償えるとしたら、今こそその時かもしれない。これが最後のチャンスかもしれない。

正しいことをしたいんだ、ハニー。罪滅ぼしをしたい。おまえは、ほかの誰よりも、そのことをわかってくれるはずだ。

「アンドルー・レディスは」と彼は言った。ことばが渇いた咽喉に引っかかった。それを呑み込み、口の中を湿らせて、もう一度……

「アンドルー・レディスは」と彼は言った。「おれと妻が住んでたアパートメント・ハウスの修理屋だった」

「ああ」

「彼は放火魔でもあった」

チャックはそのことばを受け止め、テディの顔をじっと見た。

「それで……」

「アンドルー・レディスは」とテディは言った。「マッチで火をつけ、火事を起こした――」

「なんてこった」

「――その火事で妻は死んだんだ」

8

テディは通路の端まで歩いていき、屋根の下から頭を出して、顔と髪の火照《ほて》りを消した。雨粒の中にドロレスの姿が見えた。雨がどこかに当たるたびにそれは消えていった。

あの日の朝、ドロレスは彼に仕事に出てもらいたくなかった。人生最後の年、彼女は奇妙なほどものを怖がるようになり、よく不眠症に罹《かか》って、翌日震えたり、ぼんやりしていた。その朝、眼覚ましが鳴ると、彼をくすぐり、シャッターを閉めたままずっとベッドにいましょうよと言った。そうして強すぎる力で、長すぎる時間、彼を抱きしめた。テディは彼女の腕の骨が首を圧迫するのを感じた。

シャワーを浴びていると、彼女が入ってきた。しかし、彼はすでに遅刻しているので気が急《せ》いていて、しかもこの頃のつねとして、二日酔いだった。頭の中は水浸しで、棘《とげ》だらけだった。押しつけられた彼女の体は紙やすりのようだった。シャワーの水はBB弾のように硬かった。

「家にいて」と彼女は言った。「一日だけでいいから。一日行ってどれほどのちがいがあるの？」

テディはなんとか笑みを浮かべ、彼女をそっと持ち上げてどかし、石鹸に手を伸ばした。

「ハニー、だめだ」

「なぜだめなの」彼女は彼の脚のあいだに手を当てた。「さあ、石鹸をちょうだい。洗ってあげる」手のひらを睾丸の下にすべらせ、彼の胸を軽く噛んだ。

テディは彼女を押さないように気をつけた。できるだけ優しく肩をつかみ、一、二歩うしろに下がらせた。「頼むよ」と彼は言った。「本当に行かなきゃならないんだ」

彼女は少し笑い、愛撫を続けようとしたが、その眼が険しくなり、必死に訴えているのがわかった——幸せにして。ひとりにしないで。昔に戻らせて——彼が働きすぎ、飲みすぎるまえの日々に。朝、眼覚めると、世界があまりに明るく、うるさく、寒くなるまえの日々に。

「わかったわ」彼女は壁にもたれて、彼と向かい合った。シャワーの水が彼の肩で弾け、霧になって彼女を包んだ。「取り引きしましょう。一日じゃなくていいわ、ベイビー。丸一日でなくていい。一時間だけ。たった一時間だけ遅れて行って」

「おれはもう——」

「一時間」と彼女は言い、石鹸のついた手で彼をまた撫ではじめた。「一時間で行っていいから。わたしの中にあなたを感じたいの」彼女は立ち上がり、爪先立って彼にキスをした。

彼はその唇の上に軽くキスをして、「ハニー、だめなんだ」と言い、顔をシャワーの飛《しぶ》沫《き》に向けた。

「また呼び戻されるの？」と彼女は訊いた。

「え？」

「戦場に」

「あのアリの小便みたいな国にか？　ハニー、戦争はおれが長靴の紐をしばるまえに終わってるさ」

「わからないわ」と彼女は言った。「そもそもどうしてわたしたちがあの国に行くのかわからない。だって――」

「北朝鮮人民軍があの手の兵器を手に入れるのは、スターリンからしかないからだよ、ハニー。おれたちはミュンヘンで学んだことを証明しなきゃならない。ヒトラーをつぶすべきだったってことをな。だからスターリンと毛沢東をつぶす。今すぐ。韓国で」

「きっと行くんでしょうね」

「召集されたらか？　行かざるをえない。だが呼ばれないよ、ハニー」

「どうしてわかるの」

　彼は髪の毛にシャンプーをつけた。

「共産主義者がどうしてわたしたちをここまで嫌うのか考えたことがある？」と彼女は言った。「彼らはどうしてわたしたちをそっとしておいてくれないの？　世界が吹き飛んでもわたしにはわからない」

「世界は吹き飛ばないさ」

「吹き飛ぶわよ。新聞を読めば――」

「だったら新聞を読むのをやめればいい」

テディはシャンプーを洗い流した。彼女は顔を彼の背中に押しあて、両手を彼の下腹部に這わせた。「〈グローヴ〉であなたを最初に見たときのことを憶えてるわ。制服を着てた」

テディは彼女がこうなるのが大嫌いだった。また〝記憶の小径〟だ。現在に、今の自分たちに、不快なことに適応できず、冷えた体を温めるために、曲がりくねった過去への小径をたどる。

「あなたはとてもハンサムだった。リンダ・コックスは、〝わたしが最初に見つけたのよ〟って言ったわ。そのときわたしがどう答えたか知ってる?」

「いいや、いいや、もう遅刻してるんだ、ハニー」

「そんなこと言うわけないでしょ。わたしはこう言ったの。〝彼を最初に見たのはあなたかもしれないわ、リンダ。でも最後に見るのはわたしよ〟って。彼女はあなたを近くで見て、ちょっと意地悪そうだって思ったみたい。でもわたしは言ったの。〝ハニー、彼の眼を見た? あそこに意地悪なんて感じられない〟」

テディはシャワーを止め、自分の石鹸が妻についているのに気がついた。泡が彼女の体のあちこちに散っていた。

「また水を出そうか?」

　彼女は首を振った。

　彼はタオルを腰に巻き、洗面台のまえで髭を剃《そ》った。ドロレスは壁にもたれ、白く乾いた石鹸を残したままで、彼を見つめた。

「どうして体を拭かないんだい」とテディは言った。「ローブを着れば?」

「もうないわ」と彼女は言った。

「なくはないさ。白いヒルが体じゅうに張りついてるみたいだ」

「石鹸じゃないの」と彼女は言った。

「だったらなんだい」

「〈ココナット・グローヴ〉よ。あなたがあそこに行ってるあいだに焼け落ちたの」

「ああ、ハニー、聞いたよ」

「あの場所で」彼女は気分を軽くしようと小さな声で歌った。「あの場所で……」

　彼女はいつも最高にきれいな声だった。テディが戦争から帰ってきた夜、彼らは〈パーカー・ハウス〉で思いきり豪勢な食事をし、愛し合った。そのあと彼はベッドに横たわり、初めて彼女が歌うのを聞いた――《バッファロー・ガールズ》。歌声とともに湯気がドアの下から漏れてきた。

「ねえ」と彼女は言った。

「何」鏡に彼女の体の左側が映っていた。

「ほかに誰かいるの？」

「なんだって？」

「いるの？」

「いったいなんの話をしてるんだ。おれは働きにいくんだぞ、ドロレス」

「シャワーであなたのもの《ディック》にさわってたのに——」

「そんなことば、使うなよ。なんなんだ」

「——固くもならなかった」

「ドロレス」彼は鏡から振り返った。「爆弾の話をしてたな。世界の終末の話を」

彼女は、今の会話には関係ないわと言わんばかりに肩をすくめた。足を上げて壁につけ、指で内股から水をぬぐった。「わたしとファックもしないし」

「ドロレス、まじめに言ってるんだ。この家でそんなしゃべり方をしないでくれ」

「だから誰かとファックしてるのかと思ったのよ」

「誰ともファックなんてしてない。そのことばを使うのをやめてくれないか」

「どのことば？」彼女は黒い陰毛に手を当てた。「ファック？」

「そうだ」彼は片手を上げ、もう片方の手でまた髭を剃りはじめた。

「そんなに悪いことばなの」

「わかってるだろう」カミソリを顎の下から上へ動かすと、泡の中で髭を引っかく音がした。

「じゃあ、何がいいことばなの？」

「え？」カミソリを水に浸して振った。

「わたしの体に関するどのことばなら、あなたは拳を振り上げないの」

「そんなことしてないじゃないか」

「したわ」

彼は咽喉の髭を剃り終え、カミソリをタオルで拭いた。そして今度は左のもみあげの下に刃を当てた。

「どう言えばいい？」「いや、ハニー、してない」鏡に映った彼女の左眼を見た。「それは舐《な》めてもいいし、キスしてもいいし、片手を上の毛に、もう片方の手を下の毛に通した。ファックしてもいい。そこから赤ん坊が出てくるのも見られる。でも口にしちゃいけないの？」

「ドロレス」

「まんこ」

カミソリの刃が大きくすべった。顎の骨に達したのではないかと思うほどだった。傷は彼の眼を見開かせ、顔の左半分に火をつけた。髭剃りクリームが傷にしみて、頭の中でぬらつく生き物が破裂し、血が洗面台の白い雲と水の中に垂れた。

彼女がタオルを持って近寄ってきたが、彼はそれを押し戻し、歯のあいだから空気を吸い込んだ。痛みが眼を穿《うが》ち、脳を掻き、血が洗面台に流れて、彼は泣きわめきたい気分になった。痛いからではなく、二日酔いだからでもない。妻に――〈ココナット・グローヴ〉で初めていっしょに踊った女性に――何が起きているのかわからないからだ。彼女がこれからどうなるのかわからない。ちっぽけで汚い戦争の傷跡、ワシントンやハリウッドで渦巻く憎悪や陰謀、校舎のガスマスク、セメント製の地下の防空壕を抱えた世界がこれからどうなるのかも。そしてこれらはどこかでつながっていた――彼の妻、この世界、酒を飲むこと、これらすべてに終止符を打ってくれると信じればこそ戦った戦争……

血が洗面台に流れた。彼女は「ごめんなさい。本当にごめんなさい」と言った。彼は二度目に差し出されたタオルを受け取ったが、彼女に触れることも、眼を向けることもできなかった。泣いているのが声でわかった。彼女の眼に涙が浮かび、頬を流れているのを感じた。テディは、世界とその中のものすべてが混乱して、おぞましいものに変わったのがつくづく嫌になった。

新聞には、彼が妻に言った最後のことばは〝愛してる〟だったと書かれていた。

嘘だ。

本当に口にした最後のことば。

ドアノブに手を伸ばし、顎に三枚目のタオルを当てて、探るような視線を受けながら――

――

「まったく、ドロレス、しっかりしてくれよ。きみにはやるべきことがあるだろう。ときどきでいいからそいつを考えてくれ。いいね？　そしてそのクソ頭をしゃんとさせてくれよ」

妻が最後に聞いたことばはそれだった。彼はドアを閉め、階段を降り、最後の段で足を止めた。引き返そうかと思った。階段をまた上り、アパートメントに戻って、関係を修復しようかと思った。修復とまでいかなくても、少なくとももっと穏やかなものにしようかと。

穏やかなものに――本当にそうなればよかった。

首に甘草《かんぞう》の根のような傷跡を持つ女が通路を彼らのほうに歩いてきた。足首と手首に鎖をつながれ、両脇に看護助手がついていた。彼女は幸せそうで、アヒルのような声を上げて、両肘をぱたぱた動かそうとした。

「彼女は何をしたんだい」とチャックが訊いた。

「こいつですか？」と看護助手は言った。「マギーばあさんです。われわれはマギー・ムーンパイって呼んでますがね。これから水療法に行くんですよ。でも油断はできません」

マギーは彼らのまえで止まった。看護助手はうんざりして先へ進ませようとしたが、彼女はそれを肘で押し戻し、踵を石に踏ん張って抵抗した。助手のひとりは眼をぐるりとまわして、ため息をついた。

「ほら、言わんこっちゃない。気が変わっちまった」

マギーは彼らの顔をまじまじと見つめ、頭を右に傾けて、甲羅から頭を突き出してにおいを嗅《か》ごうとするカメのように動いた。「わたしは光だ。あんたたちのクソみたいなパイは焼かないよ。焼くもんか。わかった？」

「わたしは道だ」と彼女は言った。

「もちろん」とチャックは言った。

「ああ」とテディは言った。「パイはなしだな」

「あんたたちはここにいた。これからもここにいる」マギーは空気のにおいを嗅いだ。

「それがあんたたちの未来で、過去だ。月が地球のまわりをまわるように、まわってるのさ」

「そうだね」

彼女は近づいてきて、彼らのにおいを嗅いだ。まずテディを、そしてチャックを。

「彼らは秘密を持ってる。この地獄を栄えさせてるのはそれさ」

「秘密と、パイだな」とチャックが言った。

マギーは彼に微笑んだ。そのときだけ、正気の人間が彼女の体に入り、眼の奥を通り過ぎたように見えた。

「笑いなさい」と彼女はチャックに言った。「魂にはそれがいちばんだ。笑いなさい」

「わかった」とチャックは言った。「そうするよ」

彼女は曲がった指で彼の鼻に触れた。「その顔を憶えときたいね――笑ってるとこを」

そして振り返って歩きはじめた。看護助手が追いつき、一同は通路を進んで病院の中に入っていった。

チャックは言った。「面白い女だ」

「家に連れて帰って母親に見せたくなる」

「そしたら母親を殺して、家の外に埋めちまうんだろうな。それにしても……」チャックは煙草に火をつけた。「レディスだ」

「おれの妻を殺した」

「そう言ったよな。どうやって?」

「やつは放火魔だった」

「それも聞いた」

「おれたちのアパートメント・ハウスの修理屋でもあった。家主と喧嘩したんだ。家主は彼を馘《くび》にした。事件当時、おれたちにわかってたのは、放火だってことだけだ。誰かがやったんだとな。レディスは容疑者のひとりだったが、見つけ出すのに時間がかかり、見つけた頃にはアリバイを固めてた。やつが本当に犯人なのかどうか、手がかりすらなかった」

「どこでそれが変わった?」

「一年前のことだ。新聞を開くと、そこに彼がいた。働いてた校舎を全焼させたんだ。まるっきり同じ話だった。そこを馘にされ、腹いせに戻ってきて地下室に火をつけたんだ。ボイラーに油を注いで爆発させた。寸分たがわぬ手口だ。同一犯だった。校舎に子供はいなかったが、校長が遅くまで残って仕事をしていた。彼女は死んだ。レディスは公判で裁かれ、声が聞こえたのなんのと言ったが、結局シャタック刑務所に送られた。そこで何かが起こり――それが何かはわからない――六カ月前にここに移されてきたんだ」

「でも誰も彼を見た者はいない」

「A棟にも、B棟にも」

「つまりC棟にいるということか」

「そう」

「あるいは死んだか」

「それもありうる。墓地を探す理由がまた見つかったな」

「しかし仮に死んでないとしよう」

「ああ……」

「もし彼を見つけたら、テディ、どうするつもりだ」

「わからない」

「ごまかさないでくれ、ボス」

ふたりの看護婦がヒールを鳴らしながら歩いてきた。雨を避けるために、壁際に身を寄せている。

「あなたたち、びしょ濡れよ」

「どこもかしこも濡れてる？」とチャックは言った。壁に近いほうを歩いていた、短めの黒髪で小柄な看護婦が笑った。

通り過ぎたあとで、彼女はうしろを振り向いて言った。「保安官っていつもそんなに軽薄なの？」

「場合によるな」とチャックは言った。

「どういうこと？」

「相手の質による」

ふたりの看護婦は立ち止まった。意味がわかると、黒髪の看護婦がもうひとりの肩に顔をうずめ、ふたりは大笑いしながら病院のドアのほうに歩いていった。

テディはチャックがうらやましくてしかたがなかった。自分の話すことばを信じられる才能、女性とのふざけたやりとり、陽気な兵士を思わせる軽快で無意味なことば遊びに憧れた。しかし何をおいてもうらやましいのは、チャックの軽やかな魅力だった。

魅力はテディから容易に出てこない。戦争のあとでは、それがさらにむずかしくなった。そしてドロレスのあとでは、まったく縁がなくなった。

魅力は、ものごとの本質的な正しさを信じていられる人間の贅沢《ぜいたく》だ――ものの純粋さを信じ、ありふれた木の柵が身の安全を守ってくれると信じられる人間の。

「妻と過ごした最後の朝」と彼は言った。「彼女は〈ココナット・グローヴ〉の火事の話をした」

「それで？」

「おれたちはそこで会ったんだ。〈グローヴ〉で。彼女には金持ちのルームメイトがいて、おれは兵士のための割引があったから入れた。ちょうど出征のまえだった。彼女とひと晩じゅう踊ったよ。フォックストロットまで」

チャックは壁から首を伸ばして、テディの顔をじっと見つめた。「あんたがフォックストロット？　想像しようとしてるが、とても……」

「いいか」とテディは言った。「あの夜の彼女を見るべきだった。やれと言われれば、ウサギみたいに床の上を飛びまわったさ」

「〈ココナット・グローヴ〉で会ったのか」

テディはうなずいた。「そのあとそこは焼け落ちた。おれが……イタリアか？　そう、イタリアにいたときだ。彼女はその火事に――おれにはよくわからないが――深い意味があると考えた。火事をひどく怖がってた」

「それなのに火事で亡くなったのか」とチャックは静かに言った。

「驚きだろう？」テディは、最後の朝の彼女の姿を思い起こした。バスルームの壁に片足を突き、裸で、体じゅうに不吉な白い泡をつけていた姿を。

「テディ？」

テディは彼に眼を向けた。

チャックは両手を広げた。「応援するぜ、どんなことがあっても。レディスを見つけて殺したいんだろう？　大いに結構《ジェイク》」

「大いに結構か」テディは微笑んだ。「そんなことば、もう何年来――」

「だがボス、おれはこれから何が起こるか知っておかなきゃならない。真剣に言ってるんだ。きちんとやらなきゃ、キーフォーヴァー上院議員の公聴会に呼び出されたりするからな。最近は誰もがおれたちを見てる。おれたちみんなをじろじろと観察してる。世界は一分ごとに狭くなってるんだ」チャックは額にかかったぼさぼさの髪をかき上げた。「あんたはこの場所を知ってる。おれはそう思う。おれには話してないが、いろんなことを知ってる。あんたはここに何か害を与えるために来たんだと思う」

テディは心臓の上で手をひらひらさせた。

「まじめに言ってるんだ、ボス」

テディは言った。「おれたちはびしょ濡れだ」

「だから？」

「もっと濡れるのは嫌か？」

ふたりは門を出て、海岸沿いを歩いた。雨がすべてを包み込んでいた。家ほどの大きさの波が岩を打っている。高々と湧き立ったかと思うと、砕けて、次の波に道を譲る。

「おれはやつを殺したくない」嵐の轟きに負けないように叫んだ。

「本当に？」

「本当だ」

「どうも信じられない」

テディは肩をすくめた。

「自分の妻にそんなことをされたら」とチャックは言った。「おれなら二度殺してやる」

「もう殺すのは嫌になった」とテディは言った。「戦争のせいでな。ついていけなくなった。どうしてそんなことが起こるんだろう、チャック。しかしおれには起こった」

「だけどあんたの妻だぞ、テディ」

ごつごつした黒い岩が浜辺から木立のほうに続いていた。ふたりはそちらへ登っていった。

「いいか」小さな平地に達すると、テディは言った。まわりに背の高い木が生えていて、多少雨を防いでくれた。「それでもおれは仕事を優先させる。レイチェル・ソランドに起きたことをまず確かめる。そうするうちにたまたまレディスに出会ったら？　すばらしい。おれの妻を殺しただろうと言ってやる。ここから釈放されたら、本土で待ってると。おれが生きてるかぎり、決して自由な空気は吸わせないぞとな」

「それだけか？」とチャックは訊いた。

「それだけだ」

チャックは服の袖《そで》で眼を拭き、額から髪をかき上げた。「信じられない。まるで信じられないな」

テディはまわりを取り囲む木々の南側に眼をやった。アッシュクリフ病院の最上部の警戒怠りない屋根窓を見た。

「コーリーはあんたがここに来た本当の目的を知ってると思わないか」

「おれは本当にレイチェル・ソランドを探しにきたんだ」

「だがな、テディ。もしあんたの奥さんを殺した男がここに入れられてるなら――」

「やつはおれの妻の件で有罪になったわけじゃない。おれと彼を互いに結びつけるものはないんだ。何ひとつ」

チャックは地上から突き出た岩の上に坐り、雨の中に頭を垂れていた。「だったら、やっぱり墓地だな。せっかく外に出たんだから、そいつがあるかどうか探してみようじゃないか。もし〝レディス〟の墓石があれば、戦いの半分が終わったことがわかる」

テディはまわりの木々の奥の暗がりを見つめた。「いいだろう」

チャックは立ち上がった。「ところで彼女はなんと言ったんだ」

「誰だ？」

「患者だよ」チャックは指を鳴らした。「ブリジットだ。おれに水を取りに行かせて、あんたに何か言っただろう。わかってるんだ」

「何も言わなかった」

「何も？　嘘だ。おれにはわかる」

「言うんじゃなくて、書いたんだ」とテディは言い、手帳の入ったトレンチコートのポケットを叩いた。

ポケットの中を探って手帳を取り出すと、めくりはじめた。

チャックは口笛を吹き、柔らかい土に足を踏み下ろして、軍隊歩調で歩きはじめた。

そのページを見つけると、テディは言った。「アドルフ、やめな」

チャックは近づいてきた。「見つかった？」

テディはうなずき、手帳をまわしてチャックに見せた。そこには力のこもった文字でたったひとつのことばが書かれていた。文字はすでに雨で流れはじめていた——

逃げて

9

ふたりはさらに半マイルほど内陸に入ったところで、石を見つけた。空には石板のような雲が広がり、あたりは急速に暗くなっていた。濡れそぼった崖の上に立った。草が地面に張りついてすべりやすく、つまずいたり、這ったりしながら登ってきたために、体じゅう泥だらけだった。

眼下に野原があった。雲の底のように平たく、ところどころに藪があるほか、草木はない。大きな葉が嵐に飛ばされてきた。小さな石も大量に散らばっていた。最初テディは、石も葉といっしょに風で飛んできたのだろうと思った。しかし、崖を半分ほど降りたところで足を止め、もう一度よく見た。

石はいくつかの小さな山にまとめられて、野原全体に広がっていた。それぞれの山は六インチほど離れている。テディはチャックの肩に手を置き、石の山を指さした。

「いくつ山がある?」

チャックは言った。「なんだって?」

テディは言った。「あの石だよ。見えるだろう」

「ああ」

「いくつかの山に分けられてる。山がいくつある？」

チャックは、テディの頭に嵐が吹き込んだのではないかという顔つきで彼を見た。「ただの石だろう」

「まじめに言ってるんだ」

チャックはしばらく同じ顔つきをしていたが、ついに野原に眼を向けた。ややあって、彼は言った。「十個だ」

「おれもそう思う」

足もとの泥がすべり落ち、チャックはうしろに倒れそうになったが、テディがその腕をつかみ、またしっかりと立たせた。

「降りられるかな」とチャックは言い、困ったようなしかめ面をテディに向けた。

彼らは慎重に降りていった。テディは石の山に近づき、それが上下二列になっていることを発見した。ある山はほかの山よりずいぶん小さい。石が三、四個しかない山もあれば、十個以上、あるいは二十個ほど集まった山もある。

テディはふたつの列のあいだを歩き、立ち止まってチャックのほうを向いた。「数えまちがいだ」

「どうして」

「このふたつの山のあいだを見ろよ」テディはチャックが近づくまで待った。ふたりは石を見下ろした。「ここに一個ある。これだけでひとつの山だ」

「いや。この風で別の山から落ちたんだよ」

「ほかの山と同じ間隔で離れてるだろう。左の山まで半フィート、右の山まで半フィート。その次の列でも同じことがもう一度起こってる。一個だけの山だ」

「だから？」

「だから山は十三あるんだよ、チャック」

「彼女が残したと言いたいのか。そうなんだな」

「誰かが残したんだ」

「また暗号か」

テディは石の脇にしゃがんだ。トレンチコートを頭の上に引き上げ、裾《すそ》を体のまえに持ってきて、手帳を雨から防いだ。カニのように横に進みながら、それぞれの山のまえで止まり、石の数をかぞえて手帳に書き留めた。それが終わると、十三の数字が並んだ――18、1、4、9、5、4、23、1、12、4、19、14、5。

「金庫のダイヤル錠かな」とチャックは言った。「世界でいちばん大きな金庫の」

テディは手帳を閉じ、ポケットに入れた。「面白い」

「ありがとう」とチャックは言った。「〈キャッツキル〉で毎晩二度ステージに立ってるから観にきてくれ。な？」

テディは頭からトレンチコートを引き下げて、立ち上がった。雨がまた叩きつけ、風がうなった。

ふたりは崖を右に見ながら北に進んだ。左手の打ちつける風と雨の向こうに、アッシュクリフ病院が見えた。そこから三十分で、嵐は眼に見えてひどくなり、彼らは互いの話を聞くために肩を寄せ合い、酔っぱらいのようによろめきながら歩いた。

「コーリーがあんたに軍の情報部で働いてたのかと訊いただろう。あのとき嘘を言ったのか」

「嘘でもあるし、本当でもある」とテディは言った。「放免されたときには普通の兵士だった」

「最初はどうやって入った」

「新兵の基礎訓練からだ。まず無線学校に送られた」

「そして？」

「士官学校の特訓コース、それから、そう、情報部だ」

「でもなんで退役するときには普通の兵だったんだ」

「へまをしたのさ」風に逆らって大声を上げなければならなかった。「解読をまちがえたんだ。敵の位置を示す座標を」

「どの程度？」

テディの耳には今も無線から流れる音が響いていた。叫び声、雑音、悲鳴、また雑音、機関銃の掃射に続いて、さらに激しい叫び声と悲鳴と雑音。そしてそれらすべてを背景に、若い兵の声がした――「おれの残りの部分はどこだ」

「大隊のほぼ半分を失った」テディは風の中で叫んだ。「彼らをミートローフみたいに敵の食卓に出しちまった」

しばらく強風の音だけが耳に轟いた。そしてチャックは言った。「悪かった。悲惨な話だな」

ふたりは小さな丘の上に立った。風に危うく吹き飛ばされそうになり、テディはチャックの肘をつかんだ。彼らは背を丸めて果敢に前進した。頭と体を風に突っ込むようにしてしばらく進み、最初は墓石を見過ごした。眼に飛び込んでくる雨をついて重い足を運んでいると、テディが、倒れた石板につまずいた。それは風で穴からねじり出され、仰向けになって彼を見つめていた。

ジェイコブ・プルー

掌帆手

一八三二 - 一八五八

左のほうで木が折れた。トタン屋根に斧を打ち込んだような音を立てて、幹が裂けた。チャックが「なんてこった」と叫ぶうちに、木の一部が風にさらわれて、眼のまえを飛んでいった。

ふたりは両腕で顔を守りながら、墓場に入っていった。泥や葉や木の枝が命を持ち、電気を放った。何度か転び、ほとんど眼が見えなくなった。テディは前方に大きな木炭のような形を認め、そこに進みはじめた。叫んでも声は風に運び去られた。何かの塊が頭のすぐそばを飛び過ぎ、髪にキスをされたような気がした。風に脚をばたばたと叩かれ、舞い上がった泥を膝に浴びながら、ふたりは走った。

そこは霊廟だった。ドアは鋼鉄製だが、蝶番《ちょうつがい》が壊れていて、基礎からは雑草が生えている。テディがドアを引き開けると、風が一気に攻めてきて、彼をドアごと左に弾き飛ばした。テディは地面に倒れ、ドアは下の蝶番がはずれて、悲痛な音を立て、また壁に叩きつけられた。テディは泥に足をすべらせながら立ち上がった。風に肩を打ちすえられ、片膝をついた。眼のまえに霊廟の入口が開いているのを見て、泥の中を這い進んで中に入った。

「こんなすごいのを見たことがあるか」とチャックは訊いた。ふたりは入口に立ち、島全体が渦巻きながら怒り狂っていくのを見た。風は泥や、木の葉や、枝、岩、そしてつねに雨をたっぷりと含み、イノシシの群れのように甲高《かんだか》く鳴いて、大地を切り刻んでいた。

「ない」とテディは言った。ふたりは入口から離れた。

チャックはコートのポケットからまだ乾いたブックマッチを見つけ出し、一度に三本すって、体で風を防ごうとした。部屋の中央にあるコンクリートの台には、棺も、遺体もない。埋葬されて長らく経つうちに、別の場所に動かされたか、盗まれたのだろう。台の向こうには壁に作りつけられた石のベンチがあり、そこへ向かううちにマッチが消えた。ふたりはベンチに坐った。風は相変わらず入口の外で吹き荒れ、ドアを壁に叩きつけている。

「ある意味で小気味いいよな。そう思わないか」とチャックは言った。「自然が荒れ狂い、空があんな色になって……墓石があんなふうにひっくり返るなんて」

「ちょっと押してみたが、ああ、あれが倒れるのは確かにすごい」

「うわっ」チャックはズボンの裾を絞って足もとに水たまりを作り、ずぶ濡れのシャツをぱたぱたと胸に当てた。「もっとホームベースの近くにいるべきだったな。ここで嵐をやり過ごさなきゃならないかもしれないぞ。こんな場所で」

テディはうなずいた。「ハリケーンのことはよくわからないが、これはまだ序の口だって気がする」

「あの風が向きを変えたらどうなる？　墓場全体がこっちに飛んでくるぞ」

「それでも外にいるよりここのほうがましだ」

「もちろん。だがハリケーンの中で高い場所を探すなんて、なんておれたちはクソ頭がいいんだろう」

「確かに」

「あっと言う間だったよ。ただの大雨だと思ってたら、次の瞬間にはオズに飛んでくドロシーになってた」

「あれは竜巻だろ」

「え？」

「カンザスの」

「そうか」

風の音はさらに甲高くなった。風がうしろの分厚い石の壁に、拳をふるうように殴りかかっているのが聞こえた。衝撃で壁が小さく震えはじめたのが背中に伝わった。

「まだ序の口だ」とテディは繰り返した。

「今頃あの連中はみんなどうしてると思う」

「叫び返してるだろうな」と彼は言った。

ふたりはしばらく押し黙り、おのおの煙草を一本吸った。テディは父親と船に乗った日のことを思い出した。自然が彼に無関心で、彼よりはるかに強いことを思い知ったあの日を。鷹の顔とくちばしのついた風が霊廟に舞い降りて鳴くところを思い描いた。波をそびえ立つ塔に変え、家をマッチ棒のように嚙み砕き、彼をつかんで中国まで放り投げることのできる、怒れる存在を。

「おれは一九四二年に北アフリカにいたんだ」とチャックは言った。「そこで何度か砂嵐に遭った。だがこんなのはなかったな。まあ、人は忘れてしまうものだが。あれもこのくらいひどかったのかもしれない」

「耐えられなくはない」とテディは言った。「今、外に出て、散歩しようとは思わないが、寒いよりはましだ。アルデンヌじゃ息が口から出たとたんに凍った。今もあの感触を憶えてるよ。あんまり冷たいんで、指に火がついたような感じがした。なんでそうなるんだろう」

「北アフリカは熱波だ。暑さのせいで人がどんどん倒れていった。立ってたかと思えば、もう倒れてた。熱で心臓発作を起こすんだ。ある男を撃ったら、そいつは体が熱ですっかり柔らかくなってたんで、振り返って、弾丸が自分の体から飛び出すところを見てた」チャックは指でベンチを叩いた。「弾丸が飛んでくところをな」と低い声で言った。「神かけて本当だ」

「殺したのはその男ひとりか」

「至近距離では。あんたは？」

「おれは逆だ。大量に殺して、ほとんどそれをこの眼で見た」テディは頭を壁に当て、天井を見上げた。「もし息子がいたら、戦争に行かせるかどうかわからない。たとえ逃れようのないあんな戦争でも。人に頼めることかどうかもわからないな」

「何を？」

「人を殺すことだ」

チャックは片膝を胸に引き寄せた。「親も、ガールフレンドも、身体検査で落とされた友だちも、みんな訊くだろう？」

「ああ」

「どんな感じがするものなのか。皆そこが知りたいらしい。おれはこう答えたくなる。

〝どんな感じかなんてわからない。あれはほかの誰かに起きたことだ。おれは空の上かどこかからそれを見てただけだ〟って」彼は両手を上げた。「それよりうまく説明できないんだ。少しでも筋が通ってると思うかい？」

テディは言った。「ダッハウで、ナチス親衛隊の看守がわれわれに降伏したんだ。五百人いた。報道記者が集まってきたが、彼らも駅に積み上げられた死体の山を見ていた。おれたちが嗅いだのと同じにおいを嗅いでいた。記者たちはこっちを見て、おれたちにしてほしいことを訴えた。おれたちもちろんそうしたかった。だから、くそドイツ野郎をひとり残らず処刑したのさ。武器を取り上げ、壁のまえに立たせ、処刑した。機関銃で一度に三百人以上撃った。そのあと歩きながら、まだ息をしてるやつの頭に弾丸を撃ち込んでいった。戦争犯罪だ――もしそんなものがあるとすればだが。だろ？　だがチャック、それがわれわれにできた最低限のことだったんだ。記者たちは拍手してた。収容所の囚人たちは喜びのあまり泣いてたよ。だからおれたちは、突撃隊員を何人か彼らに渡してやった。彼らは連中をばらばらに引き裂いた。その日が終わるまでに、おれたちは地上から五百人の魂を消し去っていた。彼ら全員を殺したんだ。正当防衛でもなければ、戦闘でもない。大量殺戮だ。だがうしろめたくはなかった。やつらはそれよりはるかにひどい目に遭って然るべきだった。それはそれでいい。でもどうやってそれを抱えて生きていく？　自分のしたことを妻や両親や子供たちにどう説明すればいい？　武器を持ってない人間を処刑したと言うのか。少年を殺したと。銃と制服を身につけていても、少年は少年だ。答は――

とても話せない。到底わかってもらえないだろう。正しい理由でしたことだが、自分のしたこともやはりまちがっていた。それを忘れ去ることはできない」

しばらくして、チャックは言った。「だが、少なくとも正しかったんだ。朝鮮から帰ってきた可哀そうなやつらを見たことがあるかい？　連中はなぜ自分たちがあそこに送られたのか、いまだにわかっていない。少なくともおれたちはアドルフを止めた。何百万という命を救った。だろ？　たいした功績じゃないか、テディ」

「ああ、確かに」とテディは認めた。「それだけで充分なときもある」

「充分だよ。そうだろ？」

木がまるごと一本、逆さまになってドアのまえを飛んでいった。根が角のように上に伸びていた。

「見たか」

「ああ、あの木は海の真ん中で眼覚めるんだろうな。そして言うんだ。〝ちょっと待て。こりゃおかしいぞ〟」

「〝あっちにいなきゃいけないのに〟」

「〝あの丘の見映えをよくするのに何年もかかったのに〟」

ふたりは暗闇の中で静かに笑い、熱に浮かされたように荒れ狂う島を見つめた。

「それで、ここのことをどのくらい知ってるんだ、ボス？」

テディは肩をすくめた。「少しは知ってるが、充分と言うにはほど遠い。恐怖を抱くほどには知ってる」

「ほう、すばらしい。あんたでも怖いんだ。だったら、ごく普通の人間はどう感じればいい？」

テディは微笑んだ。「絶望的な恐怖か？」

「わかった。おれは震え上がってると思ってくれ」

「ここは実験施設として知られている。話しただろう、過激な治療法だ。資金の一部は州から、一部は連邦刑務局から出ているが、ほとんどは非米活動調査委員会《HUAC》（下院の委員会で、一九四〇～五〇年代の赤狩りで有名）が五一年に設立した基金が元手になっている」

「なんと」とチャックは言った。「すごいな。ボストン港の島で共産主義と戦うってか。いったい誰がそんなこと思いつく？」

「彼らは人の精神に関する実験をおこなってるとおれはにらんでる。発見したことを記録して、ＣＩＡにいる、コーリーのＯＳＳ時代の旧友に渡してるのかもしれない。よくわからないが。フェンシクリジンというのを聞いたことがあるか？」

チャックは首を振った。

「ＬＳＤは？　メスカリンは？」

「どちらも知らない」

「みんな幻覚剤だ」とテディは言った。「幻覚を起こさせる薬だな」

「なるほど」

「ほんの微量で、まったく正気の人間が——おれや、おまえが——幻覚を見始める」

「逆さになった木がドアのまえを飛んでいくとか」

「それはどうだろう。ふたりが同じものを見てるなら、それは幻覚じゃない。見えるものは人によって異なる。たとえば今、下を見ると、両腕がコブラに変わってるとかな。そいつが鎌首をもたげて、口を大きく開き、頭に食いつこうとしてる」

「そりゃひどい一日だ」

「あるいはあの雨粒が炎に変わるとか。藪がトラに変わってこちらに飛びかかろうとしているとか」

「そうなるともっとひどい日だ。ベッドを出ないほうがよかった。しかし、おい、薬を飲んで、本当にそんなことが起こってると思い込むことがあるのか」

「〝ことがある〟じゃない。必ず起こるんだ。正しい量を投与すれば、必ず幻覚を見始める」

「たいした薬だ」

「ああ、そのとおり。そいつを多量に投与すれば、効果はおそらく重度の精神分裂病と同じものになるだろう。彼の名前はなんだっけ、ケンだ、彼のようになる。足が寒い。彼は本当にそう信じてる。レオノーラ・グラント、彼女はおまえを見てなかった。ダグラス・フェアバンクスを見てた」

「忘れちゃいけない。チャーリー・チャップリンもだ。な、チャーリー」

「まねはできるが、どんな声なのかわからない」

「おお、悪くないぜ、ボス。〈キャッツキル〉でおれの前座を務められる」

「患者が自分の手を別のもの——動物か何か——だと思い込んで、顔を引き裂いたという症例がいくつか記録されている。彼らはそこにないものを見、誰にも聞こえない声を聞き、家が火事になったと信じて、平穏そのものの屋根から飛び降りる、などなど。幻覚剤はこれと似たような幻覚をもたらすんだ」

チャックはテディを指さした。「なんだか急にいつもより博学になってるな」

テディは言った。「そうか？ 多少宿題をやったからな。チャック、極端な精神分裂病の患者に幻覚剤を与えたらどうなると思う」

「誰もそんなことはしないさ」

「するのさ。しかもそれは合法だ。分裂病になるのは人間だけだ。ネズミやウサギや牛は罹《かか》らない。なら、どうやって治療法を試せばいい？」

「人間で試す」

「葉巻一本だ」

「そいつはただの葉巻だろうな？」

テディは言った。「そのほうがいいなら」

チャックは立ち上がり、両手を石の台の上に置いて、外の嵐に眼を向けた。「すると彼らは分裂病の患者に薬を与えて、さらにひどい症状を起こさせてるのか」

「それはひとつの試験群だ」

「別の群もあるのか」

「患者じゃない人間に幻覚剤を与えて、脳の反応を見る」

「嘘だろう」

「公の文書に残ってるんだよ、相棒。いつか精神科医の学会に参加してみるといい。おれは参加した」

「でも合法だと言わなかったか」

「合法だ」とテディは言った。「それを言えば、優生学の研究も合法だった」

「いずれ合法なら、おれたちはどうしようもない」

テディも石の台に手をついた。「議論の余地はない。おれは今のところ誰かを逮捕するためにここにいるわけじゃない。情報収集のために送り込まれただけだ」

「ちょっと待ってくれ。送り込まれた？　おい、テディ、今回のことはどのくらい奥が深いんだ」

テディはため息をつき、チャックを見た。「かなり深い」

「話してくれ」チャックは片手を上げた。「最初から、ゆっくりと。あんたはこれにどうやって巻き込まれた」

「一年前、レディスに始まったんだ」とテディは言った。「おれはやつと面談したいという名目でシャタックに行った。やつの知り合いに連邦から逮捕状が出てて、レディスに訊けば居場所がわかるかもしれないといった話をでっち上げてな。ところがレディスはそこにいなかった。アッシュクリフに移送されていた。そこでここに電話したが、やつの記録はないと言われた」

「それで？」

「おれは妙だと思った。街の精神病院にいくつか電話してみると、誰もがアッシュクリフのことを知っているのに、誰もしゃべりたがらない。精神障害の犯罪者を収容するレントン病院の院長とも話した。彼とは以前何度か会ってたんだ。〝ボビー、いったいどうしたんだ。アッシュクリフは病院であり、刑務所だ。あんたのところと何も変わらないだろう〟とおれは言った。彼は首を振った。〝テディ、あそこはまったく種類がちがうんだ。機密扱いだ。進入禁止区域なんだよ。行っちゃいけない〟」

「だがあんたはやって来た」とチャックは言った。「そしておれがあんたに同行することになった」

「それは計画外だった」とテディは言った。「お偉方がパートナーをつけると言えば、受け容れるほかない」

「とにかくここへ来る口実ができるのを待ってたんだな」

「大いに」とテディは言った。「しかし、本当に来られるとは夢にも思わなかった。たとえ患者の脱走があったとしても、そのときおれが街にいるとはかぎらないだろう。ほかの人間が担当になるかもしれないし。実際、〝もし〟は山のようにあった。運がよかったよ」

「運だって？　戯言《たわごと》だ」

「なんだって？」

「運じゃないだろう、ボス。運はそんなふうには働かない。世の中はそううまくはいかないよ。たまたまこの特別任務に割り当てられたと思うのか」

「もちろん。ちょっとおかしく聞こえるかもしれないが」

「初めてレディスのことでアッシュクリフに電話したときに、身分を名乗ったかい」

「もちろん」

「だったら――」

「チャック、一年もまえの話だぞ」

「だから？　彼らが眼を光らせてないとでも言うのか。とりわけ記録がないと彼らが答えた患者について」

「だが――十二カ月もまえのことだ」

「テディ、頼むよ」チャックは声を下げ、両方の手のひらを石板の上につけて、大きく息を吸った。「仮に彼らがここで悪事をはたらいているとしよう。あんたがこの島に足を踏み入れた瞬間から、彼らがあんたの本心を知ってる可能性はないか？　実は彼らがあんたをここに呼んだとしたらどうする」

「そんな馬鹿な」

「馬鹿？　だったらレイチェル・ソランドはどこだ。彼女が存在したことを示す証拠がひとつでもあるか。おれたちはただ、女の写真と、誰でも捏造《ねつぞう》できるファイルを見せられただけじゃないか」

「だが、チャック——たとえ彼女が作り話だったとしても、たとえこのすべてがでっち上げだったとしても、おれが事件の担当になることは絶対に予測できなかったはずだ」

「あんたは問い合わせをしただろう、テディ。この場所のことを調べ、訊いてまわっただろう。彼らは下水処理施設のまわりに通電フェンスを張りめぐらしてる。砦の中に病棟を設けてる。三百人は収容できる施設に、百人足らずの患者しか入れていない。ここはひどく怖ろしい場所だぜ、テディ。ほかの病院はここのことを話したがらない。どういうことかわからないか？　医長はOSSとつながりがある。資金はHUACがため込んだ裏金でまかなわれてる。ここに関することのすべてが〝政府の作戦〟だと叫んでる。なのにあんたは、この一年、あんたが彼らを観察してたんじゃなく、彼らがあんたを観察してた可能性に今さら驚くのか？」

「何度言わなきゃならないんだ、チャック。レイチェル・ソランドの事件におれが任命されるってことがどうして彼らにわかるんだ」

「あんた、馬鹿か？」

テディはさっと背を伸ばし、チャックを見下ろした。

チャックは手を上げた。「悪い。申しわけなかった。ちょっと神経がぴりぴりしてるんだ。わかるだろう」

「わかるよ」

「言いたいことはだ、ボス、彼らはあんたがここへ来るどんなつまらない口実にも飛びつくことを知ってた。ここにはあんたの妻を殺した男がいる。彼らは誰かが脱走したふりをするだけでよかった。そうすりゃあんたが、必要なら棒高跳びをしてでも港を越えて、島に渡ってくることを知ってたんだ」

ドアが唯一つながっていた蝶番から引きちぎられ、入口に叩きつけられた。そして岩にぶつかって宙に舞い上がり、墓場の上を飛んで、空の彼方に見えなくなった。

ふたりは入口をじっと見つめた。やがてチャックが言った。「ふたりとも見たよな？」

「彼らは人間をモルモットに使ってる」とテディは言った。「それが気にならないか？」

「だとしたら心底怖ろしい。だがどうしてわかる？　情報収集に送り込まれたと言ったな。誰があんたを送り込んだんだい」

「コーリーと初めて会ったときに、彼が上院議員のことを訊いたのを憶えてるか」

「ああ」

「ニュー・ハンプシャーの民主党員のハーリー上院議員だ。精神衛生分野への助成金に関する小委員会の長を務めてる。この場所にどんな金が注ぎ込まれているかを知って、それが気に入らなかった。そしてそこにジョージ・ノイスという男が出てくる。おれはたまたま彼に会った。ノイスはここにいたことがあったんだ――C棟にな。島から出て二週間後にアットルボロのバーに入り、赤の他人をナイフで刺しはじめた。そして留置場で、C棟にいる竜の話を始めた。ノイスの弁護士は精神障害を主張しようとした。もし裁判になるなら、彼に任せておけばよかった。精神障害だと言えばよかったんだ。だがノイスは弁護士を馘《くび》にしてみずから判事のまえに立ち、自分は有罪だと言って、刑務所に送り込んでくれと頼み込んだ。どんな刑務所でもいい、病院でなければいいってな。刑務所に入って一年ほど経つと、彼はまた昔のことを思い出しはじめ、そしてついにアッシュクリフのことを語りはじめた。頭がおかしいと思われるような話ばかりだったが、上院議員は、ひょっとすると皆が思うほどおかしな話でもないのではないかと考えた」

チャックは台の上に坐り、煙草に火をつけた。しばらくそれを吸いながら、テディの言ったことを考えた。

「しかしどうやって上院議員はあんたを見つけたんだ？　そして、あんたたちはどうやってノイスを見つけた？」

一瞬、テディは、丸い光が外の暴風雨を貫いたような気がした。

「実際はその逆だ。ノイスがおれを見つけ、おれが上院議員を見つけた。レントンの院長のボビー・ファリスがある朝電話してきて、まだアッシュクリフに興味があるかとおれに訊いたんだ。もちろんと答えると、彼は、デダムにいる囚人がやたらアッシュクリフのことをしゃべってると教えてくれた。そこでおれは何度かデダムに出かけ、ノイスと話したんだ。ノイスが言うには、大学生だったある年に、試験が近づくたびに苛立ったんだそうだ。教師に怒鳴り、寮の窓を殴りつけて割ったりした。そのうち心理学科の人間と話すようになり、気がつくと、小遣い稼ぎに臨床試験を受けることに同意していた。一年後、彼は完全な分裂病の患者として退学した。通りの角に話しかけ、自分の九ヤード四方にあらゆるものを見るようになっていた」

「最初は普通だったのか……」

テディはまた嵐の向こうで光が揺らめくのを見て、霊廟の入口に近づき、眼を凝らした。稲妻だろうか。それならわかるが、これまで一度も光っていなかったはずだ。

「ペカン・パイみたいに普通の人間だった。ひょっとするといくらか――彼らはなんと呼んでたっけ――〝短気矯正〟が必要だったかもしれないが、全体としてはまったく正気だった。それが一年後には正気でなくなった。彼はある日、パーク・スクウェアで男を見かけて、最初に心理学科の人間に会うことを彼に勧めた大学教授だと思った。長い話を縮めて言えば、そうじゃなかったんだが、彼はその男をこっぴどく叩きのめし、アッシュクリフに送り込まれた。A棟だったが、そこには長くいなかった。すでにかなり凶暴な人間になっていたので、彼らはノイスをC棟に移した。そして幻覚剤を大量に与え、彼が竜に襲われ、食われ、どんどん正気を失っていくのを遠巻きに観察した。どうも彼らが望んだよりも正気を失いすぎたようだ。最終的にはノイスをただ落ち着かせるために、外科手術をほどこした」

「外科手術」とチャックは言った。

テディはうなずいた。「経眼窩《けいがんか》式《しき》ロボトミーだ。こいつはすごいぞ、チャック。患者に電気ショックで衝撃を与え、眼から、いいか、アイスピックを刺すんだ。冗談じゃないぞ。麻酔はしない。あちこち突っ込んで、脳からいくつか神経線維を取り除く。それで終わりだ。簡単だろう」

チャックは言った。「ニュルンベルク綱領（第二次世界大戦後のニュルンベルク裁判の結果を受け、医学研究に関する倫理基準を定めたもの）で禁じられてるはずだ――」

「――純粋に科学のために人体実験をおこなうことはな。そう。それにもとづいた判例もあったと思う。上院議員もそう考えた。これ以上はだめだと。だが、実験は患者の病気を直接治療するときには許される。だから医者が、〝なあ、おれたちは可哀そうな患者を助けようとしてるだけだ。この薬が精神分裂病を昂進して、あの薬がそれを止められるのを確認してるんだ〟と言うかぎり、法的には問題ない」

「ちょっと待ってくれ」とチャックは言った。「ノイスって男は、経……ああと」

「経眼窩式ロボトミー」

「そう、それだ。どんなに古めかしい手段にしろ、その目的が誰かを落ち着かせることにあるなら、どうしてノイスはアットルボロで人を刺したりしたんだ」

「明らかに効果がなかったのさ」

「そんなことがしょっちゅうあるのか」

テディはまた丸い光を見た。今度は、嵐の咆哮の中から、はっきりとエンジンのうなりも聞こえた。

「保安官！」風のせいで声は弱かったが、チャックにも聞こえた。

チャックは台の上から脚を出し、飛び降りて、入口にいるテディに加わった。墓地の遠い端に、ヘッドライトが見えた。メガフォンの耳障りな音と、甲高いハウリングが聞こえ
――

「保安官！　もしいるなら合図を送ってくれ。こちらはマクファースン副院長だ。保安官！」

テディは言った。「どうだい。見つけられたぞ」

「ここは島だ、ボス。必ず見つけられるさ」

テディはチャックの眼を見てうなずいた。出会ってから初めて、チャックの眼に恐怖が浮かんでいた。顎を引き締めて、それを振り払おうとしていた。

「大丈夫だよ、相棒」

「保安官！　そこにいるのか」

チャックは言った。「どうだか」

「おれにはわかる」とテディは言った。内心はちがったが。「おれから離れるな。この腐った場所から出ていくぜ、チャック。妙なことはするなよ」

そして彼らは霊廟の入口から墓地に足を踏み出した。風がフットボールのタックルのように体にぶつかってきたが、足を踏みしめ、腕を絡めて相手の肩を抱きかかえ、よろめき

ながら光のほうへ向かっていった。

10

「あんたたちは本当に、頭がクソおかしいんじゃないか」

マクファースンが風に叫んでいた。ジープは墓地の西の端をなぞる荒れ果てた道を疾走していた。

マクファースンは助手席に坐り、赤い眼をして振り返っていた。テキサスの田舎者の魅力は、嵐に吹き飛ばされて跡形もない。運転手は紹介されなかった。ほっそりした顔の若者で、長いレインコートのフードの下からのぞいているのは尖《とが》った顎だけだ。しかしジープを見事に操り、低木の茂みや嵐の残骸を、まるでそこにないかのように踏みつけて走っていった。

「こいつは熱帯低気圧からハリケーンに成長した。今、風速は百マイル（秒速約四十五メートル）ほどだ。真夜中までには百五十マイルになるらしい。そんな中へ散歩でもするみたいに出ていって」

「どうして成長したのがわかった？」とテディが訊いた。

「アマチュア無線だよ、保安官。あと数時間でおそらくそれも使えなくなる」

「もちろんな」とテディは言った。

「今は建物につっかえ棒をしてなきゃならないのに、みんなしてあんたたちを探してたんだ」座席のうしろをぱしんと叩き、まえを向いて、彼らにつき合うのをやめた。

ジープが登り坂で跳ね、一瞬テディは空しか見えなくなり、車が宙に浮いたのを感じた。すぐにタイヤが泥に突っ込み、車は鋭くカーヴを曲がって急な下り坂を疾駆した。テディは左手に海を見た。渦巻く海面はそこここで爆発し、白く巨大なキノコ雲のように噴き上がっていた。

ジープは小さな丘をいくつも切り裂き、林の中に飛び込んだ。テディとチャックは後部座席にしがみついていたが、体が何度も激しくぶつかった。木々がうしろに消えると、コーリーの邸宅の裏手が見えてきた。四分の一エーカーに散らばった木屑と松葉の上を駆け抜けると、建物への進入路にぶつかり、運転手はギアをローから解放して、轟音を立てながら敷地の正門に向かっていった。

「ドクター・コーリーに会ってもらう」とマクファースンはうしろを振り向いて言った。

「あんたたちと話すのを待ちかねてるよ」

「シアトルのおふくろみたいにおれを叱りとばすんだろうな」とチャックが言った。

ふたりは職員寮の地下でシャワーを浴び、看護助手の制服を与えられた。彼ら自身の服は病院の洗濯室に持っていかれた。チャックはバスルームで髪をうしろにとかしながら、白いシャツと白いズボンを見て言った。「ワインリストをご覧になりますか？　今晩のお勧めはビーフ・ウェリントンでございます。すばらしい一品ですよ」

トレイ・ワシントンがバスルームのドアから顔をのぞかせた。彼らの新しい服装を見て、笑いを嚙み殺しながら言った。「ドクター・コーリーのところへお連れしますよ」

「どのくらい厄介なことになってる」

「まあ、ほんの少しね」

「これはおふたり」彼らが姿を見せると、コーリーは言った。「会えて嬉しいよ」どうやら寛大な気持ちになっているようで、眼を輝かせていた。テディとチャックはトレイをドアに残し、病院の最上階にある会議室に入っていった。

部屋は医師で埋まっていた。白衣を着ている者もいれば、スーツを着ている者もいて、皆、チーク材の長い机のまわりに坐っている。彼らの椅子のまえには、銀行で見るようなランプが置かれ、黒い灰皿から煙草や葉巻の煙が立ちのぼっていた。パイプは一本しかなく、それは上席に坐ったネーリングのものだった。

「皆さん、こちらがわれわれの話し合った保安官のおふたりだ。ダニエルズ保安官とオール保安官」

「服はどうした？」とひとりの男が訊いた。

「いい質問だ」とコーリーは言った。心から面白がっているようだった。

「嵐の中にいたんだ」とテディは言った。

「この嵐の中に？」医師は天井近くまである窓を指さした。ガラスには分厚いテープがバツ印に貼られ、窓自体がかすかに呼吸をしているように――部屋の中に空気を吐き出しているように――見える。雨粒の指先がガラスを叩いて鳴らし、風圧で建物全体が軋《きし》んでいた。

「そういうことだ」とチャックが言った。

「坐りたまえ」とネーリングが言った。「今、会議が終わるところだ」

机の端にふたつ椅子が置かれていた。

「ジョン」とネーリングがコーリーに言った。「これには会の合意が必要だ」

「私の意見はわかっているはずだ」

「われわれも皆それを尊重している。しかし、もし向精神薬がセロトニン（不安、恐怖のコントロールに関係する神経伝達物質）の不均衡を五パーセント改善できるなら、あまり選択の余地はないと思う。治験を続けるしかない。この最初の被験者、ああと、ドリス・ウォルシュは、すべての基準を満たしている。問題があるとは思えない」

「犠牲《コスト》になるものを心配してるだけだ」

「外科手術よりはるかに安価なことは、きみも知ってるだろう」

「大脳基底核と大脳皮質に薬物がダメージを与える危険がある。脳卒中や脳炎と似た神経細胞破壊の怖れありとした、ヨーロッパの初期の研究があっただろう」

ネーリングは手を上げて、反論を退けた。「ドクター・ブロティガンの要望に賛成するかたは手を上げてもらえるかな」

テディは、コーリーともうひとりの男以外の全員の手が上がるのを見た。

「合意が得られたと言っていいと思う」とネーリングは言った。「では、ドクター・ブロティガンの研究に対する資金提供を理事会に要請する」

ブロティガンとおぼしき若い医師が机の面々に感謝の会釈を送った。顎が突き出た、いかにもアメリカ人らしい風貌で、なめらかな頰をしている。テディには、いつも両親に世話を焼かれ、彼らの遠大な夢を叶えるのに邁進している類いの男に見えた。

「では」とネーリングは言い、眼のまえのバインダーを閉じて、机の先に坐ったテディとチャックを見た。「調子はどうだね、保安官」

コーリーは席から立ち、サイドボードでコーヒーを注いだ。「噂では、霊廟にいるところを見つけられたそうだね」

机のそこかしこから押し殺した笑い声が起こった。医師たちは拳を口に当てた。

「ハリケーンを避けるのに、そこよりいい場所があるかい」とチャックが言った。

コーリーは言った。「ここだ。できれば地下がいい」

「陸地では風速百五十マイルになると聞いたけど」

コーリーは背中を向けたまま、うなずいた。「今朝、ロード・アイランド州ニューポートの家屋の三十パーセントが倒壊した」

チャックは言った。「ヴァンダービルト（一七九四～一八七七年。金融家。多数の蒸気船航路、鉄道路線を開発した）氏の大邸宅じゃないことを祈るよ」

コーリーはまた席についた。「午後にはプロヴィンスタウン（マサチューセッツ州東部、ケープ・コッドの先端の村）とトルロがやられた。道路も無線も不通になってるから、被害の状況は誰にもわからない。だが、今はまっすぐにこちらに向かっているようだ」

「東部の海岸を襲ったなかじゃ、ここ三十年で最大の暴風雨だ」と医師のひとりが言った。

「空気を静電気に変えてしまう」とコーリーは言った。「だから昨晩、交換台が壊れた。無線もやっとつながる程度だ。もし島を直撃したら、何が最後まで建っていられるかわからない」

「だからもう一度言うが」とネーリングが言った。「監視区域《ブルー・ゾーン》の患者に拘束具をはめておくべきだ」

「監視区域？」とテディが訊いた。

「C棟だよ」とコーリーが答えた。「彼ら自身にとって、この施設にとって、一般大衆にとって危険と見なされる患者たちだ」彼はネーリングのほうを向いた。「しかしそれはできない。もしあそこに水があふれたら患者は溺れてしまう。わかってるだろう」

「それにはかなりの水が必要だ」

「私たちは海の真ん中にいて、風速百五十マイルのハリケーンに襲われようとしている。〝かなりの水〟はいつ押し寄せてもおかしくない。警備員は二倍にする。監視区域の患者は、つねに、ひとり残らず把握しておく。例外はなしだ。だが、彼らをベッドに縛りつけるわけにはいかない。すでに独房に閉じ込めてるんだぞ、まったく。やりすぎだ」

「それは賭けだよ、ジョン」と、机のほぼ中央にいる茶色の髪の男が静かに言った。テディとチャックが入室したときの話題について、コーリーとふたりで反対した男だった。ずっとボールペンの芯《しん》を出したり入れたりしながら、机の上を見つめていたが、声の調子からコーリーの友人であることがわかった。「かなりの賭けだ。たとえば、もし停電になったらどうする？」

「予備の発電機がある」

「それも使えなくなったら？　独房のドアが開いてしまう」

「ここは島だ」とコーリーは言った。「どこへ行くっていうんだ。フェリーでボストンに向かい、難破して沈むのか？　諸君、彼らを拘束したあとで施設が水に沈んだら、全員が死ぬんだぞ。二十四人の人間が。もしここに何か起こったら、残りの四十二人もだ。わかるかね。そうなったら諸君は平気で生きていけるのか。わたしは無理だ」

コーリーは机を見渡した。ふとテディは、彼の温情に触れた気がした。これまでそんなものを感じたことはほとんどなかった。コーリーが彼らを打ち合わせに呼んだ意図はわからないが、この部屋にはコーリーの友人があまりいないのではないかとテディは思った。

「ドクター」とテディは言った。「邪魔はしたくないんだが、いいかな」

「どうぞ、保安官。おふたりを招いたのはわれわれなんだから」

テディは思わず〝本当に？〟と言いそうになった。

「今朝、レイチェル・ソランドの暗号について話したとき――」

「諸君は保安官が何を話してるかわかるかな」

「〝4の法則〟のことだろう」とブロティガンが言った。テディがやっとこでひん曲げてやりたくなるような笑みを浮かべた。「あれは傑作だ」

テディは言った。「今朝話したとき、あんたは最後の鍵についてはなんの手がかりもないと言った」

「〝67は誰？〟」とネーリングが言った。「だな？」

テディはうなずき、椅子の背にもたれて待った。

誰もが当惑して、机の向こうから彼を見ていた。

「本当にわからないかい」とテディは言った。

「何がわかるんだね、保安官」とコーリーの友人が言った。テディは彼の白衣を見て、ミラーという名であることを知った。

「ここには六十六人の患者がいる」

一同は、道化師が次の花束を出すのを待っている誕生パーティの子供たちのように、テディを見つめた。

「A棟とB棟に四十二人、C棟に二十四人、合わせて六十六人だ」

いくつかの顔にわかったという表情が浮かんだが、大半はまだ呆然としていた。

「六十六人の患者」とテディは言った。「つまり、〝67は誰？〟の答は、ここに六十七番目の患者がいるということだ」

沈黙が流れた。何人かの医師が机越しに顔を見合わせた。

「よくわからない」とネーリングがついに口を開いた。

「わからないとは？　レイチェル・ソランドは、六十七番目の患者がいると言ってるんだよ」

「だが、六十七番はいない」とコーリーが言った。両手を机の上に伏せている。「すばらしい思いつきだ、保安官。もしそれが事実なら、暗号は解けた。だが、いくら望んでも、二足す二は四にならない。島に六十六人の患者しかいないなら、六十七番の患者に関する問いは無意味だ。わかるかね？」

「いや」とテディは声を平静に保ちながら言った。「これについては同意できない」

コーリーはもっとも簡単な言い方を考えているかのように、慎重にことばを選んで話しはじめた。「もしハリケーンが来なかったら、われわれは今朝、ふたりの患者を受け入れていたところだった。それで合計六十八人になる。もし患者が昨晩死んだら——めっそうもない話だが——合計は六十五人になる。合計人数は、ときどきの変数に応じて、日ごと、週ごとに変わるんだ」

「しかし」とテディは言った。「ミス・ソランドが暗号を書いた夜には……」

「彼女を入れて六十六人だった。それは認めよう、保安官。しかし、それでも六十七人にはひとり足りないだろう？　あなたは丸い釘を四角い穴に入れようとしている」

「だが、彼女が言いたかったのはそれだ」

「わかるよ。しかし、彼女の言うことはあてにならない。ここに六十七番の患者はいないんだ」

「患者のファイルを見せてもらえないか」

机のまわりの顔がしかめ面になり、迷惑そうな表情を浮かべた。

「断固としてだめだ」とネーリングが言った。

「それはできない、保安官。申しわけないが」

テディはしばらく下を向き、自分の滑稽《こっけい》な白いシャツと白いズボンを見つめていた。ソーダ売り場の売り子のようだ。売り子そのものに見えるだろう。いっそアイスクリームでも配ってまわれば、彼らも納得するかもしれない。

「職員の名簿も、患者の名簿も見られないなら、どうやっていなくなった患者を探せばいいんだね、皆さん？」

ネーリングは椅子の背にもたれて、首を傾けた。

コーリーは、煙草を口に持っていく途中で手を止めた。

何人かの医師が互いにささやき合った。

テディはチャックを見た。

チャックはささやいた。「見ないでくれ。途方に暮れてる」

コーリーが言った。「院長から聞いてないのか？」

「院長とはまだ話してない。マクファースンに出迎えられたから」

「なんと」とコーリーは言った。「それは」

「なんだ」

コーリーは眼を見開いて、ほかの医師を見まわした。

「なんだい」

コーリーは口からふうっと息を吐き出し、机の先から彼らを見つめた。

「彼女は見つかったんだ」

「え？」

コーリーはうなずき、煙草を長々と吸った。「レイチェル・ソランドだ。今日の午後、見つかったんだよ。彼女はここにいる。あのドアの向こうの廊下の先にね」

テディとチャックは振り返ってドアを見た。

「安心してくれ、保安官。捜索は終わった」

11

コーリーとネーリングはふたりを連れて白黒のタイルの張られた廊下を歩き、二重ドアを抜けて病院区画に入った。看護婦室を左手に見て進み、右に曲がって、天井に長い蛍光灯と、U字形のカーテンレールがついた大きな部屋に入ると、そこに彼女がいた。丈が膝までの薄緑色の患者服を着て、ベッドに坐っていた。洗ったばかりの黒髪を額からうしろにとかしている。

「レイチェル」とコーリーが言った。「友だちを連れてきたんだ。嫌でなきゃいいが」

彼女は服の裾《すそ》を伸ばして腿《もも》の下に入れ、眼に子供のような期待をこめてテディとチャックを見た。

傷ひとつない。

肌は砂岩色で、顔にも、腕にも、脚にも傷がない。裸足だが、枝や、棘《とげ》や、岩で引っかいた傷はまったく見当たらない。

「なんの用？」と彼女はテディに訊いた。

「ミス・ソランド、われわれは――」

「ものを売りにきたの？」

「え？」

「何か売りにきたんでしょう。そうよね。残念だけど、買うかどうかはみんな夫が決めるの」

「いや。ものを売りにきたんじゃない」

「そう。いいけど。だったら何しにきたの」

「昨日どこにいたか話してもらえるかい」

「ここにいたわ。家にいたの」そう言ってコーリーを見た。「この人たち、誰？」

コーリーは言った。「警察の人たちだよ、レイチェル」

「ジムに何かあったの」

「いや」とコーリーは言った。「ジムは元気だ」

「子供たちじゃないわよね」彼女はあたりを見まわした。「庭にいたから。何か悪さをしたんじゃないわよね」

テディは言った。「ミス・ソランド、お子さんが面倒に巻き込まれたわけじゃない。旦那さんも」コーリーの眼を見ると、コーリーはそれでいいと言うようにうなずいた。「われわれはただ……昨日、敷地内に破壊活動分子がいたと聞いたんでね。通りで共産主義のビラを撒《ま》いてるところを見られたことがある男だ」

「まあ、なんてこと。子供たちに？」

「こちらでわかっている範囲では、それはない」

「でもこの近所で？　この通りで配ってたの？」

テディは言った。「残念ながら、そうだ。もし昨日の居場所を説明してもらえれば、あなたが問題の男と会った可能性があるかどうかがわかるんだが」

「わたしを共産主義者呼ばわりするの？」彼女は背中のうしろの枕から体を起こし、シーツを握って拳を固めた。

コーリーはテディに眼で語った——穴を掘ったぞ。掘り進んで抜け出せ。

「共産主義者？　あなたが？　正気の人間がそんなこと考えるかい？　あなたはベティ・グレイブル（一九一六～七三年。ピンナップ女優の先駆け）と同じくらいアメリカ人だ。勘ちがいするのは眼の悪い人間だけだ」

彼女は片方の手からシーツを離し、その手で膝を撫《な》でた。「でも、わたしはベティ・グレイブルには見えないわ」

「立派な愛国者精神という点でね。見た目はむしろテレサ・ライトに似てる。彼女がジョセフ・コットンとやった作品はなんだっけ——十二年前に」

「《疑惑の影》（一九四二年、ヒッチコック監督映画）よ。ええ、似てるって言われたことがあるわ」と彼女は言い、優しいと同時に官能的な笑みを浮かべた。「ジムはあの戦争で戦ったの。帰ってきて、世界は自由になったと言ったわ。アメリカ人が勝って、世界じゅうの人がアメリカのやり方でいくしかないことを悟ったって」

「アーメン」とテディは言った。「おれもあの戦争で戦ったんだ」

「わたしのジムを知ってる？」

「いや、申しわけないが。立派な男だったんだろうね。陸軍だった？」

彼女は鼻に皺を寄せた。「海兵隊よ」

「つねに忠実な《センパー・ファイ》（海兵隊の標語）」とテディは言った。「ミス・ソランド、その破壊分子が昨日どんな動きをしたか、すべて知らなきゃならないんだ。あなたは彼をまったく見てないかもしれない。こそこそしたやつだから。だからあなたがしたことを教えてもらって、われわれの知っている範囲で、彼のいた場所と符合するかどうか確かめたいんだ。そうすれば、すれちがってるかどうかがわかるからね」

「夜すれちがう船みたいに？」

「そのとおり。わかるね？」

「もちろんよ」彼女はベッドの上に正座した。テディはその動きを胃と股間で感じた。

「じゃあ、昨日したことを最初から話してもらえるかな」と彼は言った。

「そうね。ええと、ジムと子供たちに朝食を作ったわ。ジムはわたしが作ったお弁当を持って出かけていった。それからわたしは子供たちを学校に送り出して、湖でゆっくり泳ぐことにしたの」

「しょっちゅう泳ぐのかい」

「いいえ」と彼女は言い、テディに口説かれているかのように、背を丸めて笑った。「わたし、そうね、ちょっと馬鹿なことをしてみたくなったの。そういうときがあるでしょ? 馬鹿なことをしたくなるときが」

「確かに」

「そんな気分だったの。だから服を脱いで、湖で腕と脚が棒みたいに重くなるまで泳いだの。それでやっと上がってきて、体を拭いて、また服を着て、岸辺を長いこと散歩したの。石を投げて遊んだり、小さな砂の城をいくつか作ったわ。小さなやつよ」

「いくつ作ったか憶えてるかい?」とテディは訊いた。コーリーに見つめられているのを感じた。

彼女は眼を天井に向けて考えた。「憶えてるわ」

「いくつ?」

「十三よ」

「たくさん作ったな」

「小さなお城だもの」と彼女は言った。「ティーカップぐらいの」

「それからどうした?」

「あなたのことを考えたわ」と彼女は言った。

テディは、ネーリングがベッドの反対側からコーリーを一瞥《いちべつ》するのを見た。テディがその眼を見ると、ネーリングはひどく驚いて両手を上げた。

「どうしておれなんだい?」とテディは訊いた。

彼女は笑い、白い歯を見せた。歯はほとんど閉じられているが、赤い舌先がちらりとのぞいた。「わたしのジムだからよ、馬鹿ね。あなたはわたしの兵士なの」彼女は膝立ちになり、手を伸ばして、テディの手を取り、撫でた。「ざらざらしてる。あなたのごつごつしたタコが好きなの。それがわたしの肌に当たるのが大好きなの。寂しいわ、ジム。家に帰ってこないんだもの」

「一生懸命働いてるんだ」とテディは言った。

「坐って」彼女は彼の腕を引いた。

コーリーが眼で行けと合図したので、テディは思いきってベッドに近づき、彼女の横に腰を下ろした。写真に写っていた眼の咆哮をもたらしたのが何であれ、それは少なくとも今は鳴りを潜めていた。近くに坐ると、彼女の美しさに眼を奪われずにはいられなかった。全体的な印象は、水の美しさだ。黒い眼が輝き、水のように澄んだ視線を送る。物憂げに体の力を抜き、手足は空中を泳いでいるように見える。顔は唇から顎にかけて、わずかに熟れすぎている。

「働きすぎよ」と彼女は言って、テディの咽喉《のど》のすぐ下に指を這わせた。ネクタイの結び目のよじれを直すかのように。

「日々の糧を稼がなきゃならないからな」とテディは言った。

「あら、大丈夫よ」と彼女は言った。テディは彼女の息が首にかかるのを感じた。「充分暮らしていけるわ」

てる？」


「今のところはな」とテディは言った。「将来のことを考えてるんだ」

「わたしは考えたことがない」とレイチェルは言った。「パパがよく言ってたことを憶えてる？」

「いや、忘れたな」

彼女はテディのこめかみに沿って指を走らせ、髪を撫でつけた。「将来とは、代金積み立てでものを買うことだって。パパは〃おれは現金で払う〃って言ってたわ」小さく笑って身をすり寄せたので、テディは背中のうしろに彼女の胸を感じた。「ね、ベイビー、わたしたちは今を生きなきゃいけないの。ここで、今を生きるの」

ドロレスもよく同じことを言っていた。唇と髪も似ていた。レイチェルの顔がさらに近づくと、ドロレスに話しかけているような気がした。身が震えるほどの官能をかき立てられる。あれだけ長いあいだいっしょに暮らして、妻がその効果に気づいていたかどうか疑わしいが。

レイチェルに訊くべきことを思い出そうとした。彼女をもとの話の流れに戻さなければならない。昨日一日、何をしたか話させるのだ。そう、海岸を歩いて城を作ったあとで何をしたか訊くのだ。

「湖を散歩したあとで何をした」と彼は訊いた。

「わかってるでしょう」

「いや」

「あら、わたしに話させたいの？　そういうこと？」

彼女は倒れかかり、顔を彼の顔のすぐ下に置いた。黒い眼がテディを見上げ、彼女の口から漏れた空気が彼の口へと昇っていった。

「憶えてないの？」

「ああ」

「嘘つき」

「本当に憶えてないんだ」

「嘘よ。もし忘れたのなら、ジェイムズ・ソランド、あなた、大変なことになるわよ」

「話してくれ」とテディはささやいた。

「聞きたいんでしょ」

「聞きたい」

彼女は手のひらで彼の頬骨を撫でた。しゃべりはじめた声は濃密だった。

「濡れたまま湖から帰ると、あなたが舐《な》めて乾かしてくれたの」

テディはふたりの距離がなくなるまえに、両手を彼女の顔に当てた。こめかみからうしろに指を這わせ、親指に彼女の髪の湿り気を感じながら、その眼を見つめた。

「昨日、ほかに何をしたか話してくれ」と彼はささやいた。彼女の水のように清らかな眼に、何かと戦っているような気配がうかがえた。恐怖だ――彼は確信した。それは上唇や、眉間へと広がった。彼女の体が震えているのがわかった。

レイチェルは彼の顔を探っていた。眼はどんどん大きくなり、眼窩《がんか》で忙《せわ》しなく左右に動いた。

「あなたを埋めたの」と彼女は言った。

「ちがう。おれはここにいる」

「あなたを埋めたの。棺は空《から》よ。あなたの体は北大西洋じゅうに吹き飛ばされてたから。認識票だけ埋めたの。見つかったのはそれだけだったのよ。あなたの体は──あのすばらしい体は──燃えて、サメに食べられてしまったの」

「レイチェル」とコーリーが言った。

「動物の肉みたいに」と彼女は言った。

「ちがう」とテディは言った。

「黒こげになった肉よ。焼けて硬くなった肉」

「ちがう。それはおれじゃない」

「ジムは殺されたの。わたしのジムは死んだ。クソあんたはいったい誰？」

彼女は身をよじってテディの腕から逃れ、ベッドを這って壁に寄り、振り返って彼を見た。

「こいつ、誰よ」彼女はテディを指さし、彼に向かって唾《つば》を吐いた。

テディは動けなかった。ただ彼女を──彼女の眼に波のように押し寄せ、広がる怒りを──見つめた。

「わたしを犯すつもりだったんでしょう、クソ船乗り！　そうなんでしょう。子供が庭で遊んでるうちに、そのちんぽこをわたしに突っ込むつもりだったんでしょう。そうなのね。さっさと出てけ！　聞いてるの？　出ていきやがれ！」

彼女は片手を振り上げてテディに飛びかかった。彼はベッドから飛びのいた。入れ替わりに、肩に太い革のベルトを掛けたふたりの看護助手が走り寄り、レイチェルを組み伏せて、ベッドの上で仰向けにした。

テディは体が震えるのを感じた。毛穴という毛穴から汗が噴き出す。レイチェルの声が建物全体にこだました。

「この強姦魔！　情け知らずのクソ強姦魔！　夫が帰ってきたらおまえの咽喉《のど》を掻き切るよ。聞こえる？　おまえの腐った首をちょん切って、血を飲んでやる！　おまえの血の風呂に入ってやる、この病んだクソ野郎が！」

ひとりの看護助手が胸の上にのしかかり、もうひとりが太い手で彼女の足首をつかんだ。ふたりはベッドの横板についた鉄の留め具にベルトを通し、レイチェルの胸と足首の上にまわして反対側の留め具に引っかけ、引き絞って、余った部分をバックルに通した。バックルがパチッと締まると、看護助手はうしろに下がった。

「レイチェル」とコーリーが優しい父親のような声で言った。

「あんたたちみんな、腐りきった強姦魔よ！　わたしの赤ちゃんはどこ？　赤ちゃんはどこなの？　わたしの赤ちゃんを返して、この野郎！　返しやがれ！」

彼女は叫んだ。その声はテディの背骨を弾丸のように貫いて駆け上がった。彼女がベルトを力まかせに引っ張ったので、ベッドの枠がガタガタと音を立てた。コーリーは言った。

「またあとで来るよ、レイチェル」

レイチェルは彼に唾を吐いた。テディは唾が床を打つ音を聞いた。彼女はまた叫んだ。唇に血がついているのは、噛んだからだろう。コーリーは皆にうなずき、歩きだした。彼らはあとについていった。テディがうしろを振り返ると、レイチェルが、両肩をマットレスから持ち上げて、まっすぐに彼の眼を見つめていた。首の筋が浮き上がり、唇は血で濡れている。彼女は彼に唾を吐きながら叫んだ。一世紀分の死人が甦って、窓を這い上がり、彼女のベッドに向かってくるかのように叫んだ。


コーリーはオフィスの中にバーを構えていた。部屋に入るなり右に曲がってそこへ向かった。そこでテディは一瞬、彼を見失った。医師の姿が白いガーゼのような幕の向こうに消えた。彼は思った――

だめだ。今はだめだ。今はやめてくれ。頼む。

「彼女はどこで見つかった」とテディは訊いた。

「灯台の近くの浜辺だ。海に石を投げてたよ」

コーリーがまた現われた。まだ右に向かっているが、テディが少し左を向いたからだ。視線を戻すと、ガーゼは作りつけの本棚と窓を覆っていた。右眼をこすり、明らかな証拠を無視しようとした。が、それですむはずはなく、彼はついに頭の左側に感じた――髪のすぐ下の頭蓋を走る、溶岩だらけの渓谷を。最初そこにあるのはレイチェルの叫び、あの烈火のごとき怒りの声だと思った。しかし、それだけではなかった。十もの短剣の先がじわじわと頭に刺さってくるような痛みが生じた。テディは思わずたじろぎ、指をこめかみに当てた。

「保安官?」テディは机の向こうにいるコーリーに眼を向けた。左のほうで幽霊のようにぼやけている。

「ああ?」とテディはなんとか言った。

「顔が真っ青だ」

「大丈夫かい、ボス?」突然、チャックが横に立っていた。

「大丈夫」テディはやっとの思いで答えた。コーリーはスコッチのグラスを机の上に置いた。その音がショットガンの銃声のように響いた。

「坐りなさい」とコーリーが言った。

「大丈夫だ」とテディは言ったが、そのことばは脳から舌まで棘《とげ》のついた梯子《はしご》を下りてきた。

コーリーがテディのまえの机の上に手をつくと、その骨が燃える薪《まき》のように弾けて割れた。「偏頭痛か?」

テディはぼんやり霞《かす》んだ彼の姿を見上げた。うなずいてもよかったが、過去の経験から、頭痛が起きているときにうなずくとひどいことになるのがわかっていた。「ああ」と彼は言った。

「こめかみを揉《も》むしぐさでわかる」

「そう」

「しょっちゅうなるのかね？」

「一年に……」口が干上がり、舌をまた湿らせるのに数秒かかった。「……五、六回だ」

「それならいいほうだ」とコーリーは言った。「ある意味で」

「なぜ」

「多くの偏頭痛持ちは一週間に一度かそこら、まとめて頭痛に襲われるからだ」彼が机のうしろから出てくると、骨がまた燃える薪の音を立てた。コーリーが戸棚の鍵を開ける音がした。

「症状は？」と彼はテディに訊いた。「部分的にものが見えなくなり、口が乾き、頭の中に火がつく？」

「そうだ」

「脳の研究が始まって何世紀も経つが、誰も偏頭痛がどこから生じるのかわからない。信じられるかね？　それが頭頂葉を襲うことはわかってる。血液の凝固を起こすことも。ごく小さなものなんだが、脳ほど繊細で精妙な組織で発生すると、爆発に等しい効果がある。これだけ時間をかけ、これだけ研究しても、普通の風邪《かぜ》を防ぐ方法が見つからないのと同じように、原因も、長期的な効果もわかっていないんだ」

コーリーはテディに水の入ったグラスを渡し、手に黄色の錠剤を二錠置いた。「これが効くと思う。一、二時間、眠り込むが、眼覚めたときには頭痛は消えているはずだ。すっきりとな」

テディは黄色の錠剤と、危ない手つきで握っているグラスの水を見下ろした。

そしてコーリーを見上げ、いいほうの眼に意識を集中した。コーリーは今やまばゆい白色光に包まれていた。光が肩や腕から放射状に伸びていた。

何をするにしても、とテディの頭の中で声がした……

指が頭蓋骨《ずがいこつ》の左側をこじ開け、シェーカー一杯分の画鋲《がびょう》を注ぎ込んだ。テディはシューッと音を立てて息を吸った。

「なんてこった、ボス」

「大丈夫、彼はよくなるよ、保安官」

声がまた割り込んできた何をするにしても、テディ……

画鋲の溜まった場所に誰かが鉄の杭を打ち込んだ。テディは手の甲をいいほうの眼に押しつけた。涙があふれ、胃がよじれる。

……その錠剤だけは飲んじゃいけない。

胃が目いっぱい下がり、横すべりに右の腰あたりまで落ち込んだ。炎が頭の割れ目の横を舐《な》めた。あと少しでもひどくなるなら、いっそ舌を嚙み切ってしまおうと思うくらいだった。

その薬は絶対に飲んじゃだめだ、と声が叫んだ。火を噴く渓谷を行ったり来たりして、旗を振り、兵力を結集させていた。

テディは頭をうなだれ、床の上に嘔吐した。

「ボス、ボス、大丈夫か？」

「なんと」とコーリーが言った。「本当にひどいな」

テディは頭を上げた。

その……

頬が涙で濡れる。

……薬は……

誰かが渓谷に深々とノコギリの刃を差し入れる。

……飲んじゃ……

ノコギリが前後に動きはじめる。

……だめだ。

テディは歯を食いしばった。胃がまた急にせり上がってくる。手に持ったグラスに集中しようとして、親指に何か妙なものがついているのに気づいた。偏頭痛のせいで知覚がおかしくなっているのだと思った。

その薬を飲むな。

脳のピンク色のひだをまたノコギリの刃が長々と引き裂いた。テディは唇を噛んで、悲鳴を抑え込んだ。火の中からレイチェルの叫び声も聞こえた。彼の眼を見つめる姿が浮かび、唇に彼女の息を感じ、両手で彼女の顔を抱き、親指でこめかみを撫で、忌々《いまいま》しいノコギリが頭の中を行ったり来たりして――

その忌々しい薬を飲むんじゃない。

――口に手のひらを叩きつけ、錠剤が中に入ったと思うなり水で飲み下し、薬が食道をすべり落ちるのを感じ、水を一気に最後まで飲みきった。

「あとで私に感謝するだろう」とコーリーが言った。

チャックがまた横にいて、テディにハンカチーフを手渡した。テディは額と口を拭いたあとで、それを床に落とした。

コーリーが言った。「立たせるのを手伝ってくれ、保安官」

彼らはテディを椅子から持ち上げ、体の向きを変えた。テディの眼のまえに黒いドアがあった。

「誰にも言わないでほしいんだが」とコーリーは言った。「あの先に、私がこっそり昼寝をするときに使う部屋があるんだ。ああ、もちろん、日に一度だよ。あなたをそこに寝かせる。ぐっすり眠るといい。今から二時間後には、すっかり元気になってるだろう」

テディは自分の手がふたりの肩から垂れているのを見た。妙な眺めだ――手が胸骨の上でぶらぶらしている。そして親指。両手の親指にまた錯覚が見える。いったい何だろう。

肌をこすってみたかったが、コーリーはすでにドアを開けているところだった。テディは最後にもう一度、親指の汚れを見た。

黒い汚れ。

靴墨《くつずみ》だ、と暗い部屋に連れていかれながら思った。

いったいどうして親指に靴墨がついてるんだろう。

12

それはこれまで見た中で最悪の夢だった。

まずハルの町の通りを歩いているところから始まった。子供の頃から大人になるまで、数えきれないほど歩いた通りだ。自分が通《かよ》った古い校舎のまえを通り過ぎた。ガムやクリームソーダを買った小さな雑貨屋のまえを通った。ディッカースンの家、パカスキの家のまえを過ぎ、マレー家、ボイド家、ヴァーノン家、コンスタンチン家と歩いていった。が、誰もいなかった。誰も、どこにもいなかった。町全体が空《から》っぽだった。死んだように静まりかえっている。ハルではいつも海の音が聞こえるのに、それすら聞こえなかった。

怖ろしかった。町も、皆がいないことも。オーシャン・アヴェニューの防波堤の上に腰を下ろし、人影のない浜辺を見渡した。いくら待っても、誰ひとり現われなかった。彼らは皆死んだのだ。不意にそれがわかった。ずっと昔に死に、ずっと昔にいなくなった。彼は幽霊だった。何世紀も飛び越えて、ゴーストタウンに戻ってきたのだ。もうここではない。彼はもうここにいない。ここはもう存在しない。

次に気がつくと、大きな大理石のホールにいた。人と担架と点滴袋でごった返していた。

彼はすぐに気分がよくなった。ここがどこであれ、もうひとりではない。三人の子供――ふたりの少年とひとりの少女――が眼のまえを横切った。三人とも入院服を着ている。少女は怖がって、兄弟の手を握りしめていた。少女は言った。「あの女《ひと》がいるの。見つかっちゃう」

アンドルー・レディスが身を寄せ、テディの煙草に火をつけた。「なあ、恨まないでくれよな、相棒」

レディスは不気味な人間の見本だった――節くれだった紐《ひも》のような体軀、普通の長さの二倍はある頭に、突き出た顎。不ぞろいな歯。かさぶただらけのピンク色の頭皮から草のように生えたブロンドの髪。それでもテディは彼と会えて嬉しかった。ここでテディが知っているのはレディスだけだった。

「酒瓶を持ってるぜ」とレディスは言った。「もしあとで飲みたいなら」テディにウィンクをして、背中を叩いたかと思うと、いきなりチャックに変わった。それはまったく自然なことに思えた。

「行こう」とチャックは言った。「時間は着々と過ぎてるぞ、相棒」

テディは言った。「町が空っぽなんだ。誰もいない」

そして彼は走りはじめた。レイチェル・ソランドがいたからだ。金切り声を上げながら、大きな包丁を振りかざして、ダンスホールを走っていく。テディが追いつくまえに、彼女は三人の子供に飛びかかった。包丁が振り上げられ、振り下ろされる。上へ、下へ。テディは、奇妙なことにその光景に魅せられて立ち止まった。こうなったら、彼ができることは何もない。子供たちは死んだ。

　レイチェルが彼を見上げた。顔と首に血が飛び散っている。彼女は言った。「手を貸して」

　テディは言った。「なんだって？　厄介ごとはごめんだ」

「手を貸して。そうすれば、わたしはドロレスになってあげる。あなたの妻に。彼女があなたのところに戻ってくるのよ」

　そこで彼は「そうか。いいとも」と言い、彼女を助ける。ふたりはどうやったものか、同時に三人の子供を持ち上げ、うしろのドアを抜けて、湖に降りていき、子供たちを水に入れる。投げ入れはしない。優しく水に入れると、子供たちは沈んでいく。少年のひとりが浮かび上がってきて、手を激しく動かすが、レイチェルは言う。「大丈夫。あの子は泳げないから」

　ふたりは岸辺に立って、少年が沈んでいくのを見つめた。彼女は腕をテディの腰にまわして言った。「あなたはわたしのジム。わたしはあなたのドロレス。また赤ちゃんを作りましょう」

　それはすばらしい解決法に思えた。どうして今まで思いつかなかったのだろう。

　彼女についてアッシュクリフに戻ると、チャックがいた。三人は一マイル続く廊下を歩いていった。テディはチャックに言った。「彼女はおれをドロレスのところへ連れていってくれるんだ。おれは家に帰る」

「そりゃよかった！」とチャックは言った。「嬉しいよ。おれはこの島を出られない」

「出られない？」

「ああ、でもいいんだ、ボス。本当に。おれはここの人間だから。ここが家なんだ」

テディは言った。「おれの家はレイチェルだ」

「ドロレスってことか？」

「そう、そうだ。おれはなんて言った？」

「レイチェルと言った」

「そうか。すまない。おまえは本当にここの人間なのか？」

チャックはうなずいた。「ここを離れたことがない。これからも離れない。ほら、この手を見てくれ、ボス」

テディは彼の手を見た。なんの問題もないように見えたので、そう言った。

チャックは首を振った。「よくないんだ。ときどき指がネズミに変わる」

「そうか。とにかく家に帰れてよかったな」

「ありがとう、ボス」チャックは彼の背中を叩き、コーリーに変わった。レイチェルがなぜか彼らのはるかまえを歩いていたので、テディは二倍の速さで歩きはじめた。

コーリーが言った。「自分の子供を殺した女を愛することなどできない」

「できるさ」とテディは言った。「あんたにはわからないだけだ」

「何?」コーリーは足を動かしていないが、空中をすべるようにして同じ速さでついてくる。「私に何がわからないって?」

「おれはひとりになれない。この腐った世界でひとりになることに耐えられない。彼女が必要なんだ。彼女はおれのドロレスだ」

「彼女はレイチェルだ」

「わかってる。だが取り決めを交わしたんだ。彼女はおれのドロレスになる。おれは彼女のジムになる。いい考えだろう」

「ほう」とコーリーは言った。

三人の子供が廊下を彼らのほうに走ってくる。三人ともびしょ濡れで、小さな頭が吹き飛ぶのではないかと思うほど、大声で叫んでいる。

「どういう母親があんなことをするんだろうな」とコーリーが言った。

テディは子供たちが相変わらず走っているのを見ていた。やがて彼らはテディとコーリーのまえを駆け抜けた。しかし、空気が変わったか何かで、走っても走ってもまえに進まなくなった。

「子供を殺すなんて」とコーリーは言った。

「そうするつもりはなかったんだ」とテディは言った。「彼女はただ怖かったんだ」

「ぼくみたいに?」とコーリーは言った。彼はもうコーリーではなかった。ピーター・ブリーンだった。「彼女は怖かったのさ。だから子供を殺した。それでよくなったと思う？」

「いや、まあいい。とにかくおれはおまえが嫌いだ、ピーター」

「どうするつもり？」

テディは軍で使ったリヴォルヴァーをピーターのこめかみに当てた。

「おれが何人の人間を処刑したか知ってるか？」とテディは訊いた。涙が頬を伝っていた。

「いや」とピーターは言った。「お願いだ」

テディは引き金を引き、弾丸がブリーンの頭の反対側から飛び出すのを見た。三人の子供はそのすべてを見ていて、今や気がふれたように叫んでいた。ピーター・ブリーンは「くそったれ」と言い、壁に寄りかかり、弾丸の撃ち込まれた傷を手で押さえた。「子供のまえなのに」

そこで彼女の声が聞こえた。前方の闇の中から、悲鳴が聞こえた。彼女の悲鳴が近づいてくる。暗闇のどこかにいて、全力で彼らのほうに向かってくる。そして幼い少女は言った。「助けて」

「おれはきみのお父さんじゃないよ。ここはおれの家じゃない」

「わたしはあなたをお父さんて呼ぶわ」

「いいだろう」テディはため息をつき、彼女の手を取った。

ふたりはシャッター島の海岸を見下ろす崖の上を歩いた。やがて墓地に入り、パンとピーナッツバターとジャムがあったので、霊廟でサンドウィッチを作った。少女は彼の膝に乗って、大喜びでサンドウィッチを食べた。テディは彼女を墓地に連れ出し、父親と、母親と、自分の墓石を見た。

エドワード・ダニエルズ
船乗りのなりそこない
一九二〇 - 一九五七

「どうして船乗りのなりそこないなの?」と少女が訊いた。

「水が嫌いだからだ」

「わたしも嫌いよ。お友だちになれるわね」

「そうだな」

「あなたはもう死んでるの。あれ、なんて言うんだっけ」

「墓石だ」

「そう」

「そうだな。町に誰もいないんだ」

「わたしも死んでるの」

「知ってる。とても残念だ」

「あなたはあの女《ひと》を止めなかった」

「おれに何ができた？　彼女をつかまえたときには、もう、ほら……」

「あ、どうしよう」

「なんだい？」

「また彼女が来たわ」

レイチェルが墓地に入ってきて、テディが嵐の中で蹴り倒した墓石の横を歩いていた。ゆっくりとした足取りだ。彼女は美しかった。髪が雨で濡れ、水滴を滴《したた》らせている。包丁を長い柄のついた斧に持ち替えていた。それを地面に引きずりながら言った。「テディ、さあ、子供たちはわたしのものよ」

「わかってる。だが渡せない」

「今度はちがうの」

「どんなふうに」

「わたしはもう大丈夫。自分のすべきことをわきまえてる。頭はしっかりしてるわ」

テディは泣いた。「きみを心から愛してる」

「わたしもよ、ベイビー。愛してるわ」彼女は近づいてきて、彼にキスをした。心をこめて。両手で彼の顔を包み、舌を入れてきた。低いうめき声が彼女の咽喉《のど》からこみ上げ、彼の咽喉に入り、彼女はますます激しく彼にキスをした。テディは彼女を心から愛した。

「さあ、その子を渡して」

彼は少女を渡した。レイチェルは少女の腕を取り、もう一方の手で斧をつかんで言った。

「すぐに戻るわ。いい？」

「ああ」とテディは言った。

彼は少女に手を振った。何もわかっていないが、そのほうが彼女のためだ。テディは悟っていた。大人になると、むずかしい決断をしなければならなくなる。ときには子供たちが理解できないような決断を。だが、それも彼らのためを思えばこそだ。テディは手を振り続けた――たとえ少女がそれに応えなくても。母親は彼女を霊廟に連れていった。幼い少女はテディを見つめた。その眼はすでに、助けられるという希望を捨て、この世界に見切りをつけ、犠牲になることを覚悟している。口にはまだピーナッツバターとジャムがついている。


「おお、神よ！」テディは起き上がった。大声で泣いていた。無理やり自分を起こしたのだと思った。あの夢から逃れるために、脳を覚醒へ引きずり出したのだ。脳のうしろにまだ夢が残っているのがわかった。ドアを開け放って、待っている。眼を閉じて、頭を枕の上に置きさえすれば、またあそこへ転げ落ちてしまう。

「気分はどうだね、保安官？」

暗闇の中で何度かまばたきをした。「そこにいるのは誰だ」

コーリーが小さなランプをつけた。それは部屋の隅の椅子の横にあった。「悪かったね。驚かすつもりはなかったんだ」

テディはベッドの上にきちんと坐った。「おれはどのくらい寝てた?」

コーリーは申しわけなさそうな笑みを浮かべた。「思ったより薬が強かったようだ。四時間眠ってたよ」

「くそっ」テディは手の甲で眼をこすった。

「悪い夢を見てたんだな。ひどい悪夢を」

「ハリケーンに襲われた島の精神病院にいた」とテディは言った。

「うまい!」とコーリーは言った。「私も、ここへ来てから一カ月はろくに眠れなかったよ。ドロレスというのは誰だね」

テディは「なんだって?」と言い、両足をベッドの横に出した。

「彼女の名前を呼び続けてた」

「咽喉が渇いた」

コーリーはうなずき、椅子の上で体を動かして、横の机に置かれた水のグラスを取って、テディに渡した。「おそらく副作用だ。さあ」

テディはグラスを取り、数回で飲み干した。

「頭はどうだね」

テディはそもそもなぜこの部屋に運ばれたのかを思い出し、ひとつひとつ確認していった。ものははっきりと見える。頭の中に画鋲《がびょう》はない。胃は少々むかつくが、それほどひどくはない。頭の右側に鈍い痛みがある。ただ、治りかかった三日前の傷のようだ。

「大丈夫だ」と彼は言った。「たいした薬だな」

「人を喜ばせたいんでね。さあ、ドロレスとは誰だね」

「妻だ」とテディは言った。「亡くなった。そう、ドクター、おれはまだ気持ちの折り合いをつけてるところだ。そう言えばいいか？」

「もちろんいいとも、保安官。奥さんのことは残念だ。突然亡くなったのかね？」

テディは彼を見て、笑った。

「どうした」

「とても精神分析を受けるような気分じゃないんだよ、ドクター」

コーリーは足を足首のところで交差させて、煙草に火をつけた。「あなたの頭をいじくりまわすつもりはないんだ、保安官。信じられないかもしれないが。だが今晩、レイチェルがいたあの部屋で、何かが起こった。起こったのは彼女のほうだけじゃない。もしあなたが胸の内に抱える悪魔について何も考えなかったら、私は精神科医として職務怠慢になってしまう」

「あの部屋で何が起こった？」とテディは言った。「おれは彼女が望む役を演じてただけだ」

コーリーは含み笑いをした。「汝《なんじ》、己《おのれ》を知れ、だよ、保安官。お願いだ。もしあのままあなたたちふたりを部屋に残しておいたら、ずっと服を着ていたと言うつもりかね？」

テディは言った。「おれは法を執行する人間だ。あそこで何を見た気になってるか知らないが、それは真実じゃない」

コーリーは手を上げた。「いいとも。そう言うなら」

「そう言うさ」とテディは答えた。

コーリーは椅子で煙草を吸い、テディの言ったことを考えながら、また吸った。テディは外の嵐の音を聞いた。風が壁を押し、屋根の下の隙間から入り込んでくるのを感じた。

コーリーは依然静かにテディを見つめていた。ついにテディは言った。

「妻は火事で死んだんだ。彼女がいないことを思うと、胸が張り裂けそうになる。水の中にいたって、これほど酸素はなくならないだろうと思うほど」コーリーに眉を上げて見せた。「満足したかい？」

コーリーは身を乗り出して、テディに煙草を渡し、火をつけてやった。「私は一度、フランスである女性を愛したことがある」と彼は言った。「家内には言わないでくれ。いいね？」

「もちろん」

「私は彼女を、あなたが今言ったのと同じくらい愛した……いや、いい」声に驚きが混じった。「ああいう愛を何かと比較することはできない。できるかね？」

テディは首を振った。

「あれ自体、かけがえのない天からの贈り物だ」コーリーは煙草の煙を眼で追った。視線は部屋を出て、海の上をさまよった。

「フランスで何をしてたんだい」

コーリーは微笑み、いたずらを仕掛けるように指を振った。

「なるほど」とテディは言った。

「とにかく、その女性がある晩、私に会いにきた。急いでたんだと思う。その夜、パリは雨だった。彼女は転んだ。それで終わりだ」

「どうした？」

「転んだ」

「それで？」テディは彼を見つめた。

「それだけだ。転んでまえに倒れた。頭を打った。死んだ。信じられるかね？　戦時中だ。人が死ぬ方法はいくらでもあるのに、彼女は転んだんだ」

テディはコーリーの顔に苦痛を見た。これだけの年月を経たあとでも、何か途方もないジョークのネタにされたことに驚き、とても信じられないと思っている。

「ときどき」とコーリーは静かに言った。「彼女のことを考えずに三時間ほど過ごせることがある。彼女のにおいや、ある晩ふたりきりになれることを知ったときの顔つきや、本を読んでいるときに髪に手をやるしぐさを思い出さずに、何週間も過ぎることがある。ときに……」コーリーは煙草をもみ消した。「彼女の魂はどこへ行ってしまったんだろう。たとえば、彼女の体の下で門が開いて、死んだらそこへ入ってしまうのか。その門が開くのがわかったら、私は明日にでもパリへ飛び、彼女のあとを追って門をくぐるよ」

テディは言った。「彼女の名前は？」

「マリーだ」とコーリーは、口にするだけで何かを奪われてしまうといった口調で答えた。

テディは煙草を吸い、口からゆっくりと煙を吐き出した。

「ドロレスは」と彼は言った。「しょっちゅう寝返りを打った。そして十回のうち七回は――冗談じゃなく――おれの顔を叩いた。口と鼻の上を、バシンと。おれはそれを振り払った。わかるだろ？　かなり乱暴に払いのけることもあった。ぐっすり眠ってたのに、バンッ、それで眼が覚める。ありがとう、ハニーってなもんだ。だが、そのままにしておくこともあった。その手にキスをしたり、においを嗅いだりした。彼女を吸い込んだ。もしあの手を顔の上に取り戻せるなら、ドクター、おれは世界を売ったっていい」

壁がガタガタと鳴り、風が夜を揺らした。

コーリーは、車の多い通りの隅で子供を見るような眼つきでテディを見た。「保安官、私はこの商売でかなり腕が立つ。うぬぼれが強いのは認めるよ。ＩＱはずば抜けていて、子供の頃から人の心を読むことができた。誰よりもうまくね。思いついたから言ってしまうが、気を悪くしないでくれ。あなたはこれまでに自殺しようと思ったことはないかね」

「ふむ」とテディは言った。「悪気がなさそうでよかった」

「だが、考えたことはあるかね」

「ああ」とテディは言った。「だから飲むのをやめたんだ、ドクター」

「危険だと思ったから――」

「もし飲んでたら、とっくの昔に銃をくわえてる」

コーリーはうなずいた。「少なくとも自己を欺いてはいないわけだ」

「ああ」とテディは言った。「自分のためにそうしてる」

「ここを去るときに」とコーリーは言った。「いくつか名前を教えよう。ものすごく優秀な医者だ。あなたの力になれるかもしれない」

テディは首を振った。「連邦保安官は精神科医には通《かよ》わない。せっかくだが。ばれたとたんにお払い箱だ」

「わかった、わかった。そうかもな。だが、保安官」

テディは眼を上げた。

「今のまま進めば、〝もし〟の問題じゃない。〝いつ〟来るかという問題だ」

「そんなことはわからない」

「いや、わかるさ。私の専門は、精神的外傷になるほどの悲しみと、生き残った者の罪悪感だ。私自身も同じ悩みを抱えているから、専門分野に選んだ。数時間前にレイチェル・ソランドの眼をのぞきこむあなたを見て、死を望んでいると思った。あなたの上役は、配下の人間であなたがいちばん勲章を授けられてると言ったよ。戦争から、胸を埋め尽くすほど勲章をもらって帰ってきたとね。そうなのか？」

テディは肩をすくめた。

「アルデンヌに配属されて、ダッハウ解放にたずさわったと」

テディはまた肩をすくめた。

「そして奥さんが殺された。保安官、人はどれほどの暴力を体験すれば壊れてしまうと思う?」

テディは言った。「わからない、ドクター。おれ自身もよく考えることだ」

コーリーはさらにふたりのあいだの空間を詰めて、テディの膝を叩いた。「ここを去るまえに、名前を聞いていってくれ。いいね? 私がこれからここに五年いたあとで、まだあなたが世の中にいることを願ってるからね」

テディは膝の上に置かれた手を見た。そしてまたコーリーに眼を上げた。

「おれもだ」と彼は静かに言った。

13

テディは男子寮の地下でまたチャックと会った。ふたりが嵐の中に出ているあいだに、職員のベッドはみなそこに集められていた。そこに行くには、敷地内の建物をつなぐ数多《あまた》の地下通路を通り抜けなければならず、彼はベンという看護助手に連れられていった。小山のように大きな白人の助手は、巨体を揺らしながら、鍵のかかったゲートを四つ、人のいる監視所を三つ通り抜けた。ここからは、外で嵐が吹き荒れていることもわからない。廊下は長く、灰色で、明かりは仄暗《ほのぐら》い。夢の中に出てきた廊下とあまりによく似ているので、テディは居心地の悪さを覚えた。夢の廊下よりはるかに短く、突然闇に包まれることもないが、ボールベアリング色のグレーと、寒さはまったく同じだ。

チャックに会うのは気おくれがした。人前であれほどひどい偏頭痛に襲われたのは初めてだった。床に吐いてしまったのも恥ずかしいことこの上ない。なんと情けない姿をさらしたのだろう。赤ん坊のように椅子から持ち上げてもらわなければならなかった。

しかし、チャックに部屋の向こうから「よう、ボス!」と呼びかけられると、彼とまた合流できて自分がどれほどほっとしているかがわかり、驚いた。テディは当初この捜査にひとりで出向くと申し出て、却下された。そのときには腹が立ったが、ここに来て二日経ち、霊廟や、ロに感じたレイチェルの息や、あの忌まわしい夢を体験した今は、ひとりで来なくてよかったと認めざるをえなかった。

ふたりは握手を交わした。テディは夢の中でチャックが言ったこと——「おれはこの島を出られない」——を思い出した。胸の真ん中をスズメの亡霊が飛び、羽をばたつかせた。

「調子はどうだい、ボス」チャックは彼の肩をぽんと叩いた。

テディは気弱な笑みを浮かべた。「だいぶよくなった。まだ少しふらつくが、大丈夫だ」

「まったくな」とチャックは声を下げて言い、柱にもたれて煙草を吸っているふたりの看護助手から遠ざかった。「本当に怖かったぜ、ボス。心臓発作か脳卒中でも起こしたのかと思った」

「ただの偏頭痛だ」

「ただの、ね」とチャックはさらに声を落として言った。ふたりは人気《ひとけ》のない、部屋の南側のベージュ色の壁のほうへ歩いていった。「最初はわざとやってるのかと思ったよ。ほら、ファイルを見るとか、そういったことのために、作戦を立てたのかと思った」

「そこまで頭がよければいいけどな」

チャックはテディの眼を見て、わが眼を輝かせ、さらに進んでいった。「でも、あのおかげでおれも考えたんだ」

「そんなわけない」

「いや、本当に」

「何をした」

「コーリーに、おれがあんたを看病すると言った。で、本当に看病した。しばらくすると電話がかかってきて、コーリーはオフィスを出ていった」

「彼のファイルを見たのか」

　チャックはうなずいた。

「何があった」

　チャックは下を向いた。「実はたいしたものはなかった。ファイル・キャビネットは開けられなかったんだ。見たことのない鍵がついてたな。鍵をこじ開けたことは何度もあるから、そいつもやればできたのかもしれないが、跡が残るだろう？」

　テディはうなずいた。「やらなくてよかった」

「ああ、で……」チャックは通り過ぎた看護助手にうなずいた。テディは、キャグニー（一八九九～一九八六年。映画俳優。《民衆の敵》のギャング役でスターとなり、その後三十年間売れっ子となった）の映画の中に放り込まれたような、この世ならざる感覚を覚えた。中庭にいる囚人が脱走を企てている場面だ。「机の中を見たんだ」

「なんだって」

　チャックは言った。「頭がおかしいんじゃないかと思うだろう？　あとで手首に鞭をくれてくれ」

「鞭？　それどころか勲章ものだ」

「勲章はいらない。すごいものを見つけたわけじゃないんだ、ボス。彼のカレンダーだけだ。だがそれが、昨日、今日、明日、明後日と埋まってた。四日まとめて黒く囲んであった」

「ハリケーンか」とテディは言った。「来るってことを聞いてたんだろう」

チャックは首を振った。「四つの桝目《ますめ》をまたがって、字を書き込んでたんだ。わかるかい？　〝ケープ・コッドに休暇〟って書くみたいに」

テディは言った。「ほう」

トレイ・ワシントンが口によれよれの安葉巻をくわえて、のんきそうに歩いてきた。頭も服も雨でずぶ濡れだ。「秘密の打ち合わせですか、保安官」

「そのとおり」とチャックは言った。

「外にいたのか」とテディが言った。

「そうです。すごい嵐です、保安官。敷地のまわりに土嚢《どのう》を積んで、窓に全部板を張りつけてたんですよ。まったく。外じゃクソから何から降りまくってる」トレイはジッポーのライターで葉巻に火をつけなおし、テディのほうを向いた。「大丈夫ですか、保安官？　焚《た》き火のまわりで聞いた話じゃ、何か発作を起こしたとか」

「どんな発作を？」

「ここにひと晩いたら、あらゆる種類の話が聞けますぜ」

テディは微笑んだ。「偏頭痛だ。ひどいやつでね」

「あたしにもひどい偏頭痛持ちの伯母がいましたよ。そうなると部屋に閉じこもって、電気を消して、ブラインドを下ろして、二十四時間出てこなかった」

「気持ちはよくわかる」

トレイは葉巻をふかした。「もうずっとまえに亡くなりましたけどね。今晩階上《うえ》で祈るときにそう伝えときますよ。でも頭痛のことは別にして、やな女でね。よくヒッコリーの杖であたしと弟を叩いたもんですよ。なんにも悪いことをしてないときにも。〝伯母さん、ぼくが何したの〞って訊くと、〝知らないわ。でも何かとんでもないことをしようと思ってたでしょ〞とくる。そういう女はどうすりゃいいんですかね」

真剣に答を待っているようだったので、チャックは言った。「もっと早く逃げることだな」

トレイは葉巻の奥からへっへっと笑った。「そのとおりだ。まさにそれですよ」そしてため息をついた。「ちょっと行って体を乾かしてきます。またあとで」

「またな」

嵐から戻ってきた男たちが続々と部屋に入ってきた。黒いレインコートと、森林警備隊員の黒い帽子から水飛沫《しぶき》を飛ばし、咳き込み、煙草を吸い、隠す様子もなく酒のフラスクをまわしていた。

テディとチャックはベージュ色の壁に寄りかかり、部屋の中を向いて、抑揚のない声で話した。

「それで、カレンダーに書かれてたことばは……？」

「ああ」

「〝ケープ・コッドに休暇〟じゃないだろうな」

「ちがう」

「なんと書いてあった？」

「〝六十七番の患者〟」

「それだけ？」

「それだけだ」

「だが、それで充分だな」

「ああ、そうだな。そう思うよ」


テディは眠れなかった。男たちがいびきをかき、さまざまな音で寝息をたてるのを聞いていた。かすかに笛のような音を立てる者もいる。誰かの寝言も聞こえた。「なんで話さなかった。話せばわかったのに。言ってくれれば……」別の男が言った。「ポップコーンが咽喉に詰まった」シーツを蹴る者もいれば、何度も寝返りを打つ者もいた。ある男はしばらく起き上がって、枕を叩き、またマットレスに倒れ込んだ。そのうち、すべての雑音はある種の心地よいリズムを刻みはじめ、テディはくぐもった賛美歌のようだと思った。外の音もくぐもっていたが、嵐が地表を引っかき、建物の基礎を押すのが聞こえた。テディはここにも窓があればいいのにと思った。そうすれば稲妻の閃きが見える。さぞかし奇怪な光の模様を描いていることだろう。

コーリーに言われたことを考えた。

〝もし〟の問題ではなく、〝いつ〟来るかという問題だ。

おれには自殺願望があるのだろうか。

あると思った。ドロレスが死んでから、彼女のあとを追いたいと思わなかった日はない。考えがさらに進み、生き続けるのが臆病な行為に思えることもあった。食料品を買い、クライスラーにガソリンを入れ、髭を剃《そ》り、靴下を履《は》き、列に並ぶ。ネクタイを選び、シャツにアイロンをかけ、顔を洗い、髪をとかす。小切手を現金に換え、免許証を更新し、新聞を読み、小便をし、食事をし——ひとりで、いつもひとりで——映画に行き、レコードを買い、請求書を支払う。そしてまた髭を剃り、また顔を洗い、また寝、また起きることに、いったいどんな意味があるのか……

……そんなことをしても彼女に近づけるわけでもないのに。

まえに進まなければならないのはわかっていた。乗り越えるのだ。忘れてしまうのだ。わずかな友人と、わずかな親戚は、口をそろえてそう言った。彼自身、部外者として外から見ていれば、もうひとりのテディに元気を出せと言っているところだ。気合いを入れて、残りの人生をまっとうするのだと。

しかしそのためには、ドロレスを棚の上に置き、彼女の記憶が薄れるまで埃を積もらせる方法を見つけなければならない。いつしか、彼女が生きていた人間ではなく、夢の存在のように思えてくるまで、彼女の像を消し去る方法を。

彼女を忘れろと人は言う。忘れなければならないと。だが、忘れてどうする？　この忌《いま》忌《いま》しい人生に戻るのか？　どうやっておまえを心の中から閉め出せばいい？　これまでうまくいかなかったのに、どうして今さらがんばらなきゃならない？　どうしておまえを忘れなければならないのか、それが知りたい。おれはおまえをまた抱いて、おまえのにおいを嗅ぎたい。そして、そう、消えていってもらいたい。おれのために、どうか……

あの薬を飲まなければよかったと思った。朝の三時になってもいっこうに寝つけない。はっきりと眼覚めていて、彼女の声が聞こえた——黄昏《たそがれ》のように沈んだ響きと、かすかなボストン訛《なま》り。aとrより、eとrに現われるので、ドロレスは〝いつまでも《フォエヴァ・アンド・エヴァ》〟彼を愛しているとささやく。彼女の声を聞き、歯と、まつげと、日曜の朝のけだるい目配せに現われる性欲を見て取り、彼は暗闇の中で微笑んだ。

あの夜、テディは〈ココナッツ・グローヴ〉で彼女と会った。バンドはブラスが豊かに響く曲を次々と演奏し、空気は煙で銀色に輝き、誰もが完璧に着飾っていた。軍の兵士たちは、最高の白や青やグレーの制服姿。民間人は派手な花柄のネクタイにダブルのスーツ、ハンカチーフをきちんと三角に折ってポケットに入れ、つばの両脇が高く巻き上がったフエドーラ（バンドつきのフェルトの中折れ帽）をテーブルの上に置いていた。そして女。女があらゆる場所にいた。女たちは、化粧室に行くのにも踊っていた。踊りながらテーブルからテーブルへと移動し、爪先で旋回しながら煙草に火をつけ、コンパクトを開き、すべるようにバーのカウンターにつき、頭をのけぞらせて笑った。彼女たちの髪はサテンの輝きを帯び、動くたびに照明を受けてきらめいた。

テディは、同じ情報部の軍曹フランキー・ゴードンと、ほか数人の兵士といっしょにいた。皆、あと一週間で出征するところだった。しかし、彼女を見たとたん、テディは何かしゃべっていたフランキーを見捨て、ダンスフロアへ歩いていった。人がごった返す中でしばらく彼女を見失った。人々は押し合いながら、水兵と白いドレスのブロンドのためにフロアの中央を空けた。水兵は彼女を回転させて背中に持っていき、さっと頭上に投げ上げ、まわりながら落ちてきた体を受け止めて、その頭を床に向けて支えた。群衆が拍手喝采したところで、テディはまたちらりと彼女のスミレ色のドレスを見た。

美しいドレスで、まず色に眼を惹《ひ》かれた。が、その夜は数えきれないほど美しいドレスがあったので、実のところ彼の注意をとらえたのは、ドレスではなく、着ている彼女の立ち居振る舞いだった。緊張して、恥ずかしがり、不安げにドレスに触れ、あちらを直し、こちらを直す。両手で肩のパッドを押さえる。

人から借りてきた服だ。あるいは店で借りたか。これまでそんな服を着たことがないのだ。彼女は服にすっかり怯《おび》えていた。あまりの不安に、まわりの男女が自分を見るのが色欲からなのか、羨望からなのか、哀れみからなのかもわかっていない。

ブラジャーの紐《ひも》をいじって親指を抜いたところで、テディに見られていることに気がついた。彼女は眼を落とし、咽喉元《のどもと》から上を赤く染めながら、また視線を上げた。テディは彼女の眼を見て微笑み、考えた――おれも自分の服装を馬鹿らしいと思ってるよ。そしてその思いが彼女に伝わるようにと念じた。本当にそれが通じたのか、彼女は笑みを返した。媚《こび》を含むというより、感謝の笑みだった。テディはそこでフランキー・ゴードンを完全に見捨てた。フランキーはどうせアイオワの飼料倉庫の話でもしているだろう。しかしテディは、汗まみれの踊り手たちのあいだをすり抜けながら、彼女に言うべきことばがないのに気がついた。何を言おうか。素敵なドレスだね？　飲み物をおごらせてくれ？　眼がきれいだね？

彼女は言った。「迷子になったの？」

今度は彼が動揺した。彼女を見下ろしていることに気がついた。小柄な女性だ。ハイヒールを履《は》いても、五フィート四インチにもならない。そしてけたはずれに可愛い。端正というのではない。店の中にいる完璧な鼻と髪と唇を持った大勢の女性とちがって、彼女の顔立ちにはどこか垢抜《あかぬ》けないところがあった。両眼はおそらく少し離れすぎている。唇は横に広すぎて、小さな顔で目立っている。顎の輪郭ははっきりしない。

「ちょっとね」と彼は言った。

「何を探してるの」

自分を押しとどめるまえに口が動いた――「きみだ」

彼女の眼が見開かれた。テディは彼女の左の虹彩に青銅色の染みがあるのに気がついた。体じゅうに恐怖が広がり、彼はすべてを台なしにしてしまったことを知った。まるで口先ばかりうまく、自分に酔ったロメオだ。


きみだ。


「まあ」と彼女は言った……

テディは逃げ出したくなった。もう一秒も彼女を見ることができない。

「……だったら遠くまで歩かなくていいわ」

自分の顔に呆けたような笑みが広がるのがわかった。自分の姿が彼女の眼に映っている。馬鹿で、間抜けな姿が。幸せすぎて息もできない。

「そう。そうだな、ミス」

「でも」と彼女は言った。マティーニのグラスを胸のすぐまえに掲げ、壁にもたれて彼を見つめた。

「なんだい?」

「あなたもわたしと同じくらい場ちがいね、兵隊さん」

彼女はタクシーの後部座席の窓にもたれていた。隣りに坐った彼女の友人リンダ・コックスは、身をまえに乗り出して、運転手に住所を告げている。テディが言った。「ドロレス」

「エドワード」

彼は笑った。

「何？」

彼は手を上げた。「べつに」

「おれをエドワードと呼ぶのは母親だけだ」

「だめよ。何？」

「だったらテディね」

そうやって何度も呼ばれたいと思った。

「ああ」

「テディ」と彼女はまた試すように言った。

「それで、きみの名前は？」

「シャナル」

それを聞いて、テディは片方の眉を吊り上げた。

彼女は言った。「わかるわ。わたしに似合わないでしょう。なんだかとても偉そうで」

「電話してもいいかい」

「番号を憶えられる？」

テディは微笑んだ。「どうかな……」

「ウィンター・ヒル、六四三四六よ」と彼女は言った。

彼はタクシーが去っていくあいだ、歩道に立っていた。彼女の顔の記憶が、自分の顔の一インチまえに甦った——タクシーの窓越しに見た顔、ダンスフロアにいたときの顔。頭の中でそればかりが渦巻いて、思わず名前と住所を口にしそうになった。

彼は思った——愛とはこういうものなのか。理屈じゃない。彼女をろくに知りもしないが、そんなことは関係ない。昔から——なぜか生まれるまえから——知っていた女性に出会っただけだ。これまであえて浸《ひた》ろうとしなかった夢の中の出会いだった。

ドロレス。彼女は今、暗い後部座席で彼のことを考えているだろう。彼が彼女に感じるのと同じものを感じているだろう。

ドロレス。

必要だったもののすべてが、今、名前を持った。

テディはベッドの上で寝返りを打ち、床に手を伸ばして、手帳とマッチ箱を探し出した。最初のマッチに火をつけ、嵐の中で数字を書き込んだページの上にかざした。四本のマッチを燃やして、そのあいだに数字をそれぞれ文字に当てはめた。

18、1、4、9、5、4、19、1、12、4、23、14、5

R、A、D、I、E、D、S、A、L、D、W、N、E

そこまで終われば、暗号を解読するのにそれほど時間はかからなかった。あと二本のマッチを費やすうちに、テディは名前を見つめていた。火がじりじりと軸から指に近づいてきた。

アンドルー・レディス（Ａｎｄｒｅｗ Ｌａｅｄｄｉｓ）。

マッチが熱くなるのを感じながら、テディはふたつ先のベッドで寝ているチャックを見た。彼の経歴に傷がつかないことを祈った。そんなことがあってはならない。責めはテディだけが負う。チャックは大丈夫なはずだ。彼のまわりには、何があっても無傷でいられる雰囲気が漂っている。

テディはまた手帳のページに眼をやった。一目見たのを最後に、マッチが自然に消えた。

今日、おまえを見つけ出してやる、アンドルー。ドロレスにこの命を授かったわけではないが、少なくとも彼女にそれだけの借りはある。

おまえを見つけ出す。

そして、殺してやる。

三日目　六十七番目の患者

14

壁の外のふたつの家——院長とコーリーの住居——は嵐の直撃を受けた。コーリーの家の屋根の半分は飛ばされ、これで思い知れとばかりに、瓦が病院の敷地のそこらじゅうにばらまかれた。院長のリヴィングルームの窓には、風雨に備えてベニヤ板が打ちつけられていたが、一本の木がそこを突き抜け、家の真ん中に根ごと横たわった。

敷地内には貝や木の枝が散らばり、一インチ半の水が溜まった。コーリーの家の瓦も、死んだネズミ数匹も、ぐしょ濡れの大量のリンゴも皆、砂にまみれている。病院の基礎部分は誰かが削岩機を使ったかのようで、A棟は四つの窓が壊れ、屋根の端がところどころめくれ上がって、膨《ふく》らませた女性の前髪のように見える。職員用の小屋のふたつが材木の集まりと化し、残りの数棟は横倒しになった。看護婦と看護助手の寮はいくつか窓を失い、あいだに水が溜まった。B棟は助かり、目立った傷もない。島じゅうがひっくり返ったようで、枝葉を吹き飛ばされた木々は、幹だけになって槍のように天を指していた。

空気はまた重苦しく淀《よど》んでいた。けだるげに小雨が降り続いている。死んだ魚が海岸を覆っていた。朝初めて外に出たときには、屋根つきの通路にヒラメが一匹跳ねていて、口をぱくぱくさせながら、膨れた片眼で恨めしそうに海を見ていた。

テディとチャックは、横倒しになったジープをマクファースンとひとりの警備員が起こすのを見た。五回目でやっとエンジンがかかり、ジープは轟音とともに門を出ていった。一瞬ののち、彼らが病院の裏手のC棟に向かう坂を全速力で上がっていくのが見えた。

コーリーが敷地に入ってきた。立ち止まって自分の家の屋根の一部を拾い上げ、見つめたあとで、また濡れた地面に落とした。テディとチャックを二度見過ごし、やっと看護助手の白い服、黒いレインコートに黒い森林警備隊員の帽子という恰好のふたりに気がついた。彼らに皮肉な笑みを送り、近づこうとしたところで、聴診器を首から下げた医師が走り出てきて、コーリーに駆け寄った。

「予備の発電機が壊れて、復旧できない。重症患者がふたりいるんだ。死んじまうよ、ジョン」

「ハリーは？」

「修理してるが、まだ直らない。何もバックアップできなくて何が予備電源だ」

「わかった。中へ行こう」

彼らは病院の中へ入っていった。テディは言った。「予備の発電機がいかれたのか」

チャックは言った。「ハリケーンだから、こういうことが起きても不思議はない」

「どこか電灯がついてるか」

チャックは窓を見渡した。「いや」

「電気系統がまったく使えなくなってると思うか」

チャックは言った。「その可能性は充分ある」

「フェンスも」

チャックは足もとに漂ってきたリンゴを拾った。そして振りかぶって、足を蹴り上げ、壁に思いきり投げつけた。「ストライク、ワン！」彼は言った。「そう、フェンスもだ」

「おそらく電気を使った警備システムすべて。ゲートも、ドアも」

チャックは言った。「おお、神よ、救いたまえ」またリンゴを拾い、頭の上に投げて、背中のうしろで受け止めた。「砦の中に入りたいんだな」

テディはしとしとと降る雨に顔を傾けた。「そうするには最高の日和だ」

院長が三人の警備員とジープに乗って、タイヤで水を蹴散らしながら現われた。庭で何もせずに立っているふたりを見て、不快に思ったようだった。コーリーと同じく、彼らを看護助手とまちがえ、熊手も送水ポンプも持っていないことに腹を立てたのだ。しかし、またさっと顔をまえに向けると、より重要なことのために、ふたりのまえを通り過ぎていった。テディはまだ院長の声を聞いていないことに気がついた。声もあの髪のように暗いのだろうか、それともあの肌のように青ざめているのだろうか。

「だったら早く行こう」とチャックは言った。「停電は永久に続かないからな」

テディは門に向かって歩きはじめた。

チャックが追いついた。「口笛を吹こうかと思ったんだが、口が乾いてる」

「怖いのか」とテディは陽気に言った。

「怖れおののいてると言ったほうがいいな、ボス」そして手に持ったリンゴを壁の別の場所に投げつけた。

ふたりは門に近づいた。警備員は少年の顔立ちと残忍な眼の持ち主だった。「看護助手は全員、総務部のミスター・ウィリスに報告することになってる。片づけ作業に取りかかれ」

チャックとテディは互いに相手の白いシャツとズボンを見た。

チャックが言った。「エッグズ・ベネディクト（トーストに焼いたハムと半熟卵を載せてソースをかけたもの）」

テディはうなずいた。「ありがとう。なんだろうと思ってたんだ。昼は？」

「薄切りのルーベン・サンドウィッチ（黒パンにコンビーフ、チーズ、ザワークラウトを挟んで焼いたもの）」

テディは警備員のほうを向き、バッジを見せた。「まだ服が洗濯室にあるんだ」

警備員はテディのバッジを確認し、チャックのほうを見て、待った。

チャックはため息をつき、財布を取り出して、警備員の鼻先で広げてみせた。

警備員は言った。「壁の外で何をする。行方不明の患者はもう見つかったのに」

どんな説明をしても自分たちの立場は弱まり、このろくでなしが勢いづくだけだとテディは思った。戦争中、こういう小物のクソと一ダースはつき合った。彼らのほとんどは帰還しなかったが、誰も気にしないのではないかとテディはよく思った。この手のケツの穴は、何を言っても聞かないし、学ばない。しかし、彼らが重きを置くのは力だけだということを理解していれば、押しのけることができる。

テディは男のまえに進み出て、探るように顔を見、唇の端に薄く笑みを浮かべながら、眼と眼が合うのを待った。

「散歩に行く」とテディは言った。

「許可がない」

「あるとも」テディは男が眼を上にそらすまで近づいた。相手の息が臭った。「われわれは連邦の施設内にいる連邦保安官だ。それは神の許可だ。おまえに答える必要はないし、説明する必要もない。ここでおまえの玉を撃ち抜いてやってもいいんだぞ。そうしても、この国には裁判を開く法廷がない」テディはさらに半インチ顔を寄せた。「だから、さっさとこの腐った門を開けろ」

警備員はテディの凝視に耐えようとした。唾を飲み、眼つきを鋭くしようとした。

テディは繰り返した。「言っただろう。ここを開けろ――」

「わかった」

「聞こえないぞ」とテディは言った。

「わかりました《イエッサー》」

テディはさらに数秒、険しい眼で男の顔を見据え、鼻孔から音を立てて息を吐き出した。

「いいだろう。フーアー（軍隊で同意を表わすかけ声）」

「フーアー」と男は反射的に咽喉仏を膨らませて答えた。

そして鍵を開け、門を引き開けた。テディは振り返らずにそこを通り抜けた。

右に曲がり、壁の外に沿ってしばらく歩いたところで、チャックが言った。「〝フーアー〟はよかったな」

テディは彼を見た。「おれも気に入った」

「海外では鬼のように厳しかったんだろうな」

「おれは大部隊の軍曹で、大勢の部下を率いていた。彼らの半分は女も知らずに死んだよ。敬意は、放っといてうまい具合に浸透するものじゃない。上から脅して叩き込むものだ」

「なるほど、軍曹。了解しました」チャックは敬礼をしてみせた。「停電中とはいえ、これから侵入しようとしてるのが砦だってことはわかってるよな」

「ずっと考えてた」

「何か作戦は？」

「ない」

「濠《ほり》があるかな。あったらすごい」

「胸壁の上に熱い油の桶が並んでるかもしれないぞ」

「弓の射手」とチャックは言った。「もし射手がいたら、テディ……」

「おれたちには鎖帷子《くさりかたびら》もない」

ふたりは倒木を乗り越えた。地面はじっとりと湿り、濡れた落葉ですべった。前方の引き裂かれた草木の向こうに砦の巨大な灰色の壁が見えた。朝からずっと行き来しているジープの轍《わだち》がついている。

「あの警備員は的を射ていた」とチャックは言った。

「なぜ」

「レイチェルが見つかった今、われわれがここにいる正当な理由は――もともとたいしてなかったが――皆無に等しい。もし捕まったら、ボス、論理的な説明をすることはほとんど不可能だ」

テディは、切り刻まれ、荒廃した緑が眼の奥で爆発するのを感じた。耐えがたい疲労を覚え、視界が少し霞《かす》んだ。昨晩とった睡眠は、薬のもたらした悪夢だらけの四時間だけだ。雨粒が帽子の上に落ち、つばに溜まった。頭の中でうなりが聞こえる。それとわからぬほどだが、いっこうに消えない。もし今日フェリーが来るなら――来るかどうか疑わしいが――彼の一部はそれに飛び乗って、帰りたいと思っていた。こんなうっとうしい島などおさらばだ。しかし、今回の旅行で得たものを何か持って帰らなければ――ハーリー上院議員に見せる証拠であれ、レディスの死亡証明書であれ――負け犬になってしまう。それでも自殺する瀬戸際で踏みとどまるだろうが、良心には、何も変化をもたらさなかったという重みがさらに加わる。

テディは手帳を開けた。「昨日レイチェルがおれたちに残した石の山だが、これが暗号の答だ」手帳をチャックに渡した。

チャックは片手で雨をさえぎりながら、胸の近くで見た。「やつはここにいるのか」

「いる」

「六十七番の患者だと思うか」

「かもしれない」

テディは泥の坂の途中に飛び出した岩のそばで足を止めた。「戻ってもいいぞ、チャック。おまえはこれに巻き込まれる必要はない」

チャックはテディを見上げ、手帳を手にぱしんと叩きつけた。「おれたちは保安官だ、テディ。保安官がいつもすることは？」

テディは微笑んだ。「ドアをくぐる」

「まずな」とチャックは言った。「まず第一にドアをくぐる。時間の無駄になるときには、街でドーナツを食ってるような警官の援護を待ったりしない。どこだろうとドアをくぐるのさ」

「そのとおりだ」

「それならいい」とチャックは言い、手帳を返した。ふたりはまた砦に向かいはじめた。

丘の上に上がり、林と狭い野原の向こうにそびえる古めかしい砦を見て、チャックはテディが思っていたことを口にした。

「やられた」

ふだん砦を囲んでいる〈サイクロン〉のフェンスは、ところどころ地上から吹き飛ばされていた。ある部分は地面に倒れ、別の部分は林の入口まで飛ばされ、残りはたるんで、いずれにしろ使い物にならない。

その代わり、武器を持った警備員が砦の周囲を歩いていた。ジープも定期的に巡回している。看護助手の一団がまわりのがらくたを片づけ、別の一団が壁に倒れかかった大木をどかしていた。濠はないが、扉はひとつしかない。窪《くぼ》みのある赤い小さな鉄の扉が、壁の中央についている。狭間胸壁の上では、ライフルを肩に掛けたり、胸に抱えた警備員が見張りに立っていた。いくつかある四角い小窓には格子がはまっている。扉の外には、枷《かせ》をはめられていようがいまいが、患者の姿はひとりも見当たらなかった。警備員と看護助手がほぼ同数いるだけだ。

テディは、ふたりの助手が屋根のこちら側に立ち、数人の助手が胸壁の端まで来て、地上にいる人間に場所を空けろと叫んでいるのを見た。彼らは倒木の半分を屋根の端から突き出し、押したり引いたりして屋根の上でバランスをとった。そして一度向こう側に消えると、いっせいに押しはじめた。木はさらに数フィート押し出され、傾いて、男たちの叫び声とともに壁をすべり落ちて、地面に突き当たった。助手たちは胸壁の端に戻って仕事の成果を見下ろし、握手をして、肩を叩き合った。

「どこかに土管があるだろう」とチャックは言った。「水やゴミを海に捨てるための土管が。そこから侵入できるかもしれないぞ」

テディは首を振った。「なぜわざわざそんなことをしなきゃならない？　黙って正面から入っていけばいい」

「レイチェルがB棟から出ていったみたいに？　わかったよ。姿が見えなくなる魔法の粉を譲ってもらおう。いい考えだ」

チャックがしかめ面をすると、テディはレインコートの襟に触れた。「おれたちは保安官の恰好じゃないんだぜ、チャック。言いたいことがわかるか」

チャックは振り返って、砦の周囲で働いている看護助手たちを見つめた。ひとりの助手がコーヒーカップを持って、鉄の扉から出てきた。小雨の中で湯気が小さな白いヘビのように立ちのぼった。

「アーメン」と彼は言った。「アーメン、ブラザー」

彼らは煙草を吸い、互いにわけのわからないことをしゃべりながら砦に歩いていった。野原を半分ほど進んだところで、ライフルを腕の下にだるそうに抱え、銃口を下に向けて歩いている警備員に出くわした。

テディは言った。「こっちに来いって言われたんだけど。何か屋根の木のことで」

警備員は振り返った。「いや。それはもうすんだ」

「ああ、そりゃよかった」とチャックが言い、ふたりは引き返そうとした。

「おいこら、待てよ」と警備員は言った。「仕事はまだ山ほどあるぞ」

　ふたりは振り向いた。

　テディが言った。「あの壁で三十人働いてるんだろ？」

「ああ、だが中がひどいことになってる。嵐はこういう場所を叩き壊しはしないんだが、中には入ってくるんだよ」

「そうだよな」とテディは言った。


「拭き仕事はどこだい」とチャックは扉の脇をぶらついていた警備員に訊いた。

　彼は親指を振り、扉を開けた。ふたりはそこを通って玄関広間に入った。

「感謝しないわけじゃないが」とチャックは言った。「これじゃ簡単すぎる」

　テディは言った。「あまり深く考えるな。たまには運に恵まれることもあるさ」

　扉が閉まった。

「運ね」とチャックは言った。声が小さく震えていた。「そういうものかな」

「そういうものだ」

　テディがまず気づいたのはにおいだった。きわめて強い消毒薬が全力を尽くして、嘔吐物や、糞や、汗や、そして何より尿の汚臭を消し去ろうとしている。

　さまざまな音が建物の奥から押し寄せ、階上《うえ》から降ってきた——人が走る足音、分厚い壁で跳ね返って、湿った空気の中をこだまする叫び声、突然耳をとらえて消えていく甲高《かんだか》い悲鳴、いっせいにしゃべりはじめて建物の中に広がる数多《あまた》の声。

誰かが叫んだ。「だめだ！　そんなことしちゃだめだ！　聞いてるのか。だめだ。失せろ……」ことばはそこで消えていった。

どこか上のほう、カーヴした石の階段を上ったあたりで男が歌った。「壁に百本のビール瓶」七十七本目で一度終わり、また七十六本目から始めた。

カードテーブルの上にコーヒーの保存容器ふたつと数本の牛乳が置かれ、紙コップが積まれていた。階段の下にある別のカードテーブルには、警備員がひとりついて坐っていた。警備員は彼らを見て微笑んだ。

「初めてかい？」

テディが彼を見るあいだにも、新しい音が古い音に取って代わり、建物全体が耳をあらゆる方向に引っ張る音の洪水といった様相を呈した。

「ああ。話には聞いてたが……」

「慣れるもんだよ」と警備員は言った。「人はなんにでも慣れるもんだ」

「確かに」

彼は言った。「もし屋根で働くんでなきゃ、コートと帽子をこのうしろの部屋に掛けておくといい」

「屋根だと言われたんだ」

「誰を怒らせた？」警備員は指で方向を示した。「この階段を上がっていけ。いかれた患者のほとんどはベッドに縛りつけたが、何人かは走りまわってる。見つけたら叫ぶんだ。いいな？　とにかく絶対に自分で拘束しようとは思わないことだ。ここはA棟じゃない。わかるか？　あいつらはあんたを殺すかもしれないぞ」

「わかった」

ふたりが階段を上がりはじめると、警備員は言った。「ちょっと待った」

ふたりは立ち止まり、警備員を見下ろした。

彼は微笑んで、彼らを指さしていた。

「おれはあんたたちを知ってるぞ」歌うような調子で言った。

テディは黙っていた。チャックも黙っていた。

「知ってるぞ」と警備員は繰り返した。

テディは慎重に「そうか？」と言った。

「ああ。屋根仕事から逃れられない惨《みじ》めな男たちだ。このクソ雨の中でな」彼は笑い、指を伸ばして、もう片方の手でテーブルを叩いた。

「そのとおり」とチャックは言った。「は、は」

「は、クソ、は、だ」と警備員は言った。

テディは彼を指さして言った。「あんたは鋭い」そしてまた階段を上りはじめた。「よくぞ見抜いた」

階段の下から愚か者の笑い声が追いかけてきた。

彼らは二階に着いて立ち止まった。眼のまえに、銅の丸天井のついた大広間があった。黒い床が鏡のように磨かれている。今立っている場所から野球のボールかチャックのリンゴを投げても、部屋の奥の壁まで届かない。部屋の中は空っぽで、眼のまえのドアは開いていた。中に入りながら、テディは肋骨《ろっこつ》の上をネズミが走ったような感触を覚えた。夢に出てきた部屋を思い出したからだ。レディスが彼に酒を勧め、レイチェルが子供を殺した部屋を。とても同じ部屋とは言えないが——夢の部屋には、分厚いカーテンの掛かった高窓、射し込む光、板張りの床、重厚なシャンデリアがあった——それでも充分似ている。

チャックが彼の肩に手を置いた。テディは首筋に玉の汗が浮かぶのを感じた。

「もう一度言うが」とチャックは弱々しい笑みを浮かべてささやいた。「これじゃ簡単すぎる。どうしてあのドアに警備員がいない？　どうして鍵がかかってないんだ」

テディにはレイチェルの姿が見えた。髪を振り乱し、金切り声を上げながら、包丁を持って部屋の中を走りまわっている。

「わからない」

チャックはテディの耳もとに口を寄せ、かすれた声で言った。「これは罠だ、ボス」

テディは部屋を横切りはじめた。睡眠不足で頭痛がした。雨のせいでもある。階上《うえ》から聞こえるくぐもった叫び声と、走っていく足音のせいでもある。ふたりの少年と幼い少女が手に手を取り、振り返ってこちらを見ていた。彼らは震えていた。

また患者の歌う声が聞こえた。「一本取ってみんなにまわし、壁にはビール瓶が五十四本」

子供たちがテディの眼のまえをさっとよぎった。ふたりの少年とあの少女が、揺れる水のような空気の中を泳いでいった。テディは、コーリーが昨晩手のひらに置いた黄色の錠剤を思い出し、胃に軽い吐き気を覚えた。

「壁に五十四本のビール瓶、壁に五十四本のビール……」

「今すぐ出よう、テディ。ここから出るんだ。まずいよ。あんたも感じるだろう。おれも感じる」

広間のいちばん奥のドアから、男が飛び込んできた。

裸足で、胸をさらけ出し、白いパジャマのズボンだけをはいていた。頭を剃《そ》っているが、薄明かりで顔の造作はわからない。

彼は言った。「やあ！」

テディは足を早めた。

男は言った。「鬼ごっこだ！　あんたが鬼だぜ！」そしてドアの向こうに消えた。

チャックがテディに追いついた。「ボス、頼むよ」

あいつがいる。レディスが。このどこかに。テディははっきりと感じた。

広間の端まで行くと、広々とした石の床があり、そこからカーヴを描いて闇の中に降りていく急な階段があった。この上からも叫び声や話し声が聞こえてくる。音はまえより大きくなり、今度は留め金や鎖の音も聞こえた。テディは誰かが叫ぶのを聞いた。「ビリングス！　もうわかったから、静かにしろ！　どこにも逃げ場はないんだ。聞こえるか」

テディはすぐそばで誰かの呼吸の音を聞き、顔を左に向けた。一インチ先に、髪の毛を剃った頭があった。

「あんたが鬼だ」と男は言い、人差し指でテディの腕をつついた。

テディの眼は、男の輝く顔に釘づけになった。

「おれが鬼だ」とテディは言った。

「こんな近くだから」と男は言った。「あんたが手首を返せばまたおれが鬼になる。で、おれが手首を返すとあんたが鬼になる。それが何時間も続く。一日じゅうやっててもいいな。ふたりでここに立って、何度も、何度も、相手を鬼にして、昼飯も、晩飯も食わずに、ずっとそうしててもいい」

「そうして何が愉《たの》しい」とテディは訊いた。

「この外に何がいるか知ってるかい」男は首を振って階段のほうを示した。「海の中に」

「魚」とテディは答えた。

「魚ね」男はうなずいた。「すばらしい。そう、魚だ。いっぱいいる。だが、そう、魚、すばらしい、魚、でもほかに、ほかには？　潜水艦。ああ、そのとおり。ソヴィエトの潜水艦だ。この島から二、三百マイル離れたあたりに。聞いたことあるだろ？　そう言われたんだろ、もちろん。で、そのうち慣れて、忘れちまった。本当に。〝なるほど、潜水艦がいるんだな。親切にありがとう〟ってな具合に。それはおれたちの日常生活の一部になった。いるのは知ってるが、考えるのはやめた。ニューヨークとワシントンに狙いを定めてるんだろ。ボストンにも。海底でじっとしてるんだ。今まで気にしたことがあるかい？」

チャックが隣りでゆっくりと呼吸しながら、テディの合図を待っていた。

テディは言った。「あんたが言うように、おれもあまり考えないようにしてる」

「ふむ」と男はうなずき、顎の無精髭を撫でた。「ここじゃいろんなことが聞こえてくる。そうは思わないだろう？　でも本当なんだ。新しいやつが入ってくると、そいつがしゃべる。警備員も話す。あんたたち助手も話す。おれたちは知ってるんだ。よく知ってる。外の世界のことを。環礁での水爆実験のことを。あんたは水爆がどんな仕組みで爆発するか知ってるかい」

「水素を使ってか？」とテディは言った。

「すばらしい。実に冴《さ》えてる。そう、そのとおり」男は何度かうなずいた。「水素を使う、そう。だが、ほかにもある。ほかの爆弾とは全然ちがうんだ。爆弾を落とす、原子爆弾でもいいが、そいつは外に爆発する。だろ？　そのとおり。だが、水爆は中に爆発するんだ。何かの拍子でどんどん内部で崩壊しはじめる。崩壊した果てにどうなるか。怖ろしい質量と密度が生まれるんだ。怒りに駆られた自己破壊が、まったく新しい怪物を創り出す。わかる？　わかるかな？　崩壊が大きければ大きいほど、自己破壊も大きくなり、強力な爆弾になる。で、どうなるかわかる？　くそったれ、ボガーンだ！　バン！　バゴーン！

ヒューッ！　自己を失ったそいつは、ぱっと広がる。中への爆発から外への爆発を生みだし、そいつは人類史上のどの爆弾と比べても、百倍、千倍、百万倍の破壊力を持っている。ほかの爆弾はもう過去の遺物だ。あ、忘れるなよ」彼は指で太鼓を叩くように、テディの腕を軽く何度か叩いた。「あんたが鬼だ！　十年生までずっと！　ヒーッ！」

男は暗い階段を飛び降りていった。降りながら、〝ボガーン〟と叫んでいるのが聞こえた。

「……四十九本のビール瓶！　一本取って……」

テディはチャックを見た。顔じゅう汗を浮かべ、口から慎重に息をしていた。

「おまえの言うとおりだ」とテディは言った。「ここを出よう」

「やっとそう言ってくれたか」

それは階段の上から聞こえてきた。

「誰か手を貸してくれ！　くそっ！」

テディとチャックは階段の上を見上げた。ふたりの男が固まりになって転げ落ちてきた。ひとりは警備員の青い制服、もうひとりは患者の白い服を着ていて、階段がカーヴしている場所に激しくぶつかり、いちばん広い段の上で止まった。患者は自由の利く片方の手で警備員の顔に爪を立て、左眼の下の皮膚を掻き取った。警備員は叫び、首をよじらせた。

テディとチャックは階段を駆け上がった。患者の手がまたさっと伸びたが、チャックが手首をつかんだ。

警備員は眼の下をぬぐい、顎までを血で汚した。テディは四人の呼吸の音と、遠いビール瓶の歌を聞いた。歌は四十二本まで行き、これから四十一本になるところだった。そこで足もとの男が口を大きく開けて伸び上がるのが見えたので、テディは「チャック、危ない」と言い、患者がチャックの手から肉を嚙み取るまえに、額めがけて手首のつけ根を叩きつけた。

「こいつから離れろ」と彼は警備員に言った。「さあ、離れるんだ」

警備員は患者の脚のあいだから抜け出し、階段の二段上に這い上がった。テディは患者の上に立ち、肩を押さえつけて階段の上で動けなくした。肩越しにチャックを見ると、彼らのあいだを警棒がシュッと空を切って飛んできて、患者の鼻を折った。

テディは腕の下の体ががくんと崩れるのを感じた。チャックが「なんてこった」と言った。

警備員がまた警棒を振りかぶったので、テディは患者のまえに体を入れて、肘で彼の腕を止めた。

血だらけの顔を見上げながら言った。「おい！　おい！　気絶してるんだぞ。こら！」

警備員はまだ自分の血のにおいを嗅いでいた。また警棒を上げた。

チャックが言った。「おれを見ろ！　こっちを見るんだ！」

警備員の眼がさっとチャックのほうを向いた。

「もうやめろ、この野郎。聞いてるか。やめるんだ。患者はもう取り押さえた」チャックが患者の手首を離すと、腕が胸の上に落ちた。チャックは壁に背をつけ、警備員を見据えた。「聞こえるな」と低い声で言った。

警備員は眼を落とし、警棒を下げた。

「こいつ、おれの顔を引き裂きやがった」

テディは背を屈めて、傷の具合を見た。頬骨の傷をシャツで押さえ、生地についた血を見つめた。これでこの若造が死ぬわけではない。これよりひどい傷はいくらでも見たことがある。しかし、醜いのは確かだ。どんな医者も元どおりに縫い合わせることはできないだろう。

彼は言った。「大丈夫だ。数針縫えばすむ」

階上《うえ》でいくつかの体と家具がぶつかり合う音がした。

「暴動かい？」とチャックが訊いた。

警備員は大きく口で息をしていた。血の気が戻ってきた。「それに近い」

「囚人が施設を占拠したとか？」チャックは陽気に言った。

若者はテディをじろじろと見て、チャックに眼を移した。「そこまでは行ってない」

チャックはポケットからハンカチーフを引き出して、若者に渡した。

彼は感謝のしるしにうなずき、それを顔に押し当てた。

チャックは患者の手首をまた持ち上げた。テディは彼が脈を取るのをじっと見守った。

チャックは手首を離し、男の片眼のまぶたを持ち上げて、テディを見た。「大丈夫だ」

「こいつを起こそう」とテディは言った。

彼らは患者の両腕をそれぞれ肩にかけ、警備員について階段を上がった。患者はそれほど重くなかったが、長い階段だったので、テディの足先はいつも段の端をきわどくつかんだ。階段の上まで来ると、警備員は振り返った。いくぶん歳を取り、知的になったように見えた。

「あんたたちは保安官だろう」と彼は言った。

「なんだって？」

彼はうなずいた。「そうだよな。到着したときに見たんだ」そこでチャックに小さく微笑んだ。「顔にほら、傷があるだろう」

チャックはため息をついた。

「ここで何をしてる」と若者は言った。

「あんたの面目を保ってやってる《セイヴィング・ユア・フェイス》（〝顔を救う〟にかけている）」

若者はハンカチーフを傷から離し、見て、また元に戻した。

「そこに連れてる男」と彼は言った。「ポール・ヴィンギスってやつで、ウェスト・ヴァージニアから来たんだ。兄が朝鮮戦争に行ってるあいだに、兄の妻とふたりの娘を殺し、地下に置いて、腐ってしまうまで愉《たの》しんでた」

テディは、ヴィンギスの腕を肩からはずして階段をまた落としてやりたいという衝動と闘った。

「実は」と若者は言い、咳払いをした。「実は、おれもこいつと闘って倒されたことがある」ふたりを見つめる彼の眼は赤かった。

「名前は?」

「ベイカー。フレッド・ベイカーだ」

テディは握手をした。「なあ、フレッド。手助けができて嬉しいよ」

若者は靴の先に眼を落とした。そこにも血の痕があった。「もう一度訊くけど、ここで何をしてる」

「ちょっと見てまわってるだけだ」とテディは言った。「数分で出ていくよ」

若者はしばらく考えていた。テディは、自分の人生の最後の二年間――ドロレスを失い、レディスを追い、この場所のことを知り、ジョージ・ノイスと知り合って、薬とロボトミーの実験の話を聞き、ハーリー上院議員に連絡を取り、ノルマンディに上陸するまえにイギリス海峡を渡る機会をうかがったように、ボストン港を渡るのに最適の瞬間を待ったことのすべて――が、この若者の沈黙にかかっていることを痛いほど感じた。

「これまでにも」と若者は言った。「いくつか荒っぽい場所で働いたことはある。拘置所や、最高に警備が厳しい刑務所や、ほかの精神障害犯罪者施設でも働いた……」ドアを見つめ、あくびをするときのように眼を見開いたが、口は開けなかった。「ああ。いろんな場所があったよ。だが、ここはどうだ」ふたりのそれぞれを冷静な眼でじっと見つめた。

「ここじゃ彼らが自分たちだけの脚本を書いてる」

テディは、自分に向けられた彼の視線から答を読みとろうとしたが、それは、千ヤード分の解釈の余地がある、無表情で老成した眼つきだった。

「数分だな？」若者はみずからにうなずいた。「いいだろう。この大騒ぎじゃ誰も気づかない。数分見てまわったら、出ていってくれ。いいな？」

「もちろん」とチャックが言った。

「それから」彼はドアに手を伸ばしながら、ふたりに小さな笑みを送った。「その数分で死なないように注意してくれよな。そうしてもらえると助かる」

15

彼らはドアを抜け、独房の並ぶ、壁と床が御影石《みかげいし》でできた区画に入った。床はそのまま砦の奥まで続いていて、天井は幅十フィート、高さ十四フィートのアーチ形だ。光は建物の両端の高窓から入ってくるだけで、天井からは水が漏れ、床に水たまりができている。左右に並ぶ独房は闇に沈んでいた。

ベイカーは言った。「主発電機が今朝《けさ》四時頃、壊れた。監房の鍵は電動式なんだ。ごく最近の改装でそうなった。クソみたいにすばらしいアイディアだろう？　で、すべての独房が四時に開いた。幸い鍵はまだ手でもかけられるから、ほとんどの患者はまた房に戻して、閉じ込めた。だが、ひとりうっとうしいやつが鍵を手に入れたんだ。ここに侵入してきては、ひとつ、ふたつ鍵を開け、また逃げ出してる」

テディは訊いた。「頭を剃《そ》ったやつか？」

ベイカーは彼を見た。「頭を剃ったやつ？　ああ、そいつが捕まえられないやつだ。それかもしれない。名前はリッチフィールドだ」

「おれたちが上がってきた階段で鬼ごっこをしてる。下のほうにいるはずだ」

　ベイカーは右側の三番目の独房を開けた。「そいつをここに放り込んでくれ」

　暗がりでベッドを見つけるのに数秒かかった。ベイカーは懐中電灯をつけて、部屋の中を照らした。ヴィンギスをベッドに横たえると、彼はうめいた。鼻孔で血が泡になった。

「援護の人間を見つけて、リッチフィールドを追わなきゃならない」とベイカーは言った。

「六人の警備員がそろわなきゃ飯も食わせられない連中を地下に収容してるんだ。もしそいつらが出てきたら、ここはくそアラモ（一八三六年、テキサス独立をめざして市民と義勇兵が立てこもり、メキシコ軍を相手に大激戦をおこなったが全滅した）になっちまう」

「まず怪我《けが》の手当をしたほうがいい」とチャックが言った。

　ベイカーはハンカチーフの汚れていない個所を見つけて傷に押し当てた。「時間がない」

「彼にだ」

　ベイカーは鉄格子の外から彼らを見た。「ああ、そうか。医者を見つけるよ。あんたたちふたりは、とにかく記録的な速さで出ていってくれ。いいな？」

「わかった。こいつに医者を探してやってくれ」とチャックは言い、ふたりは独房を出た。

　ベイカーは鍵を閉めた。「そうする」

　彼は走っていった。三人の警備員が髭面の大男を独房に連れていくところを、体を横にしてすり抜け、走り続けた。

「どうする？」とテディは言った。アーチ天井の通路のいちばん奥の窓に、格子にしがみついている男の姿が見えた。何人かの警備員がホースを伸ばしている。通路の青みがかった灰色の光には眼が慣れてきたが、独房は相変わらず闇に包まれていた。

「どこかにファイルがあるはずだ」とチャックは言った。「簡単なカルテと参考資料だけかもしれないが。あんたはレディスを探してくれ。おれはファイルを探す」

「ファイルはどこにあると思う？」

チャックはドアを振り返った。「聞いた感じじゃ、階上《うえ》に上がるほど危険が減るようだ。管理部は階上にあるにちがいない」

「わかった。いつどこで落ち合う？」

「十五分でどうだ」

警備員たちはホースから勢いよく水を出し、男を格子から吹き飛ばして床に倒した。独房の何人かが手を叩き、別の何人かがうめいた。戦場で聞いたかと思うほど、深く、救いのないうめき声だった。

「十五分でいいだろう。大広間で会うか」

「わかった」

ふたりは握手をした。チャックの手は湿り、上唇は濡れていた。

「気をつけろよ、テディ」

患者がドアをばたんと開けて入ってきて、ふたりのまえを走り抜けた。裸足で、足は汚れていた。ボクシングの試合に向けて訓練しているように見えた。シャドーボクシングのように腕を出しながら、流れるような足運びで走っていく。

「とにかくやってみるさ」テディはチャックに微笑んでみせた。

「じゃあな」

「じゃあ」

チャックはドアに向かい、途中で立ち止まって振り返った。テディはうなずいた。チャックがドアを開けると、ふたりの看護助手が階段から入ってきた。チャックはドアの向こうに消えた。助手のひとりがテディに言った。「ここで〝グレート・ホワイト・ホープ〟を見なかったか？」

テディは通路を振り返り、患者が空中にパンチを放ちながら、踊るように踵《かかと》でまわっているのを見た。

その患者を指さした。三人は立ち止まった。

「ボクサーだったのか？」

左側の背の高い年配の黒人が言った。「なるほど、あんたはビーチのほうから来たんだな、え？　休暇村から。わかった。あそこにいるウィリーは、マディソン・スクウェアでジョー・ルイスと戦うためにトレーニングしてるつもりなんだ。問題は、実際かなり強いことでな」

彼らは助手に近づいた。テディは彼の拳が空気を切り裂くのを見た。

「三人じゃ足りないいんじゃないか」

年配の助手はくすくす笑った。「ひとりでいいんだよ。おれは彼のマネジャーなんだ。知らなかったか？」彼は呼ばわった。「よう、ウィリー。そろそろマッサージの時間だぜ。試合まであと一時間しかない」

「マッサージはいらない」ウィリーはすばやいジャブで空気を叩きはじめた。

「飯の種に痙攣《けいれん》を起こされても困るんでな」と助手は言った。「聞いてるか？」

「痙攣を起こしたのは、ジャージー・ジョーとやったときだけじゃないか」

「それでどうなったか考えてみろ」

ウィリーは腕を体の横に下ろした。「そうだな」

「さあ、トレーニング・ルームへ行こう。あそこだ」助手は大げさな身ぶりで腕を左に振った。

「おれにさわるなよ。試合のまえにさわられたくねえんだ。わかるだろ」

「もちろんさ、殺し屋」彼は独房を開けた。「さあ、行くぞ」

ウィリーは独房に向かいはじめた。「聞こえるか？　観客の声だ」

「立ち見以外、満席だよ。満席だ」

テディともうひとりの看護助手はあとについていった。年配の助手が茶色の手を伸ばした。「おれはアルだ」

テディはその手を握った。「テディだ。アル、初めまして」

「どうしてみんなこっちに来たんだ、テディ？」

テディは自分のレインコートを見た。「屋根仕事さ。だが階段にひとり患者がいたんで、ここまで追ってきた。助けがいるんじゃないかと思ってな」

糞の塊が床のテディの足もとに飛んできた。誰かが暗い独房の中で笑ったが、テディは眼をまっすぐまえに向けて、足を止めなかった。

アルが言った。「できるだけ真ん中を歩くんだ。そうしても週に一度は何かをぶつけられる。追ってきたやつは見つかったかい？」

テディは首を振った。「いや、まだ――」

「ああ、なんてこった」

「どうした」

「おれの探してたやつがいた」

びしょ濡れの男がまっすぐに彼らのほうに向かってきた。警備員がホースを投げ捨てて追いかけてくる。赤毛の小柄な男で、顔はミツバチの群れのようだ。にきびだらけで、髪と同じ赤い眼をしている。小男は最後の瞬間に、彼にしか見えない穴に落ちて床に倒れた。その頭の上をアルの両腕が空振りすると、男は膝ですべり、転がって、前方に飛び出した。

アルは男のあとを追って駆けだした。大男と同じくらいびしょ濡れになった警備員が、警棒を振りかざして、テディのまえを駆け抜けていった。

テディも本能的にあとを追おうとしたとき、ささやき声がした。

「レディス」

彼は部屋の真ん中で立ち止まり、声がもう一度聞こえるのを待った。何も聞こえない。赤毛の小男の追跡でしばしやんでいたうめき声がまたあちこちからわき上がり、耳鳴りのように響いた。それに混じって、ときおり便器がガタガタと鳴った。

テディはまたあの黄色の錠剤を思い出した。もしコーリーが、彼とチャックのことを本気で疑っていたとしたら――

「レ……ディス」

振り返ると、右側に独房が三つ並んでいた。どれも中は暗い。テディは待った。話し手に自分の姿が見えることはわかっていた。レディス本人だろうか。

「あんたはおれを助けなきゃならなかったのに」

真ん中か左の独房からだ。レディスの声ではない。絶対にちがう。しかし、同じくらい耳に馴染んだ声だった。

テディは中央の鉄格子に近づいた。ポケットを探り、マッチ箱を取り出した。マッチをすって火をつけると、小さな流しが見え、あばら骨の浮いた男がベッドにひざまずいて、壁に何かを書いていた。男は振り返ってテディを見た。レディスではない。テディのまったく知らない男だった。

「消してくれる？　暗い中で仕事をしたいんだ。どうもありがとう」

鉄格子のまえから離れ、左に眼をやると、独房の左側の壁にびっしりと文字が書き込まれていた。一インチの隙間もなく、何千行にもわたって、窮屈な文字でことばが書かれている。あまりに小さいので、眼が壁につくほど近づかないと、とても読めない。

隣りの独房のまえに移動すると、マッチの火が消えた。今やはっきりと聞こえる声が言った。「おれを裏切ったな」

次のマッチをする手が震えた。マッチの軸が弾けて折れた。

「おれをここから出してやると言ったのに。約束しただろうが」

テディはまた別のマッチをすった。今度は火がつかずに、独房の中に落ちた。

「あんたは嘘をついた」

三番目のマッチはシュッと音を立てて火がつき、指の上に炎が燃え立った。テディはそれを鉄格子のまえにかざし、中をのぞきこんだ。左隅のベッドの上に坐った男は頭を下げ、顔を膝に押しつけて、腕ですねをかかえていた。頭の中央は禿げていて、左右はごま塩。白いボクサーパンツのほかには何も身につけていない。骨が肉の下で震えた。

テディは唇を舐《な》め、口蓋に舌を当てた。マッチの炎越しに男を見つめて言った。「おい」

「おれはあいつらに連れ戻された。おれはあいつらのものなんだと」

「顔が見えない」

「お帰り、だとさ」

「顔を上げてくれないか」

「ここが家だ、おれは絶対に出られないんだと」

「顔を見せてくれ」

「どうして」

「顔を見せてくれ」

「声でわからないのか？　あんなに話したのに」

「顔を上げろ」

「おれたちの仲は、自分の利益だけを考える関係じゃない、もっと進んだ友だちみたいなもんだ——そう思ってたんだがな。そのマッチもうすぐ消えるぞ」

テディは男の頭の禿げた部分と、震える手足を見つめた。

「言ってるだろう、相棒——」

「なんだって？　今、最後になんと言った？　おれをなんと呼んだ？　また嘘か。そういうことか」

「おれは——」

「おまえは嘘つきだ」

「ちがう。顔を上げろ——」

炎が人差し指の先端と親指の腹を焼いた。テディはマッチを落とした。

独房が消えた。ベッドのスプリングがギシギシ鳴り、石をこする布がかすれ声でささやき、骨が軋む。

また名前が聞こえた。

「レディス」

今度は独房の右のほうから聞こえてきた。

「真実のためじゃなかったんだな」

テディはマッチを二本取り出し、重ね合わせた。

「まるでちがった」

テディはマッチをすった。ベッドは空だった。手を右に動かすと、男は部屋の隅で背中を見せて立っていた。

「どうなんだ?」

「何が」とテディは訊いた。

「真実のためだったのか?」

「ああ」

「ちがう」

「みんな真実のためだ。真実を暴いて——」

「みんなあんたのためさ。主役はあんただ。そしてレディス。最初からずっとそうだったんだ。おれはたまたまそこに現われただけで、ただの入口だった」

男は振り返り、彼のほうに歩いてきた。その顔は無惨に破壊されていた。腫《は》れ上がった紫と黒とチェリーレッドの塊だった。鼻が折れ、白いテープがバツ印に貼られていた。

「こりゃひどい」とテディは言った。

「気に入ったか？」

「誰がこんなことを」

「あんただよ」

「どうしておれが――」

ジョージ・ノイスは鉄格子のまえまで来た。唇は黒く、自転車のタイヤほどの厚みがあり、縫合されていた。「みんなあんたがしゃべったからだ。あんたがくっちゃべったせいで、おれはここに戻った。あんたのせいだ」

テディは、刑務所の面会室で最後に彼と会ったときのことを思い出した。服役で陽焼けまでして、健康そうで、活気にあふれ、黒い雲はほとんど消え去っていた。ジョークまで飛ばしていた。確かエル・パソのバーに入ったイタリア人とドイツ人のジョークだった。

「おれを見ろ」とジョージ・ノイスは言った。「眼をそらすな。あんたはこの場所のことを暴こうなんて思ってなかったんだろう」

「ジョージ」テディは声を落とし、穏やかに話した。「それはちがう」

「ちがわない」

「ちがう。おれがこの一年、ずっと何を計画してたと思うんだ。これだよ。今、ここにいることを計画してたんだ」

「このクソが！」

テディは叫び声に横面を張られた気がした。

「このクソ野郎！」ジョージはまた叫んだ。「一年間、計画してただと？　人殺しをな。それだけだ。レディスを殺すんだろう。それがおまえのくそったれのゲームさ。それでおれがどうなったか見てみろ。ここだよ。ここに戻されたんだよ。おれには耐えられない。この忌々しいお化け屋敷はもうたくさんだ。聞いてるか。もうたくさん、たくさん、たくさんだ」

「ジョージ、聞いてくれ。彼らはどうやってあんたをここに連れてきたんだ。移送命令が必要だろう。精神鑑定も、ファイルの山も。ジョージ。書類仕事だよ」

ジョージは笑った。格子に顔を押しつけ、眉を上下させた。「秘密を教えようか」

テディは一歩近づいた。

ジョージは言った。「ああ、近づきな」

「話してくれ」とテディは言った。

ジョージは彼の顔に唾を吐いた。

テディはあとずさり、マッチを落として、袖《そで》で額の粘液を拭きとった。

暗闇でジョージは言った。「親愛なるドクター・コーリーの専門はなんだか知ってるか」

テディは手のひらで額から鼻筋をなぞり、乾いていることに気がついた。「生存者の罪悪感、精神的外傷となる悲しみだろう」

「ちがーう」そのことばは、ジョージの口から乾いた笑い声といっしょに出てきた。「暴力だよ。とくに男のほうのな。そいつを研究してる」

「ちがう。それはネーリングだ」

「コーリーさ」とジョージは言った。「すべてコーリーだ。彼のところに、国じゅうからもっとも暴力的な患者と重罪犯が送られてくるのさ。ここの患者数が少ないのはなぜだ？　暴力と精神障害の履歴を持つ人間の移送書類をまじめに検討するやつがいるなんて、あんたは本気で思ってるのか。正直に言えよ、本気でそう思いやがってるのか」

テディはさらに二本マッチをすった。

「おれはここから二度と出られない」とノイスは言った。「一度出たら、二度目はない。もう二度と出られないよ」

テディは言った。「落ち着け、落ち着けよ。どうやって彼らはあんたを連れてきたんだ」

「知ってたのさ。わからないのか？　やつらはあんたのやろうとしてることをみんな知ってた。あんたの計画すべてを。これはゲームなんだ。巧みに演出された舞台劇なのさ。このすべてが」――空中に腕を大きく振って――「あんたのためなのさ」

テディは微笑んだ。「おれのためにハリケーンを呼んできたのか、え？　たいした手品だな」

ノイスは何も言わなかった。

「説明してくれよ」

「できない」

「そう思わないか？　妄想はこのへんにしとこうぜ。いいな」

「少しはひとりになったか」とノイスは鉄格子の向こうから彼を見つめて言った。

「なんだって？」

「ひとりだよ。このすべてが始まってから、ひとりになったことがあるか」

テディは言った。「ずっとひとりさ」

ジョージは片方の眉を上げた。「完全にひとりきりか」

「パートナーといっしょだがな」

「パートナーは誰だ」

テディは独房の並ぶ区画に親指を振った。「名前はチャックだ。彼は――」

「当てようか」とノイスは言った。「そいつと以前いっしょに働いたことはないだろう」

テディはまわりの監房を意識した。上腕の骨が冷たくなった。脳が舌と連絡を絶ったかのように、しばらく何もしゃべれなくなった。

彼は言った。「チャックはシアトルから来た連邦保安官で――」

「以前いっしょに働いたことはないんだろう、え？」

テディは言った。「関係ないだろう。人は見ればわかる。おれにはあいつがわかる。あいつを信頼してる」

「何を根拠に？」

簡単な答はなかった。信頼がどうやって生まれるかなど、誰にわかるだろう。ある瞬間には存在しないのに、次の瞬間には生まれている。テディは、戦場で命を預けられるが、戦場を離れれば財布も預けられない男たちを知っている。財布も妻も安心して任せておけるが、戦いで援護を頼んだり、いっしょにドアを抜けようとは思わない男たちもいる。

チャックは彼についてこないと言うこともできた。男子寮に残り、嵐のあと片づけを寝てさぼり、フェリーの知らせを待ってもよかった。彼らの仕事は終わったのだ——レイチェル・ソランドは見つかった。テディがレディスを探し、アッシュクリフはヒポクラテスの誓い（紀元前四世紀、〝医学の父〟として知られるヒポクラテスが、医学の倫理観を説いたもの）のまがい物であることを証明するのにつき合うべき理由も、つき合って得られる利益もない。だが、彼はここにいる。

「おれはあいつを信頼してる」とテディは繰り返した。「そうとしか言いようがない」

ノイスは鉄格子の向こうから悲しげに彼を見た。「だったら、すでにやつらの勝ちだ」

テディはマッチを振って消し、下に落とした。厚紙の箱を押し開け、最後のマッチを取り出した。まだ格子のそばにいるノイスが、空気を吸い込む音がした。「お願いだ」

「お願いだ」とノイスはささやいた。泣いているのがわかった。

「なんだ」

「おれをここで死なせないでくれ」

「死にはしないさ」

「やつらはおれを灯台に連れていく。わかるだろ」

「灯台？」

「おれの脳を切り開くつもりだ」

テディはマッチに火をつけた。突然燃え上がった炎で、ノイスが鉄の棒をつかんで揺すっているのが見えた。腫《は》れた眼から涙があふれ、腫れた頬を伝っている。

「彼らはそんな――」

「行ってみな。見てみろよ。そしてもし生きて帰ってこられたら、やつらがあそこで何をしてるか教えてくれ。自分の眼で確かめな」

「行くよ、ジョージ。行くとも。あんたをここから出してやる」

ノイスは下を向き、禿げた頭を鉄格子に押しつけて、静かに泣いていた。テディは、最後に面会室で会ったときに、彼が「もしまたあの場所へ戻ることになったら、おれは自殺する」と言っていたのを思い出した。そのときテディは「そんなことは起こらない」と答えた。

明らかに嘘だった。

なぜならノイスはここにいる。殴られ、顔をつぶされ、恐怖に震えている。

「ジョージ、おれを見ろ」

ノイスは顔を上げた。

「あんたをここから出してやる。だからがんばれ。取り返しのつかないことをするなよ。わかるな？　耐えろ。おれはまた戻ってくる」

ジョージ・ノイスは幾筋も涙を垂らした顔で微笑んで、ゆっくりと首を振った。「レディスを殺して、同時に真実を暴くことはできない。どちらかを選ばなきゃならない。わかるか」

「彼はどこだ」

「わかったと言え」

「わかった。彼はどこだ」

「選ばなきゃならない」

「おれは誰も殺さない。ジョージ？　誰もだ」

鉄格子の向こうのノイスを見ながら、それは本当だと思った。この打ちひしがれた哀れな男、わが家に戻ってきた無惨な犠牲者をなぐさめられるなら、テディは誓いをしばし忘れることも厭《いと》わなかった。消し去ってしまうのではない。別のときのために取っておくのだ。ドロレスがわかってくれることを祈った。

「おれは誰も殺さない」と彼は繰り返した。

「嘘つけ」

「本当だ」

「彼女は死んだんだ。もう忘れてやれ」

泣き笑いの顔を鉄の棒のあいだに押しつけ、柔らかく膨らんだ眼でテディを見た。

テディは自分の中に彼女を感じた。咽喉の奥が締めつけられた。七月初めの靄《もや》の中に坐っているドロレスが見えた。夏の宵、日没のすぐあとに街が放つ、あの暗いオレンジ色の光の中にいた。テディが道路脇に車を停め、子供たちが通りの真ん中でしていたスティックボールから帰ってきて、洗濯物が頭の上ではためく。ドロレスは肘を立てた手の甲に顎を載せ、耳の脇に煙草を持って、夫が近づくのを見ていた。彼はめったにないことだが、花を買ってきた。彼女は彼の恋人だ、愛《いと》しい女だ。彼を、彼が歩いてくるのを、花を、そしてこの瞬間を記憶に刻もうとするかのように、じっと見つめている。テディは彼女に訊きたくなる。不意に喜びがわき上がったときに、心臓はどんな音を立てる？　食べ物とも、血とも、空気ともちがう形で、誰かの姿がおまえを満たしたときに。たったひとつの瞬間のために自分が生まれていて、これが——理由はなんであれ——その瞬間だと感じたときに。

忘れてやれ、とノイスは言った。

「それは無理だ」とテディは言った。ことばが裏返ってひび割れ、胸の真ん中に叫び声が広がった。

ノイスは鉄の棒をつかんだまま、できるかぎり身をのけぞらせ、片方の耳が肩につくまで首を傾けた。

「それならあんたはこの島から出られない」

テディは何も言わなかった。

ノイスは大きくため息をついた。これから言おうとしていることに退屈しきり、立ったまま眠ってしまいそうな雰囲気だった。「やつはC棟から移されたよ。A棟にいないなら、居場所はひとつしかない」

そしてテディが理解するのを待った。

「灯台か」とテディは言った。

ノイスはうなずいた。最後のマッチが消えた。

まる一分のあいだ、テディはそこに立っていた。闇を見つめていると、ノイスが横になってベッドが軋む音がした。

振り返って、行こうとした。

「なあ」

彼は立ち止まった。背を鉄格子に向けて、待った。

「幸運を祈る」

16

独房の区画を歩いていくと、アルが彼を待っていた。御影石《みかげいし》の通路の真ん中に立ち、テディにけだるそうな視線を向けた。テディは言った。「捕まえたか？」

アルは彼の横を歩きはじめた。「ああ、もちろん。逃げ足の速いやつだが、ここじゃ部屋から出たって、行く場所は知れてるからな」

彼らは通路の中央を歩いていった。テディは、ひとりになったことがあるかというノイスの声を聞いた。アルはどのくらいおれを見ていたのだろう。ここでの三日間を振り返り、完全にひとりになったときを思い出そうとした。バスルームを使うときでさえ、共同の洗面所なので、誰かが横のトイレに坐っているか、ドアの外で待っていた。

だがちがう。チャックとふたりきりで何度か施設を出て、島を見てまわった……

チャックと。

自分はチャックのことをどれだけ知っているだろう。相棒の顔を思い描いた。フェリーの上で、海を見ている顔が浮かんだ……

本当にいいやつだ。すぐに人に好かれ、自然に仲よくやっていける。いっしょにいたいと思うような男だ。シアトルから来た。最近転属になった。ポーカーがおそろしく上手《うま》い。父親を憎んでいる――これだけは残りの人格とそぐわない。ほかにも何かしっくりこないことがあった。テディの脳の奥に埋もれている。何か……何だろう。

ぎこちなさ――それだ。いや、ちがう。チャックにぎこちなさなどない。器用を絵に描いたような人間だ。テディの父親が好んだ表現を使えば、ガチョウの中をクソが通るみたいにすばやい。そう、あの男には、ぎこちなさにわずかに近いものさえ感じられない。だが、本当にそうだったのか。これまでチャックの動きがぎこちなかったことが、一瞬でもなかったか。あった。テディは、その瞬間があったのを確信した。しかし、何なのかは思い出せなかった。今はいい。ここで考えるのはやめよう。

そもそも考えること自体、馬鹿げている。テディはチャックを信頼していた。ともかく、チャックは今も、経歴をふいにする危険を冒して、レディスのファイルを探してくれている。

彼がそうするところを見たのか？

チャックはコーリーの机の中を探ったではないか。

どうしてそれがわかる？

ドアのまえまで来ると、アルは言った。「階段に戻って上がるといい。すぐに屋根に出られるよ」

「ありがとう」

テディはドアを開けずに待った。アルがどのくらいつきまとおうとするか確かめたかったのだ。

しかしアルはうなずいて、独房のほうへ戻っていった。テディは疑いが晴れたと思った。彼らに監視されているわけがない。アルにとって、テディはただの同僚だ。ノイスは偏執病だ。明らかに――彼と同じ体験をして、そうならない人間がどこにいる？　いつもと同じ妄想を抱いているだけだ。

アルは歩き続けた。テディはノブをまわし、ドアを開けた。階段のまえには、テディを待っている看護助手も警備員もいなかった。彼はひとりだった。完全にひとりきりだ。誰にも見られていない。ドアを閉め、振り返って階段を降りはじめると、ベイカーとヴィンギスに出会った場所にチャックが立っているのが見えた。煙草をつまみ、勢いよく吸い込んで、階段を降りてきたテディを見上げると、あわてて下へ降りはじめた。

「広間で会うのかと思ってた」

「彼らが来てるんだ」テディが追いつくと、チャックは言った。ふたりは大広間に入った。

「誰が」

「院長とコーリーだ。急いでくれ。逃げなきゃならない」

「見られたのか？」

「わからない。二階上の資料室から出たら、廊下の端に彼らがいた。コーリーがこちらを向いたんで、すぐにドアを抜けて階段に逃げたんだ」

「だったら深く考えてないかもしれない」

チャックはほとんど駆けだしていた。「レインコートと帽子姿の看護助手が管理階の資料室から出てきてか？　ああ、大いに大丈夫だろうな」

水の中で骨が折れているような湿った雑音が次々として、頭上の明かりがついた。電気の流れる音が低く響き、歓声や、口笛や、泣き叫ぶ声がいっせいにわき起こった。一瞬、まわりで建物がぐっと持ち上がるような感じがして、また落ち着いた。警報装置の音が石の床や壁に響き渡った。

「電気が戻った。すばらしい」とチャックは言い、また階段を降りはじめた。

途中で四人の警備員が上ってきた。ふたりは壁際に寄って、彼らを通した。

カードテーブルについていた警備員はまだそこにいて、電話をかけていた。ふたりが降りてくるのをぼんやりと見上げたが、急に眼を光らせて、電話に「ちょっと待て」と言った。そして最後の段を降りた彼らに呼びかけた。「おい、そこのふたり、ちょっと待て」

大勢の人間がロビーを歩きまわっていた――看護助手、警備員、泥だらけになり、枷をはめられたふたりの患者。テディとチャックはそこにまっすぐ進んでいった。コーヒーテーブルからあとずさってきた男をよけたが、男は何も考えずにカップを持ったまま振り返り、チャックの胸にぶつかりそうになった。

警備員は言った。「おい、そこのふたり！　おい！」

彼らは足を止めなかった。警備員の声を聞いた人々は、誰に呼びかけているのだろうとあたりを見まわした。

そして一、二秒で、テディとチャックに眼をとめた。

「待てと言ったんだぞ」

テディは胸のまえに手を突き出してドアを押した。

動かなかった。

「おい！」

真鍮のノブに気がついた。コーリーの家にあったのと同じようなパイナップル形だ。テディはそれをつかんだが、雨ですべった。

「話がある！」

テディはノブをまわし、外へ出るドアを押し開けた。ふたりの警備員が建物のまえの階段を上がってきた。テディはドアを押さえ、開けたままにした。チャックが通り抜け、左側の警備員がすれちがいざまにテディに感謝してうなずいた。テディはドアを離し、ふたりは階段を降りていった。

左側に制服を着た男たちの集団がいて、霧雨の中で煙草を吸い、コーヒーを飲んでいた。何人かは壁に寄りかかっている。誰もが冗談を言い、煙を空中に吹き上げている。テディとチャックはまっすぐに彼らのほうへ向かった。振り返らず、ドアの開く音がして今にもまた呼び止められるのを怖れていた。

「レディスはいたか」とチャックが訊いた。

「いや。だが、ノイズがいた」

「何？」

「聞こえただろう」

集団の中に入り、挨拶にうなずき合った。笑みを交わし、手を振り、テディはひとりの男から煙草の火をもらった。ふたりは壁沿いに歩いていった。四分の一マイルはあるように思える壁の横を歩き続けた。自分たちの方向に叫び声が飛んできたような気がしたが、歩き続けた。五十フィート上の狭間胸壁から彼らを狙っているライフルの銃身を見ながら、それでも歩き続けた。

壁の端に達し、左に曲がって、濡れそぼった草地に入り、その部分のフェンスが修復されているのを発見した。男たちが何組かに分かれて、杭の穴に生セメントを流し込んでいる。フェンスはずっとうしろまで続いていて、出口はなかった。

ふたりは引き返して、壁の中の空き地に立った。まっすぐ行くしかないとテディは思った。警備員のまえを過ぎることになるが、ほかの方向に行けば、嫌でも眼を惹《ひ》く。

「突っきるんだな、ボス？」

「ああ、まっすぐだ」

テディは帽子を脱いだ。チャックも続き、やがてふたりはレインコートも脱いで腕に掛け、小雨の中を歩いていった。同じ警備員が彼らを待っていた。テディはチャックに言った。「足を緩めるなよ」

「わかった」

テディは警備員の顔を読もうとした。まったくの無表情だった。あまりの退屈さで反応がないのだろうか、それとも心の中で闘いに備えているのだろうか。

テディは通り過ぎながら手を振った。警備員は言った。「トラックを使ってるぞ」

ふたりは歩き続けた。テディは振り返り、うしろ向きに歩きながら言った。「トラック?」

「ああ、あんたたちを連れて帰るためにな。待ってるといい。五分ほどまえに一台行ったから、もうすぐ戻ってくる」

「いや、運動のために歩くよ」

一瞬、何かが警備員の顔に閃いた。テディの単なる想像だったのか、それとも警備員が嘘を嗅ぎ取ったのか。

「じゃあ、また」テディは背を向け、チャックと木立に向かって歩いていった。警備員が見つめているのを感じた。砦全体が彼らを見つめていた。ひょっとするとコーリーと院長が、正面の階段か、屋根の上に立っているかもしれない。そして見つめている。

林のまえまで来たが、誰も叫ばなかった。威嚇射撃もなかった。ふたりは、太い木が立ち並び、葉がそこらじゅうに散乱する林の奥へと進んでいった。

「やった」とチャックが言った。「やった。やった。やったぞ」

テディは大きな岩の上に腰掛け、体じゅう汗だくになっているのに気がついた。白いシャツもズボンもぐしょ濡れだったが、気分は爽快だった。心臓はまだ高鳴り、眼はかゆい。肩のうしろから首にかけて筋肉がうずく。しかし、テディにはわかった。これは――愛を除いて――この世で最高の気分だ。

脱出したのだ。

彼はチャックを見た。眼と眼が合い、ふたりは笑いはじめた。

「角を曲がって、フェンスが元どおりになってるのを見ただろ」とチャックは言った。

「くそっ、これで終わりだと思ったよ」

テディは岩の上に仰向けに寝転がり、子供の頃にしか感じたことのない自由を味わった。煙のような雲のうしろから空が現われるのをじっと見つめた。肌に清々《すがすが》しい空気を感じた。濡れた葉と、濡れた地面、濡れた樹皮の香りがして、雨の最後のしずくの音がかすかに聞こえた。このまま眼を閉じ、港の反対側、ボストンの自分のベッドで眼覚めたかった。

本当にうとうとしかかり、自分がどれだけ疲れているのかを思い出した。起き上がり、シャツのポケットから煙草を見つけ出して、チャックに火を借りた。背を屈め、膝を抱いて言った。「侵入したのはいずればれるだろうな。今からそう考えておかなきゃならない。まあ、もうばれてるのかもしれないが」

チャックはうなずいた。「ベイカーは問いつめられれば必ず白状するだろうな」

「階段の横にいた警備員もおれたちに気づいたんだと思う」

「それとも、ただサインして出てほしかっただけなのか」

「どちらにしろ、記憶には残る」

ボストン灯台の霧笛が港の向こうから漂ってきた。テディが子供の頃、ハルで毎晩聞いた音だ。彼の知っている中でいちばん寂しい音だ。何かを抱きしめたくなる——人を、枕を、自分自身を。

「ああ」

「ノイスか」とチャックは言った。

「本当にいるんだ」

「生きた本人がな」

チャックは言った。「まったくな、テディ。どうやって」

テディはノイスの話をした。彼がどんなありさまになっていたかを。テディに燃やす憎悪を。怖れ、手足が震え、泣いていたことを。チャックについてノイスがほのめかしたこと以外、すべて話した。チャックはときおりうなずきながら聞いた。子供が焚き火のまわりでキャンプの指導員の話を聞くときのような眼で、テディをじっと見つめていた。そうして、夜遅くに徘徊する悪鬼の話が始まる。

今回の話はまさにそれではないか、とテディは思いはじめた。そうでなかったら、何だろう。

話し終えると、チャックは言った。「ノイスの話を信じるのか」

「彼がここにいることは信じる。それは疑う余地がない」

「彼は精神に異常をきたしたのかもしれないぞ。本当におかしくなったという意味だ。以前にもそうなったことがあるんだろう。それで説明がつくかもしれない。刑務所で異常をきたし、皆が言う。〝おい、こいつは一度アッシュクリフにいたことがあるようだ。また送り返そうぜ〟って」

「それもありうる」とテディは言った。「しかしおれが最後に見たときには、まったく正常に見えた」

「それはいつだ」

「一カ月前だ」

「一カ月あればいろんなことが変わる」

「確かに」

「それに灯台の話はどうだ」とチャックは言った。「本当にあそこに頭のおかしい科学者がいて、今おれたちが話しているあいだにも、レディスの頭にアンテナを埋め込んでるなんて、信じられるか?」

「下水処理施設にあのフェンスはいらないと思う」

「それは認める」とチャックは言った。「だが、ここではあらゆるものがグランギニョールふうだ。そう思わないか?」

テディは眉をひそめた。「どういう意味だ」

「おどろおどろしいってことだ」とチャックは言った。「おとぎ話で、怖いぞ怖いぞといった感じかな」

「わかる」とテディは言った。「だが、グランギ——なんだって?」

「グランギニョールだ」とチャックは言った。「フランス語だよ。失礼した」

テディは、チャックが笑ってごまかそうとしているのを見て取った。おそらく、どうやって話題を変えようかと焦《あせ》っている。

テディは言った。「ポートランドで育って、フランス語を学ぶ機会なんてそんなにあるのか」

「シアトルだ」

「そうだった」テディは手のひらを胸に当てた。「今度はおれが失礼した」

「演劇が好きなんだ」とチャックは言った。「演劇用語なんだよ」

「言ったっけ。シアトルのオフィスで働いてたやつをひとり知ってるんだ」とテディは言った。

「本当に?」チャックは心ここにあらずといった様子でポケットを叩いた。

「ああ。おまえも知ってるかもしれないな」

「たぶんな」とチャックは言った。「おれがレディスのファイルで何を見つけたか知りたいかい?」

「彼の名前はジョーだ。ジョー……」テディは指を鳴らし、チャックを見た。「助けてくれ。ここまで出かかってるんだが。ジョー、ああと、ジョー……なんだっけ」

「ジョーは多いから」とチャックは言い、うしろのポケットに手を伸ばした。

「小さな事務所だと思ったが」

「あった」チャックの手がうしろのポケットから出てきたが、手のひらには何もなかった。

テディは、チャックのつかみそこねた四角に畳まれた紙が、まだうしろのポケットから飛び出しているのを見た。

「ジョー・フェアフィールドだ」と彼は言い、チャックの手がポケットから出たときの様子を思い出した。ぎこちなかった。「知らないか」

チャックはまた手を伸ばした。「知らない」

「シアトルに移されたことはまちがいない」

チャックは肩をすくめた。「心当たりがないな」

「ああ、ひょっとするとポートランドだったかもしれないな。頭がごちゃごちゃになってる」

「ああ、おれもそう思った」

チャックは紙をポケットから抜き取った。テディは、島に到着した日、警備員に銃を渡すときに、チャックがもたついていたのを思い出した。ホルスターの留め金がうまくはずれなかった。普通の保安官ならそんなところでもたつかない。実際、それでは死んでしまう。

チャックは紙を差し出した。「彼の受入票だ。レディスの。それとカルテしか見つからなかった。事件の報告書も、診療メモも、写真もなかった。妙な話だ」

「妙だな」とテディは言った。「確かに」

チャックの手はまだ伸びていて、畳んだ紙が指からだらりと垂れ下がっていた。

「取ってくれ」とチャックは言った。

「いや」とテディは言った。「持っててくれ」

「見たくないのか」

テディは言った。「あとで見る」

そしてパートナーを見た。沈黙を長引かせた。

「なんだよ」とチャックはついに言った。「ジョー・ファック誰それをおれが知らなかったから、そんなおかしな眼つきで見てるのか」

「おかしな眼つきで見てなんかいないさ、チャック。言ったように、おれはポートランドとシアトルをよくまちがえる」

「ああ。だったら――」

「歩こう」とテディは言った。

彼は立ち上がった。チャックは数秒のあいだ坐ったまま、手からぶら下がった紙を見ていた。そしてまわりの木々を見渡し、顔を上げてテディを見、海岸のほうに眼をやった。

また霧笛が聞こえた。

チャックは立ち上がり、紙をうしろのポケットに戻した。

彼は言った。「わかった……いいだろう……先に行ってくれ」

テディは森の中を東に向かって歩きはじめた。

「どこへ行く?」とチャックは訊いた。「アッシュクリフは反対方向だぞ」

テディは振り返って彼を見た。「アッシュクリフには行かない」

チャックは困ったような顔をした。怖がってもいるようだった。「だったらどこへ向かってるんだ、テディ」

テディは微笑んだ。

「灯台だよ、チャック」


「ここはどこだ」とチャックが言った。

「道に迷った」

森は抜けたが、灯台のまわりにめぐらされたフェンスのまえに出る代わりに、そのずっと北のほうに進んでいた。嵐のあとで森は沼沢地のようになっていて、倒木や傾いた木のためにどうしてもまっすぐに進めないところがあったからだ。テディは少し目標をはずれていることに気づいていたが、改めて考えてみると、曲がりくねった道を、墓地と同じくらい遠くまで歩いてきていた。

それでも灯台は見えた。長い上り坂と、別の木立と、茶色と緑の草の向こうに、灯台の上三分の一が飛び出していた。ふたりが立っている野原の先には湿地が広がり、さらにその先には尖った黒い岩が突き出していて、坂の上への進路を断つ自然の障害になっていた。ひとつの方法は、森の中に引き返して、道をまちがえた場所を見つけ出すことだ。それがわかれば、わざわざ出発地点まで戻らなくてすむ。

テディはチャックにそう言った。

チャックは木の枝でズボンを叩き、植物の棘《とげ》を払い落とした。「あるいはぐるっとまわって東側から近づけるかもしれない。昨日の晩、マクファースンと行った道を憶えてるか。運転手が林道みたいな道を通っただろう。あの丘の向こうに墓地があるはずだ。そこをぐるっとまわるか？」

「今来た道よりはいいな」

「ほう、嫌だったのかい？」チャックは手のひらで首のうしろを撫でた。「おれは蚊が大好きだ。実際、顔にまだ一、二個所、やつらの刺し忘れた場所が残ってる」

それはこの一時間あまりで初めて彼らが交わした会話だった。テディには、ふたりのあいだに高まった緊張の泡を、自分もチャックも消そうと努力していることがわかった。が、そんな時間も、テディが黙りすぎたために過ぎ去ってしまった。チャックは野原の端に沿って、ほぼ北西の方向に歩きはじめた。島はつねに彼らを海岸のほうへと追いやる。

テディは歩きながらチャックの背中を見つめ、坂を上り、さらに歩いた。おれのパートナーだ、と彼はノイスに言った。あいつを信頼してる、と。しかし、どうして？　そうせざるを得なかったからだ。誰もこれにひとりで立ち向かうことなどできないからだ。

もしテディが姿を消せば、もしこの島から帰らなければ、ハーリー上院議員がなんとかしてくれるだろう。それはまちがいない。彼の調査は人々に注目される。皆に話も聞いてもらえる。だが今の政界で、ちっぽけなニュー・イングランド出身のどちらかといえば地味な民主党員が何か言ったところで、どれほどの影響力があるだろう。

保安官は自分たちの仲間を助けようとする。まちがいなく人を送り込んでくる。しかし、問題は時間だ。アッシュクリフとその医師たちがテディを取り返しのつかない状態にしてしまうまでに、彼らは到着するだろうか。そのときまでに、テディはノイスになっていないだろうか――さらにひどければ、鬼ごっこをしていた男に。

テディはそうならないことを祈った。チャックの背中を見れば見るほど、自分がひとりでこれに取り組んでいることを痛いほど感じた。彼は今や完全にひとりだった。

「また石だ」とチャックが言った。「なんてこった、ボス」

彼らは狭い岬の上に立っていた。右側はまっすぐ海に落ち込んでいて、左下には低木の茂る一エーカーほどの平地があった。風が強くなり、空は赤茶色に変わって、空気は潮のにおいがした。

石は平地の上に、あいだを置いて積まれていた。九個の山が三列に並んでいる。そこは鉢のような形で四方を崖に囲まれ、守られている。

テディは言った。「なんだ？　あれを無視するつもりか？」

チャックは手を空に上げた。「あと数時間で陽が沈む。気づいてないかもしれないから言うが、おれたちはまだ灯台に着いてない。墓地にさえいない。ここから墓地に行けるかどうかもわからない。で、あんたはあそこまでわざわざ降りていって、石を数えるってのか」

「おい、もしあれが暗号なら……」

「今さらそれにどんな意味がある？　レディスがここにいる証拠は見つかった。あんたはノイスに会った。おれたちがしなきゃならないのは、その情報を、その証拠を持って家に帰ることだ。それであんたの仕事も終わりだ」

チャックの言うことは正しい。テディにもわかっていた。

そうだ、しかしそれは、彼らがまだ仲間として働いている場合にかぎられる。

もしそうでないなら、そしてチャックがこの暗号を彼に見せたくないと思っているなら……

「降りるのに十分、また上がってくるのに十分だ」とテディは言った。

チャックはうんざりしたように黒い岩の上に坐り、上着から煙草を取り出した。「いいだろう。だが、おれはここで待ってる」

「好きにしてくれ」

チャックは煙草のまわりを両手で囲って火をつけた。「そうするよ」

テディは、チャックの曲がった指のあいだから煙が立ちのぼり、海のほうへ漂っていくのを見た。

「じゃあまた」と彼は言った。

チャックは背を向けていた。「首の骨を折らないようにな」

テディは七分で下に降りた。予想より三分早かったのは、斜面が砂地で崩れやすく、何度かすべったからだ。今朝、コーヒーのほかに何か腹に入れておけばよかったと思った。胃が哀れに空腹を訴えている。血糖不足と睡眠不足が重なって、めまいがし、思考があらぬ方向にさまよい、眼のまえに小さな染みが浮かぶ。

それぞれの山の石を数え、対応するアルファベットを添えて手帳に書き込んだ。

13（M）、21（U）、25（Y）、18（R）、1（A）、5（E）、8（H）、15（O）、9（I）

手帳を閉じ、上着のまえのポケットに入れ、砂地の坂を上りはじめた。もっとも急な場所では斜面に爪を立てて這い上がり、すべり落ちるたびに草の固まりを引き抜いた。上まで上がるのに二十五分かかった。空は暗い青銅色に変わっていた。どちらの側についているにしろ、チャックは正しかった。日暮れは早く、暗号の内容が何であれ、わざわざ見にいくのは時間の無駄だった。

もう灯台にはたどり着けないだろう。たどり着いたとしても、それからどうする？　チャックが彼らのために働いているなら、いっしょに灯台に行くことは、鳥が鏡に飛んでいくのと同じだ。

テディは丘の頂上と、岬のぎざぎざの突端、そしてそれらすべての上に広がる青銅色の空を見て思った。ここまでかもしれない、ドロレス。これ以上のことはできないのかもしれない。レディスは生き続ける。アッシュクリフもそのまま残る。しかし、おれたちはきっかけをつかんだ。最終的にはこのすべてを崩壊させることになるかもしれないきっかけを。それで満足すべきなのかもしれない。

丘の上に割れ目があった。岬につながる狭い空間だが、浸食が進んでいるので、テディはその中に立つことができた。背中を砂の壁に押しつけ、両手を頭上の平らな岩に置いて、体を上に押し上げた。胸を岬の上に出し、あとから両足をぐるりとまわして引き上げた。

テディは海のほうを向いて横たわった。一日のこの時刻、海は真っ青だった。死に絶える夕刻の光の中で、力強く動いていた。顔に微風を感じながらしばらく横になった。暗くなりはじめた空の下で、海はかぎりなく広がり、自分がまったくちっぽけな存在に思えた。つくづくただの人間だと感じた。しかし、それは気が滅入るような感覚ではない。不思議なことに、誇らしい気分だった。この一部であること、そう、確かに小さな染みにすぎないが、この自然の一部であること、これとともにあり、呼吸していることが誇らしかった。

黒く平らな岩に頬をつけ、その先に眼をやった。そしてやっと、チャックが岬の上にいないことに気がついた。

17

チャックの体は崖の下に横たわり、打ち寄せる波に洗われていた。

テディはまず岬の先から足を降ろし、靴の下の岩がなんとか体重を支えられることを確認した。まだ残っているとも思わなかった息を吐き出し、肘を岬の上から降ろして、足が岩のあいだに沈み込むのを感じた。突然足がずれ、右の足首が左側に曲がった。彼は崖の斜面につかみかかって、上半身の体重をそこに移した。足の下の岩は持ちこたえた。

体の向きを変え、石にへばりついたカニのようになるまで上体を下げた。そして崖を降りはじめた。急いで降りる方法はない。ある岩は戦艦の船体にボルトで留められているかのようにしっかりと崖に食い込んでいるが、下の岩でしか支えられていない石もある。どちらなのかは体重をかけてみるまでわからなかった。

十分ほど降りると、チャックのラッキーストライクが一本落ちていた。半分吸われ、先端は黒く焼けて、大工の鉛筆の先のように尖《とが》っていた。

どうして落ちたのだろう。風が出ているが、平らな岩の上から人を振り落とすほどではない。

テディは岬の上にいるチャックを思った――ひとりで人生最後の瞬間に煙草を吸っている姿を。軍隊にいるあいだに死んだ、すべての友人たちのことを思った。そしてもちろん、ドロレスを。同じ海のどこかに沈んでいる父親を。テディが十六歳のときに亡くなった母親を。トゥッティ・ヴィチェッリはシシリーで歯を撃ち抜かれ、何か不味《まず》いものでも呑み込んで驚いたような顔をしていた。口の両端から血を流しながら、テディに不思議そうな笑みを向けた。マーティン・フェラン、ジェイスン・ヒル、ピッツバーグから来た大きなポーランド人の機関銃兵――名前は何だったか――ヤルダック。そう、それだ。ヤルダック・ギリビオスキ。ベルギーで笑わせてくれたブロンドの若者。足を撃たれ、なんでもなさそうだったのに、血が止まらなくなった。そしてもちろん、あの夜〈ココナット・グローヴ〉で見捨てた、フランキー・ゴードン。二年前、テディはフランキーのヘルメットに煙草をぶつけ、アイオワのクソ野郎とけなした。フランキーは「おまえはこれまでに会った誰より口が悪――」と言い、そこで地雷を踏んだ。テディの左脚のふくらはぎには、まだそのときの爆弾の破片が残っている。

そして今度はチャックだ。

彼を信頼すべきだったのかどうか、もうわかることはないのだろうか。最後の疑問をぶつけることもできないのだろうか。チャック。おれを笑わせて、精神を直撃してくるこの三日間をずっと耐えやすくしてくれた。チャック。チャック。朝食はエッグズ・ベネディクト、昼食は薄く切ったルーベン・サンドウィッチだと言ったのは、今朝のことだ。

テディは岬の崖の端を見上げた。目測では、ほぼ半分降りてきていた。空は海のダークブルーに変わり、一秒ごとに暗さを増していた。

チャックを崖から突き落としたのは何だろう。

自然にあるものではない。

もっとも、何かを落としたのなら話は別だ。何かを追いかけたのなら。今のテディのように、いつ崩れるとも知れない岩をつかみ、爪先を降ろして、それを取ろうと降りていったのかもしれない。

テディは止まって息を静めた。汗が顔から滴《したた》り落ちる。恐る恐る片手を崖から離し、ズボンで拭いて乾かした。また岩をつかみ、もう一方の手で同じことをした。それをまた突き出た岩に戻したときに、横に紙が落ちているのに気がついた。

紙は岩と茶色の木の根のあいだに挟まって、海風に軽くはためいていた。テディは黒い岩から手をはずし、指でつまみ上げた。それが何であるかは開いてみるまでもなかった。

レディスの受入票だ。

テディは紙をうしろのポケットに入れ、それがチャックのポケットに不安定に収まっていたのを思い出した。どうしてチャックがここまで降りてきたのかがわかった。

この一枚の紙切れのためだ。

テディのためだ。

崖の最後の二十フィートは、昆布で覆われた巨大な黒い卵のような岩の集まりだった。テディはそこに達すると体の向きを変え、両腕をうしろにまわして手首で体重を支えながら、岩の上を横切り、降りていった。岩の割れ目には、ネズミが群れをなして隠れていた。最後の岩を越えると、海岸に出た。チャックの体をちらりと見て、歩いていったが、それは人の体などではないことがわかった。陽光で色褪せ、分厚く黒い海藻《かいそう》の絡まった、ただの岩だった。

ともかく……ありがたい。チャックは死んでいなかった。彼は海藻に覆われたこんなひょろ長い岩じゃない。

テディは口に手を当て、崖の上に向かってチャックの名を呼んだ。何度も、何度も呼び、声が岩に跳ね返って風に乗り、海のほうに流れていくのを聞いた。岬の端からチャックの頭が今にものぞくのではないかと待った。

彼はテディを探しに崖を降りる準備をしていたのかもしれない。ちょうど今、上にいて、崖を降りはじめるところかもしれない。

テディは咽喉《のど》がかれるまで彼の名を呼んだ。

そして叫ぶのをやめ、チャックの返事を待った。あたりは崖の上が見えなくなるほど暗くなっていた。テディは風の音を聞いた。岩の割れ目にいるネズミの鳴き声も。カモメが鳴く。波が打ち寄せる。数分後、またボストン灯台の霧笛が聞こえた。

眼が暗闇に慣れ、見つめられていることに気がついた。何十という眼が彼を見つめていた。ネズミが岩の上に出てきて、怖れもせずに彼を見ていた。夜の浜辺は彼らのものだ。彼のものではない。

テディはしかし、ネズミではなく、水が怖かった。小汚い生き物などくそくらえだ。撃ってやろうか。仲間の何匹かが弾け飛んだときに、どれだけタフでいられるか見てやろうか。

もちろん銃はなく、見ているうちに、ネズミの数は倍になった。長いしっぽが岩の上で左右に動く。テディは踵《かかと》に当たる水を感じ、自分に注がれる数えきれないほどの眼を感じた。恐怖からか、背骨がうずきはじめ、足首がかゆくなった。

波打ち際をゆっくりと歩きはじめて、ネズミが何百といることに気がついた。日光を浴びるアザラシのように、岩の上で月の光を浴びている。やがてネズミたちは岩から、先ほどまで彼が立っていた砂の上に飛び降りた。テディは首をめぐらし、浜辺の先を見た。

あまり長くはない。三十ヤードほど先で別の崖が海に突き出していて、海岸線を断ち切っていた。その右手の海の中に、そんなものがあるとさえ思わなかった島が見えた。月の光に包まれて、茶色の石鹸のように浮かび上がり、海との境目はぼんやり霞んでいる。テディは最初の日に、マクファースンとあの崖の上に立った。そのときにはあそこに島はなかった。絶対にまちがいない。

するとあの島はいったいどこから現われたのだろう。

ネズミの音が聞こえた。何匹かが争っている。しかし、ほとんどのネズミは岩に爪を立て、互いに甲高い声で鳴き合っていた。テディは、足首のかゆみが膝から内腿に上がってくるのを感じた。

また浜辺に眼を戻した。ネズミの大群で砂地が見えなくなっていた。

崖を見上げた。満月に近い月と、数えきれないほど輝いている星のおかげでよく見えた。

そしてそこに、二日前にはなかった島と同じくらい意味をなさない色を見た。

オレンジ色——大きな崖の中ほどだ。この黄昏《たそがれ》時に、黒い崖の斜面に見えるオレンジ色。テディは眼を凝らし、それがまたたいていることに気がついた。明るくなったり、暗くなったりを繰り返し、脈打っていた。

まるで炎のように。

洞窟だとテディは思った。あるいはかなり大きな割れ目だ。誰かがそこにいる。チャックだ。そうにちがいない。おそらく紙を追って岬から降りてきたのだ。おそらく途中で怪我をして、降りてくる代わりに横に進んだのだ。

テディは帽子を脱ぎ、いちばん近い岩に近づいていった。五、六対の眼が探るように彼を見た。帽子で叩くと、ネズミはさっとよけ、汚い体をひねらせて、岩の上から飛び降りた。テディはすかさず岩の上に乗った。次の岩で数匹を蹴り落とすと、ネズミたちは横に逃げたので、そこから次々と岩を跳んで渡った。渡るたびにネズミの数は少なくなり、最後のいくつかの黒い岩の上には一匹もいなかった。そして彼は崖の斜面を上りはじめた。両手は、降りたときの傷でまだ出血していた。

だがこの崖を上るのはそうむずかしくなかった。降りた崖より高く、はるかに幅があるが、見ればわかる傾斜があり、出っ張りも多かった。月明かりを頼りに上っていくのに一時間半かかった。ネズミたちと同じように、星が彼をじっと見つめていた。上りながら、ドロレスのことを忘れた。彼女の姿を思い浮かべられなくなった。顔が、手が、大きすぎる唇が見えなかった。いなくなったと思った。そんなことを思うのは、彼女が死んでから初めてだった。体を動かしていることと、睡眠不足と、空腹のせいだとわかっていたが、いずれにせよ、彼女はいなくなった。月の下を上っていく彼から離れていった。

しかし、声は聞こえた。眼に姿は浮かばなくても、頭の中で声がした。そのまま行って、テディ。それを続けて。また生きるのよ。

これで終わりなのか？　水の中を歩いているようなこの二年間、暗いリヴィングルームに坐り、トミー・ドーシーやデューク・エリントンを聞きながら、側卓の上に載った銃を見つめた二年間、人生の肥溜めに落ちることにはあと一度たりとも耐えられないと確信した二年間、彼女を失ったことがあまりにもつらく、彼女を欲するあまり歯噛みして、門歯が欠けてしまった二年間のあとで、本当にこれで忘れてしまうのか？

おまえは夢の登場人物じゃない、ドロレス。それはわかってる。だが、今は夢だったような気がするんだ。

そうあるべきなのよ、テディ。それでいいの。わたしを忘れて。

本当に？

ええ、ベイビー。

やってみる。それでいいな？

いいわ。

頭上にオレンジ色の光がまたたくのが見えた。わずかだが、まちがいなく熱も感じた。上の岩棚に手を掛けると、手首にオレンジ色が映えた。岩棚に体を引き上げ、両肘をついてまえに進むと、ごつごつした岩の壁に光が反射しているのが見えた。テディは立ち上がった。天井は頭の一インチ上で、洞窟自体は右に曲がっていた。たどっていくと、光は、洞窟の地面の小さな穴に積まれた薪《まき》から発していた。火の向こう側に、両手をうしろにまわして、女が立っていた。彼女は言った。「あなたは誰？」

「テディ・ダニエルズだ」

女は髪が長く、患者の薄いピンク色のシャツと、紐《ひも》で縛るズボンにスリッパという恰好だった。

「それはあなたの名前だわ」と彼女は言った。「でも何をする人なの？」

「警察だ」

彼女は首を傾けた。髪には白いものが混じりはじめている。「保安官ね」

テディはうなずいた。「手をまえに出してくれ」

「なぜ？」と彼女は言った。

「何を持っているか知りたいから」

彼女はそのことばに小さく笑った。「ごもっともね」

「そう思ってもらえるとありがたい」

彼女は両手をまえに出した。持っていたのは、長く薄い外科用のメスだった。「もしよければ、持っておきたいの」

テディは両手を上げた。「おれはかまわない」

「わたしが誰かわかる？」

テディは言った。「アッシュクリフの患者だろう」

彼女はまた首を傾げ、上着にさわった。「まあ、どうしてわかったのかしら」

「は、は。どうしてだろうな」

「連邦保安官はみんなそんなに鋭いの？」

テディは言った。「しばらく何も食べてないから、ふだんより鈍いはずだがな」

「よく寝た？」

「なんだって？」

「この島に来てから、よく寝てる？」

「あまり寝てないな、意味がよくわからないが」

「大いに意味があるのよ」彼女は膝のところでズボンをたくし上げて地面に坐り、テディにもそうするよう身ぶりで示した。

テディも坐り、火の向こうの女を見つめた。

「あんたはレイチェル・ソランドだろう」と彼は言った。「本物の」

彼女は肩をすくめた。

「子供を殺したんだろう」と彼は言った。

彼女はメスで薪をつついた。「わたしに子供はいないわ」

「本当に？」

「ええ。結婚したことがないの。驚くと思うけど、わたしはここで患者以上のことをしてたのよ」

「患者以上のこと？」

彼女はまた別の薪をつついた。木はパチッとはぜて落ち着き、火の上に火花が飛んで、天井に当たるまえに消えた。

「わたしはここの職員だったの」と彼女は言った。「戦争直後から」

「看護婦だったのか」

彼女は炎の向こうから彼を見た。「ここの医師だったのよ、保安官。デラウェアのドラモンド病院で初めての女性の常勤医だったの。アッシュクリフの最初の医師でもあった。あなたは今、本物の開拓者を見てるのよ」

あるいは妄想症の患者を、とテディは思った。

眼を上げると、彼女が見つめていた。その眼は温かく、用心深く、知的だった。「頭がおかしいと思ってるでしょう」

「いや」

「ほかにどう思うっていうの。女がひとりで洞窟に隠れてるのよ」

「何か理由があるんだろう」

彼女は暗い笑みを浮かべ、首を振った。「頭はおかしくないわ。わたしは正気よ。もちろん、頭のおかしい人間は皆そう言うものだけど。それがカフカの天才よね。頭がおかしくなくても、おかしいと人が世間に触れまわれば、どんなに反論しようと彼らの言うことを補強するだけになる。言いたいことがわかる？」

「ある程度」とテディは言った。

「三段論法で考えてみて。まず第一項——頭のおかしい人間は、自分の頭がおかしいことを否定する。いい？」

「ああ」とテディは言った。

「じゃあ第二項——ボブは自分の頭がおかしいことを否定する。第三項、これが〝ゆえに〟の部分よ——ゆえに、ボブは頭がおかしい」彼女はメスを膝の横に置き、棒で火をかき起こした。「一度おかしいと見なされたら、そこから先、ふだんならあなたが正気であることを示すあらゆる行動は、現実として頭のおかしい人間の行動に分類されるのよ。正当な反論は〝否定〟と見なされ、もっともな怖れは〝妄想〟、生存本能は〝防衛メカニズム〟と理解される。勝ちのない状況に陥るの。実際、死刑宣告と同じだわ。一度ここに来ると二度と出られない。誰もC棟を去ることはない。誰ひとり。まあ、確かに何人かは出たわ。数人が出ていったことは認める。でも彼らは外科手術を受けたの。脳に。グサッと、眼からね。良心のかけらもない野蛮な医療行為よ。わたしは彼らにそう言ったの。彼らと戦った。手紙を書いたわ。彼らはわたしを追い払えたのよ。わかるでしょ。馘《くび》にする、解任する、教職を与える、州の外に放り出す、なんでもできたわ。でもそれじゃ足りなかったの。彼らはわたしを外に出すわけにはいかなかったの。ノー、ノー、ノーよ」

　話すにつれ、ますます興奮してきて、棒で火をつきまわした。テディにというより、自分の膝に話しかけていた。

「本当に医者だったのか」

「もちろん、医者だったわ」膝と棒から眼を上げた。「実は今もそうよ。でも、そう、あの病院で働いていたのは過去のこと。わたしは、アミタール（鎮静、催眠剤）と、阿片を使った幻覚剤の積み荷があまりに多いことに質問をぶつけたの。控えめに言っても、途方もなく実験的な外科手術に疑問を抱き、不幸にもそれを口にしてしまったの」

「彼らはここで何をしてるんだい」とテディは訊いた。

　彼女は唇を結んだまま、ゆがんだ笑みを浮かべた。「想像がつかない？」

「ニュルンベルク綱領を軽視してるのは知っている」

「軽視？　完全に無視してるのよ」

「過激な治療をおこなってると聞いた」

「〝過激〟は合ってるけど、〝治療〟はちがうわ。ここでは治療なんておこなわれてないの、保安官。この病院の資金がどこから来てるか知ってる？」

テディはうなずいた。「ＨＵＡＣだ」

「巨額の不正資金は言うまでもなく」と彼女は言った。「とにかく金が流れ込んでくるの。さて訊くけど、痛みはどこから体に入る？」

「怪我をした場所による」

「ちがう」首を振って強調した。「体とは関係ないの。脳が全身の神経系に信号を送るのよ。脳が痛みをコントロールするの」と彼女は言った。「脳は恐怖も、睡眠も、感情も、空腹も制御する。わたしたちが心、魂、神経系に結びつけることはすべて、実は脳が制御しているの。あらゆることをね」

「なるほど……」

彼女の眼が火明かりに輝いた。「それを制御できるとしたら？」

「脳を？」

彼女はうなずいた。「人間を改造するの。寝る必要もないし、痛みも感じない人間につくり替えるの。あるいは愛を感じない人間、人に共感しない人間、記憶がすべて消されているから尋問できない人間を作るの」火を搔いて、彼のほうに眼を上げた。「彼らはここで亡霊を創り出してるのよ、保安官。外の世界に出ていって、身の毛のよだつ仕事をする亡霊をね」

「しかし、そういった能力、そういった知識は——」

「はるか昔からあるわね」彼女は同意した。「そのとおりよ。すでに何十年もおこなわれてるわ、保安官。彼らの出発点も、ソヴィエトと似たようなものだった——洗脳よ。そして感覚遮断実験。ナチスがユダヤ人におこなった実験もそれと似てる。極限の暑さと寒さがもたらす効果を確かめて、第三帝国の兵士のために活用したの。でもこう思わない、保安官？　今から半世紀後に、事情に通じた人たちが振り返って言うの」——地面を人差し指でつついた——「これがすべての始まりだったってね。ナチスはユダヤ人を使った。ソヴィエトは強制収容所の囚人を使った。そしてここアメリカでは、シャッター島の患者で実験をおこなったって」

テディは何も言わなかった。言うべきことばが見つからなかった。

彼女は火に眼を戻した。「彼らはあなたを島から出すわけにはいかない。それはわかってるでしょう？」

「おれは連邦保安官だ」とテディは言った。「どうやっておれを止められる？」

彼女はさも嬉しそうに顔をほころばせ、手を叩いた。「わたしは名誉ある家族から出た、人に尊敬される精神科医だった。昔はそれで充分だと思ってた。でも、言うのはつらいけど、充分じゃなかった。ひとつ教えて。あなたはこれまでの人生で何か精神的外傷を負った？」

「心に傷のない人間がいるかい？」

「そうね。でも一般論を話してるんじゃないの。ほかの人のことじゃなくて、あなたという個別の事例について話してるの。あなたには、彼らが利用できる精神的な弱みがある？　あなたが正気を失う決定的な要因と考えられる出来事が、過去に何かなかった？　あれば、あなたの友だちや同僚は、彼らがあなたを収容したときに――彼らはまちがいなくそうする――言うわ。〝やっぱりな。ついにおかしくなったか。ならないやつはいない。戦争が彼をこんなふうにしてしまったんだ。母親を亡くしたことが〟とかなんとか。どう？」

テディは言った。「それは誰に対しても言えることだ」

「そこがポイントなの。わからない？　そう、ほとんど誰に対しても言えることよ。でも、彼らはあなたに言うの。頭はどう？」

「頭？」

彼女は下唇を噛み、何度かうなずいた。「あなたの首の上に載ってる塊よ。調子はどう？　最近妙な夢を見たりしない？」

「見た」

「頭痛は？」

「偏頭痛持ちなんだ」

「なんてこと。冗談でしょ」

「本当だ」

「この島へ来てから何か薬を飲んだ？　アスピリンでもなんでも」

「ああ」

「何か調子がおかしいんじゃない？　百パーセントの自分でないような気がしない？　いや、たいしたことじゃないと言うかもしれない。ちょっと体調を崩してるだけだって。おそらくあなたの脳はふだんほどすばやく指令を出してないわ。よく寝てないからだと思ってるでしょう。ちがう場所、ちがうベッドで、しかもこの嵐だからって。そう自分に言い聞かせてきたんでしょう。そうよね？」

テディはうなずいた。

「おそらくカフェテリアで食事をしたわよね。彼らの出すコーヒーを飲んだでしょう。せめて自分の煙草を吸ってると言って」

「パートナーの煙草を吸ってる」とテディは認めた。

「医者や看護助手から一本ももらってない？」

ポーカーをした夜に稼いだ煙草がシャツのポケットに収まっていた。到着した日に、コーリーの煙草を吸ったのも思い出した。これまで吸ったほかの煙草よりどれほど甘い味がしたかということも。

彼女は彼の顔に答を見出した。

「向精神薬が血中ではっきりと効果を発揮しはじめるのには、平均して三、四日かかるわ。その間、薬の作用にはほとんど気がつかない。ときに患者が発作を起こすこともある。その多くは偏頭痛として片づけられる。とくに患者に偏頭痛の病歴があるときにはね。どちらにしろ、発作までいくことはあまりないわ。通常、患者が感じる効果は、単に——」

「おれを患者呼ばわりしないでくれ」

「——いつもより鮮明で、長く続く夢を見ること。しばしば夢が夢をおんぶするみたいにつながって、ピカソが書いた小説みたいになる。ほかに患者が気がつく効果は、頭にいくらか霧がかかったようになることね。少し考えがまとまりにくくなる。でも長々と夢を見るせいであまり眠れないから、少々ぼんやりしてもしかたがないと思うのね。ちがうわ、保安官、わたしはあなたを〝患者〟呼ばわりしていない——今のところ。話し方でそう聞こえるだけよ」

「今から食べ物も、煙草も、コーヒーも、薬もいっさい拒否したとして、おれはすでにどのくらいダメージを受けてるんだ」

彼女は髪をかき上げ、頭のうしろでねじってまとめた。「残念ながら、かなり受けてるわ」

「おれが明日までこの島を出られないとしよう。で、薬が効きはじめてきたとする。どうすればそれがわかる？」

「いちばんはっきりわかるのは、口の中が乾くのに、不意に涎《よだれ》が垂れそうになることね。それから、そう、痺《しび》れも感じる。手が小さく震える。震えは親指のつけ根のあたりから始まって、親指に広がり、やがて手全体を手に入れる」

手に入れる。

テディは言った。「ほかには？」

「光に過敏になる、左の脳が痛む、ことばが出てこなくなる、つまりながら話すようになるわ」

テディは外の海の音を聞いた。波が岩に打ち寄せ、砕けている。

「灯台では何がおこなわれてるんだ」と彼は訊いた。

彼女は自分を抱きしめ、火に身を近づけた。「手術よ」

「手術？　手術なら病院でできるだろう」

「脳外科手術」

テディは言った。「それも病院でできる」

彼女は炎を見つめた。「実験的な手術よ。〝さあ、頭蓋骨を開けて治そう〟じゃない。ちがうの。〝さあ、頭蓋骨を開けて、こいつを引っ張ったらどうなるか見てみよう〟という類いの違法な手術よ、保安官。ナチスから学べといった類いの」彼女は微笑んだ。「彼らはあそこで亡霊を創り出そうとしているの」

「誰がそれを知ってる？　この島で、という意味だが」

「灯台のことを？」

「そう、灯台のことを」

「みんな知ってるわ」

「嘘だろ。看護助手も、看護婦も？」

彼女は炎の向こうからテディの眼を見つめた。彼女自身の眼は揺るがず、澄みきっていた。

「みんなよ」と彼女は繰り返した。

いつの間に眠ったのかわからなかった。が、眠ってしまったにちがいない。彼女に揺り起こされたからだ。

彼女は言った。「もう行って。わたしは死んだと思われてるの。溺死したとね。彼らがあなたを探しにきたら、わたしも見つかってしまう。だから申しわけないけど、出ていって」

彼は立ち上がり、眼のすぐ下の頬をこすった。

「道があるわ」と彼女は言った。「この崖の頂上のすぐ東側に。そこをたどると、曲がりながら下って、西に向かうの。一時間ほど行くと、昔の司令官の邸宅の裏に出る」

「あんたはレイチェル・ソランドなんだろう」と彼は言った。「おれの会ったのが偽物だってことはわかってる」

「どうしてわかるの?」

テディは前日の夜の親指を思い起こした。ベッドに連れていかれたときに、自分の親指をじっと見つめたのだ。眼が覚めると、染みは消えていた。てっきり靴墨だと思っていたが、彼女の顔に触れたことを思い出し……

「ごく最近、髪を染めてた」と彼は言った。

「さあ、行って」彼女は彼の肩をそっと出口のほうに向けた。

「もしここに戻ってこなければならなくなったら」と彼は言った。

「わたしはもういないわ。昼間に移動するの。毎晩、別の場所にいるのよ」

「だが戻ってきて、あんたを島の外に連れ出せるかもしれない」

彼女は悲しげな笑みを浮かべ、彼のこめかみに沿って髪を撫でた。「わたしが言ったことを聞いてなかったのね」

「聞いたさ」

「あなたは決してここから出られないの。もうわたしたちの仲間なのよ」彼女は両手の指を彼の肩に当て、軽く押して出口に向かわせた。

テディは岩棚の上で立ち止まり、振り返って彼女を見た。「友人がいるんだ。今晩いっしょにいたんだが、途中で別れた。彼を見なかったか」

彼女はまた同じ悲しげな笑みを浮かべた。

「保安官」と彼女は言った。「あなたに友人はいないわ」

18

コーリーの家の裏に着く頃には、もう歩けないほど疲れていた。家の裏から出て、病院の敷地に入る門までの道を上りはじめた。道の長さが今朝の四倍になったような気がした。突然、暗闇から男が道に出てきた。テディの横に並び、彼の腕を取って言った。「いつ現われるかと待ってたんだ」

院長だった。

彼の肌はロウソクのように白く、塗料を塗ったようになめらかで、透き通るようだった。爪は長く、肌と同じくらい白い。かぎ爪になる直前で切りそろえられ、きれいに手入れされている。しかし彼の中でとりわけ異彩を放っているのは、眼だった。色はシルクの青で、奇妙な好奇心をたたえている。赤ん坊の眼だった。

「ついにお会いできて光栄だ、院長。調子はどうだい」

「ああ」と彼は言った。「気分爽快だよ。きみはどうだね」

「これ以上の気分はないね」

院長は彼の腕を握る手に力を込めた。「それはよかった。のんびりと散歩でもしてたのか」

「患者が見つかったんで、ちょっと島でも見てまわろうと思って」

「愉《たの》しかっただろう」

「文句なしに」

「すばらしい。ここの原住民に会ったかな」

テディは一分ほどためらった。頭の中のうなりが消えない。両脚はもう体を支えられないほどだ。

「ああ、ネズミね」

院長は彼の背中を叩いた。「そう、ネズミだよ！　彼らは驚くほど堂々としていると思わないかね」

テディは男の眼を見て言った。「ただのネズミだ」

「ならず者だな、そう。それは認める。だが、安全な距離を保っているときに、ああして坐って人を見つめるさまや、またたく間に穴を出たり入ったりするあのすばやい動きは……」そこで星を見上げた。「まあ、〝堂々〟ということばはちょっとちがうかもしれない。〝世慣れている〟はどうだね？　あれほど世慣れた連中はいない」

ふたりは門のまえまで来た。院長は相変わらずテディの腕をつかんだまま、体の向きを変え、コーリーの家とその先の海に眼をやった。

「神のいちばん新しい贈り物を満喫したかね」と院長は訊いた。

テディは男を見て、その完璧な眼に病んだものを感じた。「え？」

「神の贈り物だよ」と院長は言い、引き裂かれた大地に腕を振った。「神の暴力だ。わが家で階下《した》に降りて、リヴィングルームに木が突っ込んでいるのを見て、まるで神の伸ばした手のようだと思った。もちろんそんなわけはないが、神の手のように見えた。神は暴力を愛している。それはわかるだろう？」

「いや」とテディは答えた。「わからない」

院長は数歩まえに出て、テディと向かい合った。「でなければ、どうして世の中にこんなに暴力が存在する？　暴力はわれわれの中にあり、われわれから生まれ出る。呼吸をするより自然なことだ。われわれは戦争を起こす。生《い》け贄《にえ》を焼き殺す。同胞からものを奪い、彼らの肉を引き裂く。大平原を悪臭漂う死体で埋め尽くす。なぜだ？　神のおこないに学んだことを彼に示すためだ」

テディは、院長が胸に抱えた小さな本の表紙を撫でていることに気がついた。

彼が笑うと、黄色い歯が見えた。

「神はわれわれに地震を、台風を、竜巻を与える。われわれの頭に火を降らせる山々を、船を呑み込む海を与える。神は自然を与える。そして自然は笑みを浮かべた殺人者だ。神は病気を与える。死ぬときに、その穴から命が流れ出すのをわれわれが感じられるように。神は肉欲と怒りと貪欲と汚れきった心を与えた。われわれが神に敬意を表して、暴力を振るえるように。われわれが今しがた体験した嵐ほど純粋な道徳律はない。道徳律などないのだ。あるのはひとつ――私の暴力はきみの暴力に勝てるか、これだけだ」

テディは言った。「何が言いたいのか――」

「どうだね？」院長はさらに近づいた。テディは饐《す》えた息のにおいを嗅いだ。

「どうとは？」

「私の暴力はきみの暴力に勝てるかね」

「おれは暴力を振るわない」とテディは言った。

院長は彼の足もとに唾を吐いた。「きみはいくらでも暴力を振るう。私にはわかる、私自身もそうだからだ。血の中を流れる欲望をごまかして自分を困らせるのはやめたまえ。私も困る。もし社会の規制がなくなって、私しか食べるものがなくなったとしたら、きみは即座に私の頭を石で叩き割って、肉のついた部分に食いつくだろう」彼は身を寄せた。「今私がきみの眼に歯を立てたら、眼が見えなくなるまえに私を止められるかな？」

テディは彼の赤ん坊の眼の中に喜びの光を見た。男の心臓を思い描いた。胸の壁の向こうで鼓動している黒い心臓を。

「やってみな」とテディは言った。

「頼もしい」と院長はささやいた。

テディは足を踏みしめ、腕に血が流れ込むのを感じた。

「そう、そうだ」院長はささやいた。「〝われはこの鉄鎖《くさり》とすら友となりぬ〟」

「何？」我知らずテディもささやいていた。体が妙な痛みで震えた。

「バイロン（一七八八～一八二四年。イギリスの詩人。ここでの引用は『ションの囚人』から）だよ」と院長は言った。「憶えておくといい」

テディが微笑むと、男は一歩うしろに下がった。「あんたは本当に型破りな人間だな、院長」

薄い笑みが返ってきた。

「彼は大丈夫だと言ってたがな」

「何が大丈夫なんだ」

「きみだよ。きみのささやかな終盤戦だ。彼は比較的害がないと考えている。だが私はちがう」

「ちがうのか、え？」

「ちがう」院長は腕を落とし、テディから数歩離れた。両手を背中で組み、本を背骨の腰のあたりに押し当てている。振り返って、軍隊ふうに足を広げて立ち、テディを見据えた。「散歩に行ってたと言ったが、私は騙《だま》されない。私はきみを知ってるんだ」

「まだ会ったばかりだ」とテディは言った。

院長は首を振った。「われわれのような人間は、何世紀もまえから互いに知り合いなのさ。私はきみを知り抜いている。きみは悲しいんだと思う。本当にそう思うよ」唇を引き締め、靴を見つめた。「悲しいのはいい。大の男が悲しんでるのは痛ましいが、私に迷惑がかかるわけじゃないからな。だが、きみは危険でもある」

「誰しも好きな意見を持つ権利がある」とテディは言った。

院長の顔に影がさした。「いや、ない。人間は愚かだ。ものを食い、飲み、屁をひり、姦淫し、繁殖する。とりわけ最後のやつは不幸だ。人がもっと少なければ、世界ははるかにいい場所になっているはずだから。われわれが生み出すのは、知恵のまわらない人間、愚鈍な子供、いかれた人間、道徳を蹴り飛ばす人間ばかりだ。そうやって地球を汚している。南部じゃ今、雑魚《ざこ》どもに作法を教え込もうとしている。だが言っといてやる。南部でしばらく過ごしたことがあるが、あそこにいるのは全員ざこだ。白いざこ、黒いざこ、女のざこ。どこもかしこもざこだらけで、あいつらは二本足の犬と変わらない。犬ならまだにおいを嗅ぎ取るがな。きみもざこだ。性質の劣る人間だ。私はにおいでわかる」

彼の声は驚くほど軽く、女性のようだった。

「いずれにせよ」とテディは言った。「明日の朝からはおれのことを心配しなくてよくなる。だろ、院長」

院長は微笑んだ。「ああ、そうだな」

「この島から出て、あんたの手を離れてやるよ」

院長はテディに二歩近づいた。笑みが消えた。テディのほうに首を傾け、胎児の眼で見据えた。

「きみはどこへも行けない」

「それは勘弁願いたい」

「好きに願うといい」院長は身を乗り出し、テディの顔の左側で空気のにおいを嗅ぎ、また頭を動かして、今度は右でにおいを嗅いだ。

テディは訊いた。「何か臭うのか」

「ううむ」院長は背を伸ばした。「私には恐怖のにおいに思えるけどな」

「だったらシャワーを浴びたほうがいいんじゃないか」とテディは言った。「クソを洗い落とせよ」

しばらくふたりとも何も言わなかった。ついに院長が口を開いた。「鎖のことを憶えておけ、ざこ。鎖はおまえの友だ。最後のダンスを心待ちにしてるよ」と彼は言った。「どんな大虐殺になることか」

そして院長は踵《きびす》を返し、自分の家へ向かっていった。

男子寮はもぬけのからだった。誰ひとりとしていない。テディは自分の部屋に上がり、レインコートをクロゼットに掛け、チャックが戻ってきた痕跡を探した。が、何もなかった。

ベッドに坐ろうかと思ったが、坐ればすぐに寝てしまい、おそらく朝まで起きないことがわかっていたので、バスルームに行った。冷たい水を顔にかけ、濡れた櫛《くし》でクルーカットの髪を撫《な》でつけた。全身の骨がこすれ合い、血が麦芽乳のように濃くなった気がした。眼は落ちくぼんでまわりが赤く、肌は灰色だ。冷たい水を手ですくってまた何度か顔にかけ、タオルで拭いた。一度外に出て、病院の敷地に入った。

誰もいない。

空気は暖かくなりはじめていた。まとわりつくような湿気も出てきた。コオロギとセミが鳴きはじめていた。テディは敷地の中を歩いた。チャックがどうにかして先に戻っていて、同じようにテディを探して歩きまわっていることを祈った。

門には警備員がいた。病棟の部屋には明かりが灯《とも》っているが、人の姿はない。病院まで行き、建物のまえの階段を上がった。ドアを引くと、鍵がかかっていた。蝶番《ちょうつがい》が軋む音がしたので、振り返って見ると、警備員が門を開け、外の仲間に合流するところだった。門がまた閉まった。テディが病院のドアから離れると、コンクリートの上で靴が鳴った。

しばらく階段の上に坐った。ノイスの理論もここまでだ。テディはまちがいなく、完全にひとりだった。確かに閉じ込められてはいる。しかし、わかる範囲で、監視はされていない。

病院の裏手にまわった。裏の階段を少し上がったところに看護助手がいるのを見て、胸が膨《ふく》らんだ。看護助手はひとり煙草を吸いながら坐っていた。

テディが近づくと、手足の長い、痩せた黒人の若者は眼を上げた。テディはポケットから煙草を一本取り出して言った。

「火を貸してもらえないか」

「いいよ」

テディは前屈みになって若者から火をもらい、感謝のしるしに微笑んだ。背を伸ばして、彼らの煙草について女に言われたことを思い出し、煙を吸わずにゆっくりと口から吐き出した。

「調子はどうだい」とテディは言った。

「いいよ。あんたは？」

「まあまあだ。みんなはどこへ行った」

若者はうしろに親指を振った。「あの中だよ。大きな打ち合わせをしてる。知らなかった？」

「医師も、看護婦も、全員で？」

若者はうなずいた。「患者の一部も。看護助手もほとんど。ぼくがここに取り残されてるのは、閂《かんぬき》がうまく動かなかったからで、そう、ほかのみんなは中にいる」

テディはまた葉巻を吹かすように煙草を吸い、若者に気づかれないことを祈った。この場はごまかし、若者が彼のことをC棟あたりから来た看護助手だと思ってくれることを期待して、階段を上がろうかと思った。

そのとき、若者のうしろの窓越しに、廊下に人々が出てきて正面玄関に向かうのが見えた。

若者に煙草の火の礼を言い、建物の正面にまわると、皆が集まって語らい、煙草に火をつけていた。マリノ看護婦がトレイ・ワシントンの肩に手を置きながら何か言い、トレイは頭をのけぞらせて笑った。

人々に近づいていくと、コーリーが階段の上から呼ばわった。「保安官!」

テディは振り返った。コーリーは階段を降りてきて、テディの肘をつかみ、壁のほうに歩きはじめた。

「どこに行ってたんだね」とコーリーは訊いた。

「ちょっとぶらついてた。島の見学だ」

「本当に?」

「ああ」

「何か興味深いものがあったかね」

「ネズミかな」

「ああ、確かに、ネズミはたくさんいるな」

「屋根の修理はどうだい」とテディは訊いた。

コーリーはため息をついた。「バケツをずらりと並べて滴を受けてるよ。屋根裏は終わりだ。もう使い物にならない。来客用の寝室の床もだ。家内が逆上するさまが眼に浮かぶ。屋根裏にウェディングドレスを置いてたんだ」

「奥さんはどこにいる」とテディは訊いた。

「ボストンだ」とコーリーは言った。「そこにアパートメントを持っててね。彼女と子供たちは、しばらく息抜きをする必要があって、一週間休暇を取った。ときにここがつらくなることがあるんだ」

「ドクター、おれはここに来て三日目だが、もうつらくなってる」

コーリーは穏やかな笑みを浮かべて微笑んだ。「でも行くんだろう」

「行く？」

「家へ帰るんだろう、保安官。レイチェルはもう見つかった。フェリーはいつも朝の十一時頃、ここに来る。午《ひる》にはボストンに着くよ」

「ありがたい」

「そう、ありがたいことだ」コーリーは手で額を撫でた。「正直に言おう、保安官。気を悪くしないでほしいんだが――」

「ああ、またか」

コーリーは片手を上げた。「いやいや。あなたの心理状態について個人的な意見を言おうとしてるんじゃない。ちがう。あなたがいることで、多くの患者が動揺してね。わかるだろう。法の番人ジョニーが町に来たというやつだ。何人かはかなり緊張してる」

「申しわけないな」

「あなたが悪いんじゃない。個人の話じゃなくて、あなたが象徴するものが原因なんだ」

「だったらすぐに解決するな」

コーリーは壁にもたれ、片足を曲げて当てた。テディと同じくらい疲れているようだった。皺《しわ》の寄った白衣を着て、ネクタイを緩めている。

「C棟に流れてる噂だが、今日の午後、看護助手の服を着た素性のわからない男が、あそこの一階にいたというんだ」

「本当に?」

コーリーは彼を見た。「本当だ」

「それはすごい」

コーリーはネクタイから糸屑を取り、指で弾いて捨てた。「その男は明らかに、危険な人間を押さえ込む経験を積んでいたようだ」

「まさか」

「本当に」

「ほかにその男は何をしたんだい」

「うむ」コーリーは肩をそらし、白衣を脱いで腕に掛けた。「興味を持ってくれて嬉しいよ」

「ちょっとした噂やゴシップほど愉《たの》しいものはない」

「そうだな。その見知らぬ男は、ジョージ・ノイスという妄想型の患者と長々と話したらしい。もっとも真偽のほどを確かめるすべはないがね」

「ほう」とテディは言った。

「まったく」

「で、その、ああ……」

「ノイス」とコーリーは言った。

「ノイス」とテディは繰り返した。「その彼は妄想を抱くのかい」

「極端なほどな」とコーリーは言った。「ありとあらゆるほら話をまくし立てて、皆を動揺させる」

「またそのことばだ」

「申しわけない。まあ、要するに、人を不愉快にするということだ。実際、二週間前にはある患者をひどく怒らせて、その患者にしたたか殴られた」

「なんと」

コーリーは肩をすくめた。「ときどきあることだ」

「で、どんなほら話なんだい」とテディは訊いた。「彼はどんな話をする？」

コーリーは空中で手を振った。「よくある分裂病の妄想だよ。世界じゅうの人間が自分を捕まえにくるとか、そういった類いの」彼はテディに眼を上げ、煙草に火をつけた。その眼が炎に輝いた。「ここを出ていくんだな」

「そうだな」

「最初のフェリーで」

テディは凍りつくような笑みを送った。「誰かがおれたちを起こしてくれればな」

コーリーは笑みを返した。「手配するよ」

「すばらしい」

「すばらしい」とコーリーは言った。「煙草は?」

テディは差し出されたパックに手を上げた。「いらない、ありがとう」

「やめようとしてるのかね」

「減らそうとしてる」

「いいことだ。煙草は怖ろしいことの元凶だとよく雑誌に書いてある」

「本当に?」

彼はうなずいた。「たとえば、ガンだ」

「最近じゃ、死ぬ方法はいくらでもある」

「そうだな。しかし治療法も次々と出てくる」

「そう思う?」

「思わなきゃこの職業は選んでない」コーリーは頭の上に煙をふうっと吐いた。

テディは言った。「ここにこれまでアンドルー・レディスという患者がいたことはあるかい」

コーリーは顎を胸のまえに戻した。「知らないな」

「知らない?」

コーリーは肩をすくめた。「知ってなきゃならないのか」

テディは首を振った。「おれの知ってる男なんだ。彼は——」

「どうやって」

「何？」

「どうやって彼を知ったんだね」

「戦争でだ」とテディは言った。

「ほう」

「いずれにしろ、彼は少々調子が悪くなって、ここに送られたと聞いた」

コーリーはゆっくりと煙草を吸った。「聞きまちがいだろう」

「明らかにな」

コーリーは言った。「まあ、そういうことはある。さっき〝おれたち〟と言ったと思うが」

「何？」

「〝おれたち〟だよ」とコーリーは言った。「一人称複数形だ」

テディは胸に手を置いた。「おれ自身のことで？」

コーリーはうなずいた。「確か、〝誰かがおれたちを起こしてくれれば〟と言ったな。〝おれたち〟を」

「ああ、言った。もちろん。ところで彼を見なかったか」

コーリーは両眉を上げた。

テディは言った。「おいおい。彼はここにいるのか」

コーリーは笑って、テディを見た。

「なんなんだ」

コーリーは肩をすくめた。「わからないだけだ」

「何がわからないんだ」

「あなただよ、保安官。何か妙なジョークでも言ってるのかね」

「どんなジョークを」とテディは言った。「おれはただ、彼がここにいるのかどうか知りたいだけだ」

「誰が」とコーリーは言った。声に苛立ちがにじみはじめた。

「チャックだ」

「チャック?」コーリーはゆっくりと言った。

「おれのパートナーだよ」とテディは言った。「チャックだ」

コーリーは唇に煙草をぶらぶらさせながら、壁から離れた。「あなたにパートナーなんていないよ、保安官。ここにひとりで来たんだから」

19

テディは言った。「ちょっと待て……」

コーリーが近づいて、彼の顔をのぞきこんでいた。

テディは口を閉じ、夏の夜がまぶたに触れるのを感じた。

コーリーは言った。「もう一度話してくれ。あなたのパートナーについて」

コーリーの好奇心に満ちた眼差しは、これまでテディが見た中でいちばん冷たかった。探るような、知的な眼差しで、おそろしく無表情だった。演芸ショーの舞台で、オチがどこに来るのかわからないふりをしている、生真面目な男の視線だった。

そしてテディは、スタンにとってのオリー（ハリウッドで初めてコメディ映画のコンビを組んだスタン・ローレルとオリヴァー・ハーディを指す）だった。木の樽のようなズボンをはき、緩いサスペンダーをつけたおどけ者。最後までものに気づかない男だ。

「保安官」コーリーは、蝶を追いつめる男のように、またテディに一歩近づいた。

もしテディが反論して、チャックの居場所を教えてくれと言えば――チャックがいたと言うだけでも――彼らの術中に陥ることになる。

コーリーと眼を合わせると、そこに嘲笑が浮かんでいた。

「頭のおかしい人間は、自分の頭がおかしいことを否定する」とテディは言った。

また一歩。「なんだって？」

「ボブは自分の頭がおかしいことを否定する」

コーリーは胸のまえで腕を組んだ。

「ゆえに」とテディは言った。「ボブは頭がおかしい」

コーリーは踵に体重をかけ、微笑みを浮かべた。

テディも笑みで応えた。

そうしてふたりはしばらく立っていた。壁の上を吹く夜風が木々のあいだを抜けて、カサカサと葉を鳴らした。

「わかるかね」コーリーは下を向き、爪先で足もとの草をつつきながら言った。「私はここに価値あるものを築き上げた。しかし、価値あるものは、その時代において誤解されることもある。誰もがその場しのぎの解決を求めるからだ。われわれは皆、怖れ、悲しみ、何かに圧倒され、疲れるのはもうたくさんだと思っている。古きよき時代に戻りたいと思い、そんな時代を憶えてもいないことがわかると、皮肉にも、今度は最高速度で未来に突き進もうとする。忍耐と自制が、まず進歩の犠牲になる。もっともそれは今に始まったことじゃない。まったくちがう。大昔からずっとそうだった」コーリーは顔を上げた。「だから、私には強力な友人が大勢いるが、強力な敵も同じくらいいる。私が築いたものを私の手から取り上げようとするやつらがな。戦わずにそれを許すわけにはいかない。わかるかな？」

テディは言った。「もちろんわかるよ、ドクター」

「よろしい」コーリーは腕をほどいた。「で、あなたのパートナーがどうした」

テディは言った。「なんのパートナーだい？」

テディが部屋に戻ると、トレイ・ワシントンがベッドに横になって《ライフ》の古い号を読んでいた。

テディはチャックのベッドを見た。シーツも毛布もきちんと折られ、ふた晩誰かが寝たとはとても思えないほど整っていた。

スーツの上着、シャツ、ネクタイ、ズボンが洗濯室から戻ってきて、ビニールの覆いの下に掛けられていた。テディは看護助手の服から元の服に着替えはじめた。トレイはつやつやした雑誌のページをめくっている。

「元気ですか、保安官？」

「まあまあだ」

「そりゃいい。よかった」

テディはトレイが自分のほうを見ないのに気がついた。眼を雑誌に落とし、何度も同じページを見直している。

ポケットに入っていたものを移し替えた。レディスの受入票を、手帳といっしょに上着の内側のポケットに入れた。トレイの向かいのチャックのベッドに腰掛け、ネクタイを締め、靴紐《くつひも》を結び、静かに坐っていた。

トレイはまた雑誌の別のページをめくった。「明日は暑くなるそうですよ」

「ほう」

「とんでもなく暑くなるそうです。患者の機嫌が悪くなる」

「彼らは暑いのが嫌いなのか」

彼は首を振り、別のページを開いた。「嫌いなんですよ。かゆくなるとかなんとか言って。それに明日の夜は満月だ。それでさらにひどいことになる。条件がみんなそろってます」

「どうして」

「なんです、保安官?」

「満月だよ。満月は人の頭をおかしくするのか」

「あたしにはわかるんです」ページに皺《しわ》が寄っているのを見て、人差し指で伸ばした。

「どうして」

「考えてみてくださいよ。月は潮に影響を与えるでしょう」

「ああ」

「水に磁石みたいな効果をおよぼすんですよね」

「そうだな」

「人間の脳は」とトレイは言った。「五十パーセント以上、水です」

「冗談だろう?」

「冗談じゃなく。お月さんが大海原を引っ張れるなら、人の頭に何ができるか考えてみてくださいよ」

「ここでどのくらい働いてるんだい、ミスター・ワシントン」

彼は皺を伸ばすのをやめ、ページをめくった。「もう長いこと働いてます。四六年に陸軍を出てからです」

「陸軍にいたのか」

「ええ。銃を持たされるのかと思ったら、鍋でした。下手《へた》な料理でドイツ人と戦いましたよ」

「もったいない」

「まったくもったいない話ですよ、保安官。もしわれわれを戦争に送り込んでたら、四四年には終わってた」

「そのとおりだな」

「あなたはいろんな場所に行ったんでしょう?」

「ああ。世界じゅうを見てまわったよ」

「どう思いました」

「ことばはちがうが、同じクソだ」

「ああ、まったくだ」

「ここの院長が今晩おれのことをどう呼んだかわかるかい、ミスター・ワシントン？」

「なんです、保安官？」

「ざこだとよ」

トレイは雑誌から眼を上げた。「なんですって？」

テディはうなずいた。「世界には性質の劣る人間が多すぎるだと。愚鈍な人種がな。ざこ。知恵のまわらない人間。彼にとって、おれはただのざこだと言ってたよ」

「それが気に入らなかったんですね」トレイはくすくす笑った。声は口から出たとたんに消えた。「でも、黒いざこであるのがどういうことか、あなたにはわからない」

「ああ、そうだな、トレイ。だが、あいつはあんたのボスだぜ」

「ボスじゃない。あたしは病院で働いてるだけだ。〝白い悪魔〟は刑務所側の人間です」

「それでもあんたのボスだ」

「ちがう」トレイは肘を立てて体を持ち上げた。「聞いてます？　そこははっきりさせときますぜ、保安官」

テディは肩をすくめた。

トレイはベッドから足を降ろして坐った。「怒らせたいんで？」

テディは首を振った。

「だったらなぜ、あの白クソ野郎のために働いてるんじゃないと言ってるのに賛成しないんです」

テディはまた肩をすくめた。「いざというとき、何か非常事態が発生したときに、あいつが命令を出しはじめたら、あんたは飛びつくだろうよ」

「なんですって」

「ぴょんぴょん飛びつくさ。ウサギみたいに」

トレイは手で顎の下を撫で、信じられないと言うような固い笑みを浮かべて、テディの言ったことを考えた。

「悪気はないんだ」とテディは言った。

「ないでしょうよ」

「ただ、この島の人間が自分だけの真実を見出してることに気づいただけだ。何度もそうだと言い続ければ、そうなってしまうんだ」

「あたしゃあの男のために働いてなんかいない」

テディは彼を指さした。「そう、それが島の真実なのさ。おれにはわかる。大好きだね」

トレイは今にも殴りかかりそうに見えた。

「いいか」とテディは言った。「今日、打ち合わせがあった。そのあとドクター・コーリーが来て、おれにはパートナーなんていなかったと言った。もし今あんたに訊けば、あんたも同じことを言うだろう。彼といっしょにテーブルを囲み、彼とポーカーをし、彼と笑ったことを否定するだろう。あんたの意地悪な年寄りの伯母からもっと早く逃げるべきだったと彼が言ったことを否定するだろう。彼がここで寝たことも否定するんだろう。え、ちがうのか、ミスター・ワシントン?」

トレイは床に眼を落とした。「なんの話をしてるのかわかりませんよ、保安官」

「おれにはわかる。そう、おれにはパートナーなんていなかった。今やそれが真実だ。そう決められたんだ。おれにはパートナーがいない。彼はこの島のどこかで怪我してるわけでもないし、死んでもいない。C棟か灯台に閉じ込められてもいない。おれには最初からパートナーなんていなかった。お互いはっきりさせるために、おれの言うことを繰り返してみるかい? おれにはパートナーなんていなかった。さあ、言ってみな」

トレイは眼を上げた。「あなたにパートナーはいなかった」

テディは言った。「それで院長のために働いてないって言うのか」

トレイは両手を膝に打ちつけ、テディを見た。テディは、このやりとりがトレイの心をむしばんでいるのを見て取った。眼が潤《うる》み、顎が震えている。

「あなたはここから出ていかなきゃならない」とトレイはつぶやいた。

「わかってる」

「いや」トレイは何度も首を振った。「ここで本当に何がおこなわれてるのか、あなたはわかっちゃいない。聞いたことは忘れて、知ってると思うことも忘れなさい。彼らは必ずあなたを捕まえる。彼らがあなたにやろうとしてることはもう止められない。止める方法がないんだ」

「教えてくれ」とテディは言った。しかし、トレイはまた首を振っていた。「ここで何が起こっているのか教えてくれ」

「できません。それはできない。いいですか」トレイの眉が上がり、眼が見開かれた。「あたしにはできません。自分の力で確かめてください。あたしはフェリーで待ってませんよ」

テディは含み笑いをした。「この敷地からも出られないのに、島から出られるわけない。もし出られたとしても、おれのパートナーは――」

「パートナーのことは忘れるんです」トレイは険しい声で言った。「彼はいなくなった。わかります？　彼は戻っちゃこない。わかってくださいよ。あなたはひとりで、自分のことだけを心配してればいいんだ」

「トレイ」とテディは言った。「おれは閉じ込められてるんだ」

トレイは立ち上がり、窓辺に歩いていって暗闇を見つめた。あるいは窓に映った自分の姿を。テディにはどちらかわからなかった。

「あなたはもうここへは戻ってこない。あたしがしゃべったことを誰にも言わない」

テディは待った。

トレイは肩越しにうしろを向いて、彼を見た。「いいですね？」

「わかった」とテディは言った。

「フェリーは明日十時にここへ来て、十一時ちょうどにボストンに向けて出港します。それにもぐり込めば、島を出られるかもしれません。でなければ、二、三日待てば、〈ベッツィ・ロス〉というトロール漁船が島の南岸にかなり近づいて、ものを落としていきます」彼はテディを振り返った。「この島にあってはならないものです。だからあまり近くには寄ってこない。泳いで船まで行かなきゃなりません」

「この島に来て、まだたったの三日なんだ」とテディは言った。「おれには土地勘がない。けれど院長やその部下にはある。すぐに見つけられる」

トレイはしばらく何も言わなかった。

「だったらフェリーですね」と彼はついに言った。

「フェリーだな。だが、どうやって敷地内から出る」

「まったく」とトレイは言った。「信じられないかもしれませんが、今日はあなたにとって運のいい日だ。嵐が何もかもめちゃくちゃにしましたからね。とくに電気系統を。壁の鉄線はほとんど修復しましたが、あくまで〝ほとんど〟です」

テディは言った。「どこがまだ修復されてない？」

「南西の角。あそこのふたつは死んでる。壁が直角にぶつかるところです。あとの部分に触れれば、チキンみたいに焼かれますから、すべって手を伸ばして握ったりしないように。いいですね」

「わかった」

トレイは自分の姿にうなずいた。「もう行ったほうがいい。時間が無駄になる」

テディは立ち上がり、「チャック」と言った。

トレイは顔をしかめた。「チャックはいません。いいですね？　最初からいなかった。元の世界に戻ったら、好きなだけチャックのことを話すといい。でも、ここにはそんな男はいなかったんです」


テディは南西の角の壁のまえに立ち、ふとトレイは嘘をついたのかもしれないと思った。もし鉄線に手を触れ、握ったときに電気が流れていたら、連中は朝、壁の下に、前月のステーキのように真っ黒になった彼の死体を見つけることになる。それで一件落着だ。トレイは年間最優秀職員賞をもらい、洒落《しゃれ》た金時計のひとつも与えられるだろう。

あたりを探して、長い木の枝を見つけてきた。角から右に伸びる壁に飛びつき、足をかけて、体を振り上げた。枝で鉄線を叩くと、突然火花が飛び散り、燃え上がった。テディは地面に降りて、手に持った木を見た。炎は消えていたが、まだくすぶっていた。

今度は角の右上の鉄線で試してみた。何も起こらなかった。

また壁を降り、息を整えて、左の壁に飛び上がり、鉄線を叩いた。ここも大丈夫だ。

壁がぶつかる場所の上に金属製の柱があった。テディは三度走って、その柱をつかんだ。そこから体を引き上げて壁のいちばん上に立った。肩が鉄線に当たり、膝が、前腕が当たった。そのたびに死んだと思った。

が、死ななかった。壁のてっぺんまで来れば、あとは反対側に降りるだけだった。テディは落ち葉の中に立ち、アッシュクリフを振り返った。

真実を求めてここに来たのに、見つけられなかった。レディスを求めて来たのに、彼も見つけられなかった。そしてその過程でチャックを失った。

そのすべてをボストンで思う存分後悔すればいい。罪悪感と羞恥を覚える時間はたっぷりある。できることを考え、ハーリー上院議員に相談して攻撃の作戦を練る時間も。テディは戻ってくるつもりだった。しかもすぐに。疑問の余地はない。願わくは、召喚状と、連邦の捜索令状で武装して。今度こそ自前のフェリーに乗って戻ってくる。そして怒りを燃やす。正義を担って憤るのだ。

しかし今は、まだ生きていること、壁の外側に出られたことに安堵していた。安堵して、怯《おび》えていた。


洞窟に戻るのに一時間半かかった。女はすでに去っていた。焚き火の燃えさしがいくらか残っていたので、テディはそのそばに腰を下ろした。もっとも、外の空気は季節はずれに暖かく、刻々と湿度を増していた。

テディは彼女を待った。薪《まき》を取りにいっただけであることを願ったが、心の底では、彼女は戻ってこないと悟っていた。おそらく、彼がすでに捕らえられ、今まさに院長とコーリーにこの隠れ場所を伝えていると思っているのだろう。あるいはおそらく――多くを望みすぎているのはわかるが、あえて希望をつないだ――チャックが彼女を見つけ、ふたりで、彼女がより安全だと思う場所に移ったのだろう。

火が完全に消えると、テディはスーツの上着を脱ぎ、胸と肩の上にかけて、壁に頭をつけた。まえの晩と同じように、眠りに落ちるまえに最後に気がついたのは、親指だった。

親指が痛みはじめていた。

四日目　船乗りのなりそこない

20

死者と、おそらく死んだ人間が皆、コートを着ようとしていた。

彼らは台所にいて、コートはフックに掛かっている。テディの父親は古びたピーコートを取って腕を通した。そしてドロレスにコートを着せながら、テディに言った。「おれがクリスマスに欲しいものがわかるか」

「いや、父さん」

「バグパイプだ」

ゴルフバッグとクラブのことだ。

「アイク（第三十四代大統領のアイゼンハワー。ゴルフ好きで有名だった）みたいに」

「そのとおり」と父親は言い、チャックに薄手のコートを渡した。

チャックはそれを着た。上等のコートだった。戦前に作られたカシミア製だ。チャックの顔の傷は消えていたが、やはり繊細で取ってつけたような手をしていて、それをテディのまえにかざすと、小刻みに指を動かした。

「あの女医と行ったのか」とテディは訊いた。

チャックは首を振った。「そんなことをするには学がありすぎる。競馬に行ったのさ」

「勝ったか？」

「大負けだ」

「それは残念」

チャックは言った。「奥さんにお別れのキスをしなよ。頬に」

テディは、母親と、血だらけの口で微笑むトゥッティ・ヴィチェッリのまえで背を屈め、ドロレスの頬にキスをして言った。「ベイビー、どうしてこんなにびしょ濡れなんだ」

「骨みたいに乾いてるわよ」彼女はテディの父親に言った。

「まったく、おれが今の歳の半分だったらな」とテディの父親は言った。「おまえさんと結婚してるよ」

彼らは皆、濡れそぼっていた。母親や、チャックまで。彼らのコートから、水が床に滴《したた》り落ちていた。

チャックは彼に三本の丸太を渡して言った。「これを燃やしてくれ」

「ありがとう」テディは丸太を受け取ったが、どこに置いたか忘れてしまった。

ドロレスは腹を掻いて言った。「くそウサギ。あいつらがどんな役に立つの」

レディスとレイチェル・ソランドが部屋に入ってきた。ふたりはコートを着ていない。

何も着ていない。レディスはテディの母親の頭越しにライ・ウィスキーのボトルを差し出し、ドロレスを腕に抱いた。テディは嫉妬を覚えるはずだったが、レイチェルが彼のまえにひざまずき、テディのズボンのジッパーを下ろして、彼を口に含んだ。チャックと、父親と、トゥッティ・ヴィチェッリと、母親は皆、彼に手を振って部屋から出ていった。レディスとドロレスはよろめきながら寝室に入っていった。テディはベッドの上にいる彼らの声を聞いた。あわただしく服を脱ぎ、息をあえがせている。すべてが完璧で、この上ない瞬間に思える。テディはドロレスを膝から持ち上げた。レイチェルとレディスが寝室で狂ったようにセックスしている。彼は妻にキスをして、彼女の腹に開いた穴に手を当てた。彼女は「ありがとう」と言った。彼はうしろから彼女に入り、丸太を台所のカウンターから落とした。院長と部下たちがレディスの持ってきたウィスキーを勝手に飲んでいる。院長はテディのセックスの技を認めて片眼をつぶり、彼にグラスを上げて、男たちに言った。

「あいつは巨根の白ざこだ。見たらすぐに撃て。わかったな。ためらっちゃいけない。あいつが島の外に出たら、われわれは全員終わりだ、諸君」

テディは胸からコートを放り出し、洞窟の端まで這っていった。

院長と男たちが崖の上にいた。陽が昇っていた。カモメが金切り声を上げた。

テディは腕時計を見た――午前八時。

「危険を冒してはならない」と院長は言った。「やつは戦闘訓練を受け、戦闘経験があり、戦闘で鍛えられている。パープルハート勲章（名誉の負傷をした軍人に与えられる）と柏葉章を持ってるんだ。

シシリーでは素手でふたりの男を殺してる」

その情報が保安官事務所の人事ファイルに含まれているのは知っていた。だが、彼らはいったいどうやって手に入れたのだろう。

「ナイフの扱いがうまく、白兵戦に長《た》けている。決して近づくな。見たら二本足の犬だと思って始末しろ」

テディはこんな状況にあっても、思わず微笑んでいた。院長の部下たちはこれまで何度〝二本足の犬〟の比喩を聞かされたのだろう。

三人の警備員が、狭い崖の斜面にロープを垂らして降りてきた。テディは岩棚から離れ、彼らが浜辺に降りていくのを見つめた。数分後、彼らはまたロープを上っていった。そのうちのひとりが「下にはいません」と言うのが聞こえた。

しばらく彼らが岬の近辺を捜索する音が聞こえていた。やがて一行は去っていった。テディはそれからまる一時間待った。誰か後方で見張っていないかと耳をそばだて、捜索隊に出くわすことがないよう充分時間を置いて、洞窟を離れた。

九時二十分に道に出た。そこをたどって西に戻っていった。ずっと早足で歩き続けたが、前後に人の音がしないか警戒は怠らなかった。

天気についてトレイの言ったことは正しかった。ひどく暑かったので、テディは上着を脱いで腕にかけた。ネクタイを緩めて首から抜き取り、ポケットに入れた。口の中は岩塩のように乾き、眼に汗が入ってかゆかった。

夢でまたコートを着ているチャックを見た。その姿は、ドロレスを愛撫するレディスの姿より深く彼の胸を突いた。レイチェルとレディスが現われるまで、あの夢に出てきた人間は皆死んでいた――チャックを除いて。しかし、彼は同じフックからコートを取り、彼らといっしょにドアから出ていった。テディはそれの象徴することを考えるのが嫌だった。もし岬の上にいるチャックを彼らが捕まえたとしたら、テディが崖を上ってくるあいだに連れ去ったのだろう。誰にしろ、彼にこっそり近づいていった人間は優秀だった。チャックは悲鳴さえ上げられなかった。

連邦保安官を、ひとりではなくふたり消し去るには、どれほどの力が必要だろう。桁《けた》はずれの力がいる。

もしテディの頭を狂わせることが狙いなら、チャックに同じ方法は使えないはずだ。同じ四日間でふたりの保安官の気がふれるなどということを信じる人間は誰もいない。だからチャックは事故に遭わなければならない。おそらく、ハリケーンで起きた事故に。実際、もし彼らが本当に利口なら――どうやらそのようだが――おそらくチャックの死が引き金となって、テディの精神がついに最後の一線を越えてしまったという演出を加えるだろう。

それで文句なしに理屈が通る。

しかし、もしテディが島から帰らなければ、事務所が黙っていない。どれほど論理的でも、そんな説明は受けつけず、別の保安官を送り込んで調べさせるだろう。

そこで彼らの見るものは？

テディは手首と親指の震えに眼をやった。ひどくなってきている。ひと晩寝たのに、頭はいっこうにすっきりしない。霧がかかったようで、舌が重い。事務所が別の保安官を送り込んでくるまえに、薬が効果を現わして、おそらくテディはバスローブに涎《よだれ》を垂らし、坐った場所で排便している。そしてアッシュクリフ側の真実が証明されるのだ。

フェリーの汽笛が丘を上ってきた。海に眼をやると、ちょうど船が港の中で方向を変え、蒸気を吐きながら、うしろ向きに桟橋に入ってくるところだった。テディはさらに足を早めた。十分後、森の向こうにコーリーのチューダー様式の家の裏が見えた。

道をはずれて森に入った。人々がフェリーから降りてくる音がした。箱が桟橋に投げ下ろされる音、台車のぶつかる金属音、木の板の上を歩く人間の足音が聞こえた。木立の途切れる場所まで来ると、数人の看護助手が桟橋に立ち、ふたりの船員が船尾にもたれているのが見えた。そして警備員がいた。大勢の警備員がライフルを腰に構え、森のほうを向いて、木のあいだや、アッシュクリフにつながる斜面に眼を光らせていた。

看護助手は積み荷を下ろし終わると、台車を押して桟橋から引き上げた。しかし、警備員は残っていた。彼らの今朝の仕事はただひとつであることがわかった――テディを決して船に近づけないことだ。

テディは身を屈めて森の中を引き返し、コーリーの家の横に出た。二階に人のいる音がした。ひとりは壊れた屋根の上に出て、テディに背中を向けている。家の西側の車庫に車が停められていた。四七年製のビュイックのロードマスターだ。外は栗色、中は白い革張りで、ハリケーンの翌日にワックスをかけられて光り輝いている。一目で車を愛していることがわかった。

テディは運転席のドアを開け、買ったその日のような革のにおいを嗅いだ。グラヴ・コンパートメントを開けると、中にいくつかブックマッチがあった。すべてつかみ出した。ポケットからネクタイを取り出し、地面から小さな石を拾って、ネクタイの狭いほうの端にくくりつけた。車のナンバープレートの裏にあるガスタンクのキャップをはずし、石のついたネクタイをパイプからタンクの中に下ろした。パイプの外に出ているのは花柄の太い部分だけで、あたかも人の首から垂れ下がっているように見えた。

テディはドロレスがこのネクタイをくれたときのことを思い出した。彼女はこれを彼の眼に巻きつけ、膝の上に乗ってきた。

「悪いな、ハニー」と彼はささやいた。「おまえがくれたからずっと愛用してたが、実のところ、おそろしく趣味が悪い」

空に笑みを向けて彼女に謝り、マッチを一本すって、ブックマッチにまるごと火をつけ、その火をネクタイに移した。

そして必死で駆けだした。

森を半分ほど戻ったところで、車が爆発した。叫び声がしたので振り返ると、木のあいだから、炎の玉がいくつも噴き上がっているのが見えた。そのあと爆竹のように小さな爆発が続き、車の窓が吹き飛んだ。

テディは森の端に達すると、スーツの上着を丸め、岩の下に隠した。警備員とフェリーの乗組員が、小径をコーリーの家に向かって駆け上がっていくのが見えた。やるなら今しかない。考え直している時間はない。それはむしろ好都合だった。これからやることを真剣に考えれば、やらないに決まっているからだ。

森から出て海岸沿いに走った。桟橋に達する直前で、フェリーに駆け戻ってきた人間に見咎《みとが》められないように急に左に曲がり、水の中に飛び込んだ。

水はまるで氷だった。外の暑さで多少水温が上がっていることを期待したのだが、冷たさが電流のように体を貫き、胸から空気を叩き出した。しかし、テディは懸命に泳ぎ続けた。水の中にいるものについては努めて考えないようにした――ウナギ、クラゲ、カニ、ひょっとするとサメも。馬鹿げているようだが、サメが人を襲うのは深さ三フィート前後が多い。彼がいるのはちょうどそのあたりで、水は腰の高さからだんだん上がってきた。コーリーの家のほうから人々の叫び声が聞こえた。テディは大槌を振るっているような心臓の鼓動を無視して、水に潜った。

夢に何度も出てきた少女が見えた。彼のすぐ下を漂っている。眼を開け、あきらめの表情を浮かべている。

頭を振ると少女は消え、前方に船の竜骨が見えた。緑の水の中で黒く太い線が揺れている。泳いでいって、それをつかんだ。竜骨沿いに船首のほうへ移動し、船の裏側へまわりこんだ。飛び出したい衝動と戦いながら、ゆっくりと、頭だけ水の上に出した。顔に太陽が当たった。息を吐き出し、思いきり酸素を吸って、水の中でぶらぶらしている自分の足のイメージを振り払おうとした。何かの生き物が泳いできて、彼の足を見て不思議に思い、近寄ってつついてみようと……

梯子《はしご》は憶えていたとおりの場所にあった。もうすぐそこだ。三番目の段に手をかけ、ぶら下がった。男たちが桟橋に走って戻ってきたのが聞こえた。板の上で重い足音が響く。ほどなく院長の声がした。

「船を探せ」

「院長、眼を離したのはほんのわずか――」

「所定の位置を離れておいて、議論をふっかけるのか」

「いいえ。申しわけありません」

フェリーに人の重みが加わり、手に持った梯子が少し沈んだ。船の中を探しまわる音、ドアが開き、家具が動かされる音がした。

何か手のようなものが腿のあいだに入り込んだ。テディは歯を嚙みしめ、梯子をさらに強く握って、無理やり頭の中を空白にした。それがどんなものなのか想像したくもなかった。何であれ、それは移動していき、テディは大きく息をついた。

「私の車が……車を吹っ飛ばしやがった」コーリーだった。息が切れて、ほとんど声にもなっていない。

院長が言った。「もう充分だ、ドクター」

「それは私が決めることになっていたはずだ」

「もしあの男が島から逃げ出したら――」

「彼は島から出ない」

「あいつがあんたの車を火の玉に変えるとは夢にも思わなかっただろうが。作戦は終わりにして、これ以上の被害を食い止めなければならない」

「私はこのために必死で働いてきたんだ。タオルを投げ入れるのはまだ早い」

院長の声が上がった。「あいつがこの島から逃げ出したら、一巻の終わりだ」

コーリーの声もそれに応じて大きくなった。「彼はこのいまいましい島から出ないと言っただろう！」

まる一分のあいだ、ふたりは何もしゃべらなかった。桟橋の上で彼らが体重を移しかえる音が聞こえた。

「いいだろう、ドクター。だが、フェリーは出港させない。船はあの男が見つかるまで桟橋にとどまる」

テディは梯子にぶら下がっていた。冷たさが足にしみ込み、焼けるように痛かった。

コーリーは言った。「ボストン側が理由を訊いてくる」

テディは歯がガチガチ言いはじめるまえに口を閉じた。

「だったら答えてやればいい。だが、船は出ない」

テディの左脚のうしろを何かが突いた。

り裂く音がした。

「わかったよ、院長」

またしても突かれた。テディは脚を蹴り出した。飛沫《しぶき》が飛んで、銃弾のように空気を切り裂く音がした。

船尾に足音が響いた。

「ここにはいません。あらゆる場所を探しました」

「だったらどこにいるんだ」と院長が言った。「意見のある者は？」

「くそっ！」

「なんだね、ドクター？」

「彼は灯台に向かってる」

「私もそれは考えた」

「私がなんとかする」

「何人か連れていけ」

「なんとかすると言っただろう。あっちに行けば人がいる」

「あれじゃ足りない」

「いいから私に任せろ」

テディはコーリーの大きな靴音が栈橋を離れ、砂地に入って柔らかくなるのを聞いた。

「灯台だろうと、どこだろうと」と院長は部下に言った。「とにかくこの船はどこへも行かない。機関士からエンジンの鍵を受け取って、私のところへ持ってこい」

テディは道のりのほとんどを泳いだ。

フェリーからまた潜り、岸に向かって泳いで、海の底が砂地になると、砂をつかみながらできるだけ先に進んだ。充分離れたところで水から顔を出し、危険を承知でうしろを振り返った。数百ヤード来ていて、警備員が桟橋のまわりで輪になっているのが見えた。

また水に潜り、砂の上を這い続けた。クロールで飛沫《しぶき》を上げるわけにはいかない。犬かきでもだめだ。しばらくすると陸地がせり出しているところがあったので、そこをまわりこみ、砂浜まで歩いていった。坐って太陽の光を浴びたが、寒気を感じて体が震えた。浜辺をできるだけ遠くまで歩いた。岩が連なって海に落ち込んでいる場所では、水中に戻るしかなかった。靴の紐を結びつけ、首から掛けて、また泳ぎはじめた。どこか同じ海の底に沈んでいる父親の骨を思い浮かべた。サメと、サメの背びれと、波を叩く尾びれを、白い歯をむき出したオニカマスを、思い浮かべた。こんなことをしているのは、こうするしかないからだ。水が感覚を麻痺《まひ》させている。だがこれよりほかに道はない。数日のうちにまた泳がなければならないのか――〈ベッツィ・ロス〉が島の南の沖に現われて、問題のものを下ろすときに。恐怖を克服するには、正面切って立ち向かうしかないことはわかっていた。それは戦争で嫌というほど学んだ。しかしそれでも、できるならもう二度と、決して、海には入るまいと思った。海に見つめられ、さわられているのを感じた。海の年齢を感じることもできた。神よりも年老いていて、死者の数に誇りを抱いている。

一時頃、ついに灯台が見えた。腕時計をスーツの上着に入れていたので、確信は持てないが、太陽の位置から見てほぼその時刻だ。灯台の立つ崖の下で海から出て、震えが止まり、肌に血の気が戻るまで、岩の上に横になって太陽を浴びた。

もしチャックが上にいたら、どんな状態でも外に連れ出す。死んでいても、生きていても、中に置いていかない。

だったらあなたは死ぬわ。

ドロレスの声だった。彼女は正しい。〈ベッツィ・ロス〉の到着を二日間待たなければならないとしたら、完全な健康体で、機敏に動くチャックがいなければ、とても生き延びられない。彼らはいずれ追いつめられる……

テディは微笑んだ。

……二本足の犬のように。

置いていくわけにはいかないんだ、と彼はドロレスに言った。そんなことはできない。見つけられなければ別だが、彼はおれのパートナーなんだ。

あなたは彼に会ったばかりよ。

それでもパートナーだ。もし彼が中にいて、やつらに痛めつけられ、監禁されているなら、どうしても連れ出さなければならない。

たとえ死んでも?

たとえ死んでもだ。

それなら彼が中にいないことを祈るわ。

岩から降り、海辺の植物のまわりを蛇行する、砂と貝殻の小径をたどった。ふと、コーリーが自殺願望と考えた自分の中のものが、必ずしもそうではないことに気がついた。死の願望と言うほうが近い。長年のあいだ、生きる理由を見出せなかったのは確かだ。しかし、死ぬ理由も見出せなかった。みずからの手で？　もっとも荒れ果てた気分の夜でも、それはあまりに哀れな解決策に思えた。ばつが悪く、せせこましい解決策に。

しかし——

突然、眼のまえに警備員が立っていた。彼もテディと同じくらい驚いていた。ズボンのチャックがまだ開いていて、背中にライフルを掛けていた。まずチャックを閉めようとして、考えを変えたが、そのときすでにテディは手首の裏側で彼の咽喉仏《のどぼとけ》を突き上げていた。警備員は咽喉を押さえた。テディはさっとしゃがんで足を振り出し、男のふくらはぎを蹴りつけた。警備員はうしろにひっくり返り、テディは立ち上がって相手の右の耳を思いきり蹴った。警備員は白眼を剝《む》いて、口をだらりと開けた。

テディは屈んで、警備員の肩からストラップをはずし、ライフルを抜き取った。男の呼吸音が聞こえた。殺してはいない。

そして今や銃が手に入った。

彼はそれをフェンスのまえにいる次の警備員に使った。若造——というより赤ん坊——

に銃を捨てさせた。警備員は「ぼくを殺すのか」と言った。

「まさか。おまえみたいなひよっこを殺すわけないだろう」とテディは言い、ライフルの床尾を若者のこめかみに叩きつけた。

フェンスの囲いの中に小さな小屋があった。テディはまずそこを確認した。ベッドがいくつか、ヌード雑誌、ずいぶんまえに淹《い》れたコーヒーのポットがあった。ドアのフックには警備員の制服が二着掛けてあった。

小屋の外に出て、灯台まで行き、ライフルでドアを押し開けた。一階には湿っぽいセメントの部屋しかなかった。部屋は空《から》で、壁に生えたカビと、壁と同じ石でできた螺旋《らせん》階段があるだけだった。階段を上がって二番目の部屋に入った。そこも最初の部屋と同じように空だった。地下室があるにちがいないとテディは思った。かなり大きな地下室で、おそらく病院と通路でつながっている。そんなものでもなければ、ここはつまり、ただの灯台だ。

頭上で引っかくような音が聞こえたので、部屋から階段に戻り、もう一階上がって、重い鉄のドアのまえに立った。銃身の先で押すと、少し動いた。

また何かを引っかく音がした。煙草のにおいも漂ってきた。波の音がして、風が吹いてきた。院長が頭の切れる人間で、このドアの向こうに警備員を配置しているなら、ドアを押し開けたとたんに殺される。

逃げて、ベイビー。

だめだ。

どうして？

すべてがここにつながるからだ。

何がつながるの？

このすべてだ。あらゆるものだ。

わからない。

おまえ。おれ。レディス。チャック。あの哀れな下衆野郎のノイス。みんなここにつながる。それらすべてがここで終わるか、おれが終わるかだ。

彼の手ね。チャックの手よ。わからない？

わからない。なんのことだ。

彼の手よ、テディ。似合わないでしょう。

彼女の言いたいことはわかった。チャックの手の何かが重要なのはわかるが、階段でそれを考えて時間を無駄にするほど重要ではなかった。

このドアを今すぐくぐらなきゃならない、ハニー。

わかったわ。気をつけて。

テディはドアの左側にしゃがみ込んだ。ライフルの床尾を左の胸に当て、右手を床に突いてバランスを取りながら、左足で思いきり床を蹴って突進した。ドアが大きく開き、テディはそれがまだ動いているうちに片膝をつき、銃を肩に当てて狙いをつけた。

コーリーに。

コーリーが机について坐っていた。背中を小さな窓にまっすぐ向けている。窓の向こうには青と銀色の海が広がり、部屋には潮の香りが満ちていた。海風が頭の両側の髪をなぶっている。

コーリーは驚いたようには見えなかった。怖れてもいないようだった。眼のまえにある灰皿の端で煙草の灰を落とすと、テディに言った。

「ベイビー、どうしてそんなにびしょ濡れなんだ」

21

コーリーのうしろの壁はピンクのシーツで覆われ、シーツの四隅は皺の寄ったテープで留められていた。彼のまえの机には、数冊のフォルダー、軍用無線機、テディの手帳、レディスの受入票、そしてテディのスーツの上着が載っていた。部屋の隅の椅子の上にはオープンリールのテープレコーダーが置かれ、テープがまわっている。機械の上には小さなマイクが部屋の中を向いて置かれていた。コーリーのまえには黒い革表紙のノート。彼はそこに何か書き込んで言った。「坐りたまえ」

「なんと言った?」

「坐りたまえと言ったんだ」

「そのまえのことばだ」

「しっかり聞いただろう」

テディはライフルを肩から下ろしたが、銃口をコーリーに向けたまま部屋に入った。

コーリーはまた何か書きはじめた。「それは空《から》だよ」

「何が」

「ライフルだ。弾丸は入っていない。きみほど武器の経験を積んだ人間が、どうして気づかなかった」

テディはボルト・ハンドルを引いて、薬室を確かめた。空だった。試しに左側の壁に銃口を向けて引き金を引いてみたが、撃鉄の落ちる乾いた音がしただけだった。

「隅に置いてくれ」とコーリーは言った。

テディはライフルを床に置き、机から椅子を引き出したが、まだ坐らなかった。

「シーツのうしろに何がある」

「あとで話すよ。坐りたまえ。くつろいで。ほら」コーリーは床に手を伸ばし、厚手のタオルを拾い上げて、机越しにテディに放った。「少し体を拭くといい。風邪《かぜ》を引くぞ」

テディは髪を拭き、シャツを脱いだ。それを丸めて部屋の隅に投げ、上半身を拭いた。拭き終わると、机の上から上着を取った。

「いいかい？」

コーリーは眼を上げた。「もちろん。いいとも」

テディは上着を着て、椅子に坐った。

コーリーはまだ書き続けていた。ペンが紙をカリカリと掻く音がした。「警備員をどのくらい痛めつけた？」

「たいしたことはない」とテディは言った。

コーリーはうなずき、ペンをノートの上に落として、無線機を手に取った。クランクをまわして電気を起こし、革袋から受話器を出して送信スウィッチを入れた。「ああ、彼はここにいる。ドクター・シーハンをここに上げるまえに、あんたの部下を診《み》てもらってくれ」

彼は電話を切った。

「捕らえどころのないドクター・シーハンか」とテディは言った。

コーリーは眉を上げ、また下げた。

「当ててみようか。彼は今朝のフェリーで到着した」

コーリーは首を振った。「彼はずっとこの島にいたんだ」

「ずいぶんわかりやすいところに隠れてたもんだ」

コーリーは両手を上げて軽く肩をすくめた。「彼は非常に優秀な精神科医だ。若いが、将来有望だ。これはわれわれの――彼と私が立てた計画だった」

テディは左耳のすぐ下に、ずきっとする痛みを感じた。「それは今のところどのくらいうまくいってる?」

コーリーはノートのページを一枚持ち上げ、その下のページを一瞥《いちべつ》して、また指から落とした。「あまりうまくいってないな。実はもっと期待してた」

彼は机の向こうからテディを見た。テディは彼の顔に、二日目の朝に階段で見たもの、そして嵐の直前の職員打ち合わせで見たものを、また認めた。それは彼の残りの人物像に似合わないものだった。この島にも、この灯台にも、彼らがおこなっているこの怖ろしいゲームにも似合わない。

同情だ。

もし事情をわきまえていなければ、まちがいなくそう思っただろう。

テディはコーリーの顔から眼をそらし、小さな部屋を、壁に掛かったシーツを見まわした。「で、これだけなのか」

「これだけだ」とコーリーは同意した。「これが灯台だ。聖なる杯だ。きみが探し求めていた真実だ。望んでいたのはこれだけかね、それとももっとあるのかね?」

「まだ地下室を見てない」

「地下室はない。ここは灯台だ」

テディはふたりのあいだの机に置かれた手帳を見た。

コーリーは言った。「そう、きみの手帳だ。私の家の近くの森に隠されていた上着の中に入っていた。私の車を吹き飛ばしたな」

テディは肩をすくめた。「悪かったな」

「とても気に入ってたのに」

「ああ、そんな感じがしたよ」

「四七年の春にショールームに行って、あれを見つけたときに思ったよ。私は特等席を予約した、あと十五年は新しい車を探さなくてすむぞってな」彼はため息をついた。「それから特等席に満足しきってたんだがね」

テディは両手を上げた。「もう一度謝る」

コーリーは首を振った。「あのフェリーに乗れると一瞬でも考えたのかね？　目くらましに島を丸ごと爆発させたところで、どうなると思ってたんだね」

テディは肩をすくめた。

「きみはひとりだ」とコーリーは言った。「今朝、われわれ全員の仕事はたったひとつ、きみをあのフェリーから遠ざけておくことだけだったのに。あんなことをする理由がわからない」

テディは言った。「この島を出る方法はあれだけだ。試すしかなかった」

コーリーは当惑の眼差しをテディに投げて、つぶやいた。「くそっ、あの車が大好きだったのに」そして膝に眼を落とした。

テディは言った。「水をもらえないか」

コーリーはその要求についてしばらく考え、椅子をまわした。窓辺にピッチャーと、グラスがふたつ置かれていた。両方に水を注ぐと、ひとつを机越しにテディに渡した。

テディはそれをひと息で飲み干した。

「口が乾くんだな、え？」とコーリーは訊いた。「掻いても掻いても消えないかゆみのように、いくら飲んでも乾きが舌の上に残ってるんだろう」ピッチャーを机の上で押し、テディがまたグラスを満たすのをじっと見つめた。「手が震えてるな。かなりひどくなってる。頭痛はどうだね？」

テディはすでに左眼の奥に熱い針金を押し当てられたような痛みを感じていた。痛みはこめかみから頭皮に達し、そこから顎に下がっていた。

「悪くない」と彼は言った。

「だんだん悪くなる」

テディはまた水を飲んだ。「だろうな。女医が教えてくれたよ」

コーリーは椅子の背にもたれて微笑み、ノートをペンで叩いた。「今度は誰だね？」

「名前はわからない」とテディは言った。「だが昔あんたといっしょに働いてた」

「ほう。それで彼女はなんと言った？」

「向精神薬は血中で効果を現わすまでに四日かかると言ってたよ。口の乾き、頭痛、震えも予言してた」

「優秀な女性だ」

「ああ」

「しかしそれらは向精神薬から来るのではない」

「ちがうのか」

「ちがう」

「だったらなんだ」

「禁断症状だ」とコーリーは言った。

「何の？」

コーリーはまた微笑んで、眼を遠くにさまよわせた。テディの手帳を取り上げ、彼がメモを取った最後のページを開いて差し出した。

「これはきみが書いたんだろう?」

テディはページをちらりと見た。「ああ」

「最後の暗号かい」

「暗号だろうな」

「でも、まだ解いてない」

「解いてる閑《ひま》がなかった。知らないかもしれないから言うが、このところひどく忙しくてね」

「ああ、もちろんだ」コーリーは開いたページを叩いた。「今、解いてみるかね」

テディは九つの数字と文字に眼を落とした。

13(M)、21(U)、25(Y)、18(R)、1(A)、5(E)、8(H)、15(O)、9(I)

針金が眼の裏をつついていた。

「実は今、最高の気分じゃなくてね」

「簡単だぞ」とコーリーは言った。「九文字しかない」

「頭がずきずきするのを止めてもらえないか」

「いいとも」

「何の禁断症状なんだ」とテディは言った。「いったいおれに何を与えた」

コーリーは拳に固めた手の指を鳴らし、椅子の背にもたれて、体を震わせながらあくびをした。「クロルプロマジンだよ。悪い作用もある。かなりあると言わなければならない、残念ながら。私はあまり好きじゃない。この最後の出来事のまえに、イミプラミンを与えたかったんだが、もう遅いな」彼は身を乗り出した。「ふだん私はあまり薬理学を信奉してないんだが、きみの場合には、どうしても薬に頼らざるをえなかった」

「イミプラミン？」

「トフラニールと呼ぶ人もいる」

テディは笑みを浮かべた。「それからクロルプロ……」

「……マジン」コーリーはうなずいた。「クロルプロマジン。きみは今、それを与えられている。その禁断症状が出てるんだ。この二年間、ずっと与えられてきたからね」

テディは言った。「この、なんだって？」

「二年間」

テディは吹き出した。「なあ、あんたたちに力があることはわかるが、そんなに誇張することはない」

「私は何も誇張していない」

「おれが二年間、薬づけだったって?」

「治療するということばのほうが好きだがね」

「で、なんだ、あんたたちは連邦保安局に人を送り込んでたのか? そいつの仕事は毎朝おれのコーヒーに薬を入れることだったのか。それとも、待てよ、そいつはおれがいつも事務所に入るまえにコーヒーを買うニューススタンドで働いてるのか。そのほうがいいな。二年間、誰かをボストンに置いて、おれに薬を飲ませてたわけだ」

「ボストンじゃない」コーリーは静かに言った。「ここだ」

「ここ?」

彼はうなずいた。「きみはここに二年間いるんだ。この施設の患者なんだよ」

テディは波が訪れるのを感じた。怒り、渦巻きながら、崖の下にぶつかっている。手を握り合わせて震えを抑え、ますます熱く、執拗になる眼のうしろの脈動を無視しようとした。

「おれは連邦保安官だ」とテディは言った。

「連邦保安官だった」とコーリーは言った。

「今もそうだ」とテディは言った。「合衆国政府に仕える連邦保安官だ。ボストンを月曜の朝、発《た》った。一九五四年九月二十二日に」

「本当に?」とコーリーは言った。「なら、どうやってフェリーに乗ったか教えてくれないか。車を運転していったのかな? どこに停めた?」

「地下鉄に乗った」

「地下鉄はフェリー乗り場まで行かない」

「バスを乗り継いだ」

「どうして車で行かなかった」

「修理工場に預けてあるからだ」

「ほう。では日曜はどうだ。日曜のことは憶えてるか。何をしたか話せるかな？　正直に言ってくれ。フェリーのバスルームで眼覚めるまえの一日について、どんなことでもいいから話ができるか」

もちろんできる。頭の中のくそ針金が眼の裏を掘り返し、鼻腔に達していなければ、できたはずだった。

わかったよ。思い出そう。日曜にしたことを話してやれよ。仕事を終えて家に帰った。バトンウッドのアパートメントに。いや、ちがう。バトンウッドじゃない。バトンウッドはレディスの放火で焼け落ちた。だからちがう。くそっ、ならどこに住んでるんだ。場所が見える。そう、そうだ。あそこは……ああと……キャッスルモント。それだ。キャッスルモント・アヴェニューだ。湖のそばの。

よし、いいぞ、落ち着け。キャッスルモントの家に帰り、食事をし、ミルクを飲んで、寝た。そうだな？　そうだ。

コーリーは言った。「だったらこれはどうだ。これを見たかね？」

彼はレディスの受入票を押しやった。

「いや」

「見てない?」彼は口笛を吹いた。「このために島に来たんだろう。この紙を――記録がないとわれわれが言った、六十七番の患者がいる証拠を――ハーリー上院議員のところに持っていけば、ここの天井を吹き飛ばせるんじゃないのか」

「そうだ」

「そうだろうが。なのにこの二十四時間、ちらっと見る時間もなかったと言うのかね」

「もう一度言うが、とにかく――」

「忙しかった。そう、わかるよ。では、今見たまえ」

テディは紙を見下ろした。レディスの名前、年齢、収容日が書かれていた。コメントの部分にはこうあった。


患者はきわめて知的で、極度の妄想を抱いている。暴力的な性向が認められ、極端に苛立っている。自分の犯罪が起きたこと自体を否定するので、自責の念はない。高度に空想的な一連の物語を作り上げていて、そのために現時点では、自分の真実の行動に直面しないですんでいる。

その下の署名には、〝ドクター・L・シーハン〟とあった。

テディは言った。「だいたい合ってる」

「だいたい合ってる？」

テディはうなずいた。

「誰のことだと思う？」

「レディスだ」

コーリーは立ち上がった。壁まで歩いていき、シーツの一枚を引いて落とした。

六インチはある大文字で、四つの名前が書かれていた。

エドワード・ダニエルズ（EDWARD DANIELS）――アンドルー・レディス（ANDREW LAEDDIS）
レイチェル・ソランド（RACHEL SOLANDO）――ドロレス・シャナル（DOLORES CHANAL）

テディは待った。しかし、コーリーも待っているようだった。一分以上、ふたりはひと言もしゃべらなかった。

ついにテディが言った。「何か意味があるんだろうな」

「名前を見てくれ」

「見てる」

「きみの名前、六十七番の患者の名前、行方不明になった患者の名前、奥さんの名前だ」

「わかるよ。眼は見える」

「これが4の法則だ」とコーリーは言った。

「どうして」テディは針金を追い払おうと、こめかみをきつく揉《も》んだ。

「きみは暗号の天才だ。私が教えてもらいたい」

「何を教えるんだ」

「エドワード・ダニエルズとアンドルー・レディィスに共通するものは何かな」

テディは自分の名前とレディィスの名前をしばらく見つめた。「どちらも十三文字だ」

「そう」とコーリーは言った。「そのとおり。ほかには？」

テディは長々と見つめた。「ない」

「おい、がんばれ」コーリーは白衣を脱ぎ、椅子の背に掛けた。

テディは集中しようとしたが、すでにこの室内ゲームに退屈しはじめていた。

「ゆっくり時間をかけてくれ」

文字に眼を凝らすうちに、角がぼやけてきた。

「ほかには？」とコーリーが言った。

「いや、わからない。十三文字というだけだ」

コーリーは手の甲で名前を叩いた。「頼むよ」

テディは首を振った。文字が飛び跳ね、吐き気をもよおした。

「集中して」

「してるさ」

「この文字に共通するものは?」とコーリーは言った。

テディは文字が霞《かす》むまで見つめた。「何もない」

「何も?」

「何もだ」とテディは言った。「いったい何を言わせたいんだ。わからないことは言えない。おれは――」

コーリーは叫んだ。「同じ文字じゃないか!」

テディは身を乗り出し、文字が揺れるのを止めようとした。「何?」

「同じ文字だ」

「ちがう」

「同じアルファベットを並べ替えただけだ」

テディはまた言った。「ちがう」

「ちがう?」コーリーは顔をしかめて、手を文字に沿って動かした。「まったく同じ文字の組み合わせだ。見てみろ。エドワード・ダニエルズ(EDWARD DANIELS)。アンドルー・レディス(ANDREW LAEDDIS)。同じ文字だ。きみには暗号の才能があって、戦時中、暗号解読者になったと自慢までしてたじゃないか、え? このふたつの名前を見て、同じ十三文字が見えないと言うのか」

「ちがう！」テディは両手の手首の裏を眼に押しつけた。視界をはっきりさせたいのか、光をさえぎりたいのか、自分でもわからなかった。

「同じ文字じゃないという意味か、それとも同じ文字だと思いたくないという意味か？」

「そんなはずはない」

「そうなんだよ。眼を開けて、よく見てくれ」

テディは眼を開けたが、首を振り続けた。文字が震えながら傾いた。

コーリーは手の甲で次の行を叩いた。「では、こっちはどうだ。ドロレス・シャナル（DOLORES CHANAL）とレイチェル・ソランド（RACHEL SOLANDO）は。同じ十三文字だ。このふたつに共通するものを教えてもらえるか？」

テディは自分が見ているものを理解していたが、それがありえないこともわかっていた。

「これもわからない？」

「ありえない」

「ありうるんだよ」とコーリーは言った。「これも同じ文字だ。同じ文字を並べ替えてる。真実を知るためにここへ来たんだろう？　これが真実だよ、アンドルー」

「テディだ」とテディは言った。

コーリーは彼をじっと見つめた。顔にはまた偽の同情が浮かんでいた。

「きみの名前はアンドルー・レディスだ」とコーリーは言った。「アッシュクリフ病院の六十七番の患者？　それはきみだよ、アンドルー」

22

「でたらめだ！」

テディは叫んだ。自分の叫び声が頭の中を駆けめぐった。

「きみの名前はアンドルー・レディスだ」とコーリーは繰り返した。「裁判所命令によって、二十二カ月前にここに収容された」

テディは振り払うように手を振った。「あんたらにしてもひどすぎるでたらめだ」

「証拠を見てくれ。お願いだ、アンドルー。きみは――」

「おれをその名で呼ぶな」

「――二年前にここに来た。怖ろしい犯罪を犯したからだ。社会が赦《ゆる》せないような犯罪を。だが、私は赦す。アンドルー、私を見てくれ」

テディはコーリーが伸ばした手から眼を上げ、腕から胸、そしてコーリーの顔を見た。男の眼は今や偽りの同情で潤んでいた。あの取ってつけたような上品さで。

「おれの名前はエドワード・ダニエルズだ」

「ちがう」コーリーは敗北の疲れを漂わせて首を振った。「きみの名前はアンドルー・レディスだ。怖ろしいことをして、それがなんであれ、自分を赦すことができなかったために、劇を演じているのだ。奥深い、複雑な物語を構築して、そこで主人公を演じている。アンドルー、きみは自分をまだ連邦保安官だと思い込み、事件の捜査でここに来たと信じている。そして陰謀を暴いたとね。そうでないとわれわれが言っても、きみの空想の中では、われわれがきみに対して陰謀を企んでいるようにしか見えない。ひょっとすると、きみが空想の世界で生きるのを、そのまま放っておけばいいのかもしれない。私はそうしたい。他人に危害を加えないなら、喜んでそうする。だが、きみは暴力を振るう。非常に暴力的だ。軍隊と警察で訓練されてるから筋金入りだ。きみはこの施設でいちばん危険な患者なんだよ。このまま収容しておくわけにはいかない。だから決定された――私を見てくれ」

テディは眼を上げ、机の上に半身を乗り出したコーリーを見た。その眼が訴えていた。

「決定されたのだ。今――今すぐだぞ――きみを正気に戻すことができなければ、今後誰かを傷つけることがないように、最終的な手段を講じるとね。私の言うことがわかるか」

一瞬――一瞬の十分の一ほどのあいだ――テディは彼のことばを信じそうになった。

彼は微笑んだ。

「たいした演技だ、ドクター。で、悪い警官役は誰だい？　シーハンか？」ドアを振り返った。「そろそろ来る頃だよな」

「私を見ろ」とコーリーは言った。「私の眼を見るんだ」

テディはそうした。コーリーの眼は睡眠不足で充血し、潤んでいた。ほかにも何かある。なんだろう。コーリーの視線を受け止め、その眼を見つめた。そこでわかった。テディには偽りであることがわかったが、もし事情を知らなければ、コーリーは心を引き裂かれていると思っただろう。

「聞いてくれ」とコーリーは言った。「きみの味方は私だけだ。きみには私しかいない。私はきみの空想を二年間聞いてきた。どんな思いつきも、どんなに細かいことも、すべて知っている――暗号も、いなくなったパートナーも、嵐も、洞窟の女も、灯台でおこなわれている邪悪な実験も。ノイスのことも、架空のハーリー上院議員のことも。いつもドロレスの夢を見ていることも、彼女の腹から水が漏れ、体じゅうびしょ濡れになっていることも。丸太のことも知っている」

「あんたは嘘まみれだ」とテディは言った。

「だとしたら、今言ったことをどうして私が知ってるんだ？」

テディは自分の震える指に証拠を見た。

「おれはあんたたちの出すものを食べ、あんたたちのコーヒーを飲み、あんたたちの煙草を吸ってる。到着した朝には〝アスピリン〟を三錠もらったし。別の夜には薬を飲まされた。眼が覚めたら、あんたが横に坐ってた。あれからどこかおかしくなった。すべてはあそこから始まったんだ――あの夜、偏頭痛のあとで。いったいおれに何を飲ませた」

コーリーは椅子に背中を預けた。酸《す》っぱいものでも呑み込んだかのように顔をしかめ、窓の外を見た。

「もう時間がない」と彼はつぶやいた。

「なんだって？」

「時間だよ」と彼は低い声で言った。「私に与えられたのは四日間だ。期限が迫っている」

「だったら行かせてくれ。おれはボストンに戻って、連邦保安局に苦情を申し立てる。だが、心配しなくてもいい。あんたには有力者の友だちが大勢いるだろうから、たいした騒ぎにはならないさ」

コーリーは言った。「ちがう、アンドルー。私にはほとんど友だちがいない。八年間ここで戦ってきたが、天秤は反対の側に傾きつつある。私は負ける。地位を失い、資金も失う。理事全員のまえで、精神医学史上もっとも大がかりなロールプレイングの実験をおこなう、それできみを救うと宣言したんだから。きみをこの世界に連れ戻してみせるとね。だが、もし私がまちがっていたら？」彼は眼を見開き、はずれた顎を元に戻そうとでもするかのように、手で押した。そして手を下ろし、机の向こうからテディを見つめた。「わからないかね、アンドルー。きみが失敗すれば、私も失敗だ。そして私が失敗すれば、すべてが終わる」

「なんとね」とテディは言った。「残念なことだ」

外でカモメが鳴いた。潮と、太陽と、海水のしみた砂のにおいがした。

コーリーは言った。「では、別の方法を試してみよう。レイチェル・ソランドが――ちなみにこれもきみの空想の産物だ――きみの亡き妻と同じ文字から成る名前を持ち、子供殺しという同じ犯罪を犯したのは、偶然だと思うかね？」

テディは立ち上がった。震えが肩から腕を揺るがした。「おれの妻は子供を殺してなどいない。おれたちに子供はいなかった」

「子供はいなかった？」コーリーは壁に歩いていった。

「いなかったさ、この愚か者のクソ野郎」

「ほう、よろしい」コーリーはまたシーツを落とした。

シーツのうしろの壁には、犯行現場の図、湖の写真、三人の死んだ子供の写真が貼られていた。そして同じ大きな大文字で名前が書かれていた。

エドワード・レディス
ダニエル・レディス
レイチェル・レディス

テディは下を向き、両手を見た。彼のものではないかのように跳ね上がっていた。もし足で踏みつけることができるなら、そうしていただろう。

「きみの子供だ、アンドルー。そこに立って、この子たちが生きていたことさえ否定するのかね、え？」

テディは引きつる手で、部屋の向こうのコーリーを指さした。「それはレイチェル・ソランドの子供だ。レイチェル・ソランドの湖畔の家の犯行現場だ」

「これはきみの家だ。奥さんの静養のために医者に勧められて、引っ越したんだ。憶えてないかね？　以前住んでいた家を、奥さんが〝うっかり〟火事にしてしまったあとのことだよ。医者は彼女を街の外に住まわせなさいと言った。もっとのどかなところへ。そうすればよくなるかもしれないと」

「彼女は病気じゃなかった」

「彼女は病気だったんだよ、アンドルー」

「おれをその腐った名前で呼ぶのはやめろ。彼女は病気じゃなかった」

「きみの奥さんは、医学的に見て躁鬱病だった。そう診断されてたんだ。彼女には——」

「ちがう」とテディは言った。

「自殺願望があった。子供たちを傷つけた。きみはそれを直視しようとしなかった。彼女は弱いだけだと思った。きっと正気に戻ると自分に言い聞かせた。ただやるべきことを思い出してくれればいいのだと。きみに対してやるべきこと、子供たちに対してやるべきことを。きみは酒を飲むようになり、それは悪化の一途をたどった。きみは自分の殻に閉じこもった。家に戻らなくなった。そしてあらゆる兆候を無視した。教師が言うことも、教区の司祭が言うことも、彼女自身の家族が言うことも無視した」

それは、ついに自殺を図り、病院に収容されたからだ。それはきみでさえ止められなかった。彼女は彼女自身にとって危険だと医者たちは言った。

「それはなぜか。とんだ迷惑だと思っていたからだよ」

「おれの妻は」

「彼女が精神科医に会う気になったのは、ついに自殺を図り、病院に収容されたからだ。それはきみでさえ止められなかった。彼女は彼女自身にとって危険だと医者たちは言った。

彼女は――」

「おれたちは精神科医になど会ってない！」

「――子供たちにとって危険だと。きみは何度も警告された」

「おれたちに子供はいなかった。話し合ったことはあったが、彼女は妊娠できない体だったんだ」

くそっ！　誰かがこね棒でガラスの破片を頭に打ち込んでいるようだ。

「ここへ来て」とコーリーは言った。「さあ。近くに来て、犯行現場の写真の名前を見てみなさい。きっとわかる――」

「そんなものはでっち上げられる。勝手に作ったんだろう」

「きみは夢を見る。いつも夢を見る。夢を見るのをやめられないんだ、アンドルー。きみは彼らのことを私に話した。ふたりの男の子と小さな女の子の出てくる夢を最近見てないかね？　え？　その女の子はきみをきみの墓石のまえに連れていかなかったか？　きみは〝船乗りのなりそこない〟だ、アンドルー。どういう意味かわかるかね？　父親のなりそこないということだ。子供たちを導いてやらなかった。彼らを救ってやれなかった。丸太の話をしたいか、え？　ここへ来て、彼らを見るんだ。夢に出てきた子供たちじゃないと言ってくれ」

「戯言《たわごと》だ」

「だったら見てみればいい。さあ、見るんだ」

「あんたはおれに薬を飲ませ、おれの相棒を殺し、彼は存在しなかったと言う。おれがあんたのしてることを知ってるから、ここに閉じ込めようとしている。おれは実験のことを知ってる。精神分裂病の患者にあんたらが何を与えてるかを知ってる。ニュルンベルク綱領をまったく無視して、ロボトミー手術を好き放題やってるのを知ってる。おれはあんたらの汚らしい尻尾《しっぽ》をつかんでるんだよ、ドクター」

「そうかね？」コーリーは壁にもたれて腕を組んだ。「では、お願いだから教えてくれないか。きみはこの四日間、この島を歩きまわった。施設のあらゆる場所を見てまわった。どこにナチスの医者がいたね？　どこに悪魔のような手術室があった？」

コーリーは机に戻っていき、しばらくノートを眺めた。

「きみはまだわれわれが患者を洗脳していると信じているのかね、アンドルー。もう何十年もまえの実験をおこなって、きみの言う、なんだっけ――ああ、これだ――亡霊の兵士を、暗殺者を、創り出していると？」彼はくすくす笑った。「いや、つまり、きみには敬服するよ、アンドルー。これだけ妄想がはびこっている時代でも、きみの空想は群を抜いている」

テディは震える指をコーリーに向けた。「ここは過激な治療をおこなう実験施設だ」

「そうだ」

「もっとも暴力的な患者だけを扱う」

「それも正しい。ひとつ付け加えれば、もっとも暴力的で、かつ妄想性の患者だ」

「そして、あんたたちは……」

「なんだね？」

「実験する」

「そう！」コーリーは手を叩き、頭を垂れた。「告発どおり有罪だ」

「外科手術で」

コーリーは人差し指を立てた。「ああ、それはちがう。申しわけないが、外科手術による実験はしない。それはあくまで最後の手段で、私自身はつねに猛烈に反対している。だが、私はひとりだし、私といえども何十年来の慣行を一夜にして変えることはできない」

「あんたは嘘をついてる」

コーリーはため息をついた。「どんなに些細なことでもいいから、きみの理論が正しいことを示す証拠を挙げてみてくれないか。たったひとつでいい」

テディは何も言わなかった。

「それにきみは、私のほうから提示した証拠については、何ひとつ答えようとしない」

「証拠でもなんでもないからだ。みんなでっち上げだ」

コーリーは両手を組み合わせて、祈るように唇のまえに持ち上げた。

「おれをこの島から出してくれ」とテディは言った。「連邦によって指名された法執行官として、それをあんたに要求する」

コーリーはしばらく眼を閉じた。開いた眼は澄みわたり、険しさを増していた。「わかったよ、保安官。まいった。簡単にわからせてやろう」

彼はなめらかな革のブリーフケースを床から取り上げ、留め金をはずして開けた。そしてテディの銃を机の上に放り投げた。

「きみの銃だな?」

テディは銃を見つめた。

「グリップにきみのイニシャルが彫られてる。そうだね?」

テディはそれをおずおずと見た。眼に汗が入る。

「どうなんだね、保安官? それはきみの銃かね?」

銃身にへこみがある。フィリップ・スタックスが彼を撃ったときの傷だ。弾丸は銃に直接当たり、スタックスは跳ねた自分自身の弾丸を受けて死んだ。グリップにE・Dのイニシャルが彫られている。メイン州でブレックを撃ち殺したあとで、連邦保安局が贈ってくれたのだ。そして用心金《トリガー・ガード》の鉄が少し削れて、摩耗している。四九年の冬に、セントルイスで犯人を走って追いかけていたときに、銃を落としてついた傷だ。

「それはきみの銃かね?」

「ああ」

「手に取りたまえ、保安官。弾が込められているのを確認してみろ」

テディは銃を見て、コーリーに眼を戻した。

「さあ、保安官。手に取りたまえ」

テディは机から銃を取り上げた。それは手の中で震えた。

「弾が込められてるかね?」とコーリーは訊いた。

「ああ」

「確かだね?」

「重さでわかる」

コーリーはうなずいた。「では撃ちなさい。それがこの島から出る唯一の方法だ」

テディはもう一方の手を添えて震えを止めようとしたが、その手も震えていた。何度か深呼吸をして、ゆっくりと息を吐き出し、眼の汗と体の震えをこらえながら銃を構えた。銃身の先にコーリーが見えた。せいぜい二フィートほどしか離れていないはずだが、ふたりで荒波を越える船に乗っているように、コーリーの姿が上下左右に揺れた。

「五秒あげよう、保安官」

コーリーは無線機から受話器を取り上げ、ハンドルをまわした。テディは彼が受話器を口元に持っていくのを見つめた。

「あと三秒だ。引き金を引くか、死ぬまでこの島で過ごすかだ」

テディは銃の重みを感じた。震えていても、今撃てばチャンスはある。コーリーを殺し、誰であれ、外で待っている人間を殺す。

コーリーは言った。「院長、彼を上に来させてくれ」

テディの視界が晴れ、震えが小さな振動にまで収まった。彼は銃身を見つめた。コーリーは受話器を戻した。

コーリーは、まるで今やっと、テディが引き金を引く能力を持つことに気づいたかのように、顔に興味深げな表情を浮かべていた。

そして手を上げた。

コーリーは言った。「わかった。もういい」

テディは彼の胸の真ん中を撃った。

そして腕を半インチ上げ、コーリーの顔を撃った。

水で。

コーリーは顔をしかめた。何度かまばたきし、ポケットからハンカチーフを取り出した。

テディのうしろでドアが開いた。テディは椅子をまわし、部屋に入ってきた男に狙いをつけた。

「撃たないでくれ」とチャックが言った。「レインコートを着てくるのを忘れた」

23

コーリーはハンカチーフで顔を拭き、また椅子に坐った。チャックは机のコーリーの側にまわり、テディは銃を手の中でまわしてじっと見つめた。

机の向こうでチャックが椅子に坐った。テディは、彼が白衣を着ていることに気がついた。

「死んだと思ってた」とテディは言った。

「いや」とチャックは言った。

急にことばが出てこなくなった。女医が予言したとおり、つまりながらでないと話せなくなってきた。「おれ……は……おれはおまえをここから連れ出すためなら死んでもいいと思ってた。おれ……」彼は銃を机に落とし、体から力が抜けていくのを感じた。椅子にくずおれ、それ以上しゃべれなくなった。

「本当に申しわけなかった」とチャックは言った。「ドクター・コーリーと私は、今回のことを実現するまえに、何週間も悩み抜いたんだ。裏切られたとあなたに思ってほしくなかったし、必要以上に苦しめたくもなかった。信じてくれ。しかしほかに選択肢はなかった。それは確かだ」

「時計が着々と進んでたんでね」とコーリーが言った。「これは私たちがきみを現実世界に連れ戻す、最後の切り札だったんだ、アンドルー。この病院にしても無謀な計画だ。だが、うまくいってくれることを願ってた」

テディは眼の汗をぬぐおうとして、かえってすりつけた。にじんだ視界でチャックを見た。

「おまえは誰だ」と彼は言った。

チャックは机の向こうから手を伸ばした。「ドクター・レスター・シーハンだ」と彼は言った。

テディが差し出された手に触れずにいると、やがてシーハンはそれを引っ込めた。

「つまり」とテディは言い、湿った空気を鼻孔から吸い込んだ。「シーハンを見つけ出さなきゃならないとおれにわめかせておいて、実は自分……自分がシーハンだったのか」

シーハンはうなずいた。

「おれを〝ボス〟と呼び、おれにジョークを言い、愉《たの》しませておいて、実はずっと監視してたのか、え、レスター？」

机越しに相手を見た。シーハンは彼の視線を受け止めようとしたが、失敗し、眼をネクタイに落として、ネクタイの先を胸にぱたぱた当てた。「監視して、あなたの安全を図らなければならなかった」

「安全ね」とテディは言った。「それですべて説明がつくわけだ。どんなことも良心に恥じない行為になるわけだ」

シーハンはネクタイを落とした。「われわれは二年間のつき合いなんだよ、アンドルー」

「それはおれの名前じゃない」

「二年間だ。私はあなたの主治医だ。この二年間。私を見てくれ。私がわからないか？」

テディはスーツの上着の袖《そで》で眼の汗を拭いた。今度ははっきりものが見えるようになり、眼をチャックに向けた。お人好しのチャック。武器の扱いがぎこちなく、手が職務内容に似つかわしくない男。彼の手は警官の手ではない。医者の手だ。

「おまえはおれの友だちだった」とテディは言った。「おれはおまえを信頼してた。妻のことを話し、父親のことを話した。おまえを探してあの忌々《いまいま》しい崖まで降りた。そのときおれを監視してたのか。おれの安全を図ってたのか。おまえはおれの友だちだった、チャック、いや失礼、レスター」

レスターは煙草に火をつけた。彼の手も震えているのを見て、テディは嬉しくなった。それほどひどくはない。テディの震えにはほど遠く、煙草に火をつけてマッチを灰皿に投げ入れると収まったが、それでも……

おまえも薬を飲まされたのならいいのにな、とテディは思った。どんな薬か知らないが。

「そうだ」とシーハンは言った。（テディは彼をチャックと思うなと自分に言い聞かさなければならなかった）「私はあなたの安全を図っていた。私がいなくなるのは、そう、あなたの空想に含まれていたが、レディスの受入票は、崖の下ではなく、道を歩いているときに見てもらうはずだった。それを誤って岬の上から落としてしまったんだ。うしろのポケットから取り出したら、風に飛ばされてしまった。私は紙を追って崖を降りた。私が降りなければ、あなたが降りることがわかっていたからだ。けれど少し降りたところで凍りついた。二十分後にあなたが眼のまえを降りていった。一フィートほどしか離れてなかった。手を伸ばして捕まえようかと思ったよ」

コーリーが咳払いをした。「きみが崖を降りはじめたのを見て、計画をほとんど中止しかかったんだ。そうすべきだったのかもしれない」

「中止ね」テディは拳を口に当てて笑いをこらえた。

「そう」とコーリーは言った。「中止だ。これは野外劇だったんだ、アンドルー」

「おれの名前はテディだ」

「——劇だったんだよ。脚本を書いたのはきみだ。われわれはきみの上演を手伝っただけだ。だが、結末がなければ劇は終わらない。結末は必ずきみがこの灯台に来ることなんだ」

「都合のいいことだ」とテディは言い、壁を見渡した。

「きみはこの話をもう二年近くわれわれに語り続けているんだよ。いなくなった患者を見つけ出すためにここに来て、第三帝国ふうの人体実験と、ソヴィエトふうの洗脳に出くわす。レイチェル・ソランドは、きみの奥さんが子供を殺したのとそっくりなやり方で、彼女の子供を殺す。心を許したパートナーがいなくなる――しかし彼になんとも気の利いた名前を与えたもんだな。チャック・オールだぞ。まったくな。何度か早口で言ってみろ（〝くすくす笑い〟を意味する〝チャックル〟に聞こえる）。これもまたきみのジョークだよ、アンドルー。きみは独力で難関を切り抜けようとするが、われわれに捕まる。そして薬を与えられ、想像上の人物、ハーリー上院議員に話を伝えるまえに、病院に収容される。今のニュー・ハンプシャーの上院議員の名前が知りたいかね、アンドルー。知りたければここにある」

「このすべてがあんたたちのでっち上げなのか」とテディは訊いた。

「そうだ」

テディは笑った。ドロレスが死ぬ以前から笑った中で、いちばん激しく笑った。部屋に笑い声が轟いた。こだまが返ってきて、まだ彼の口から飛び出す笑い声と合流し、頭上で渦を巻き、壁で泡立ち、膨《ふく》れ上がって、外の波に吸い込まれていった。

「どうやってハリケーンをでっち上げるんだい？」と彼は言い、机を叩いた。「教えてくれよ、ドクター」

「ハリケーンをでっち上げるのは無理だ」とコーリーは言った。

「そう」とテディは言った。「そうだよな」そしてまた机を叩いた。

コーリーはその手を見て、今度は彼の眼を見た。「しかし、ときに進路を予測できることがある、アンドルー。とくに島の場合にはね」

テディは首を振った。まだ自分の顔に笑みが張りついているのがわかった。温かみが消え、馬鹿げて弱々しいものになってはいたが。「往生際《ぎわ》が悪いな」

「嵐はきみの空想に欠かせなかった」とコーリーは言った。「だから来るのを待ってたんだ」

テディは言った。「みんな嘘だ」

「嘘？　文字の並べ替えを説明してくれ。あの写真の子供たちが――レイチェル・ソランドの子供だとしたら、きみは見たこともないだろう――なぜきみの夢に現れる子供と同じなのか説明してくれ。きみがあのドアから入ってきたときに、なぜ私が〝ベイビー、どうしてそんなにびしょ濡れなんだ〟と言えたのか、説明してくれ、アンドルー。私は読心術師だと思うかね？」

「いや」とテディは言った。「おれが本当に濡れてたんだろう」

一瞬、コーリーは頭が首から飛び出すかのような表情を見せた。大きく息を吸い、両手を固く握りしめ、机に身を乗り出した。「きみの銃には水が入っていた。きみの暗号？　一目瞭然だよ、アンドルー。きみは自分自身にジョークを飛ばしてるんだよ。手帳に書き留めた暗号を見てみたまえ。最後のやつだ。ほら。九文字、三行。こんなのは朝飯前だろう。さあ、見るんだ」

13（M）、21（U）、25（Y）、18（R）、1（A）、5（E）、8（H）、15（O）、9

(I)

「われわれには時間がない」とレスター・シーハンが言った。「どうかわかってくれ。精神医学は刻々と変化している。しばらくこの世界でも戦争が続いていたが、われわれは敗北しつつある」

M、U、Y、R、A、E、H、O、I

「そうなのか?」テディはぼんやりと言った。「で、〝われわれ〟とは誰だ」

コーリーは言った。「脳にアイスピックを突き刺したり、危険な薬を大量に投与しなくても、人の心は正直に自己と向かい合えば治ると信じている人間だ」

「正直に自己と向かい合うね」テディは繰り返した。「そりゃいい」

三行、とコーリーは言った。おそらく一行につき三文字だ。

「聞いてくれ」とシーハンが言った。「ここで失敗すれば、われわれは敗北する。あなたについて敗北するだけじゃない。今、力のバランスは外科手術のほうに傾いている。だが、それはあっと言う間に変わる。薬理学が取って代わるだろう。野蛮さの度合いでは似たり寄ったりだ。そうとしか思えない。同じゾンビを創り出すだけだ。そして今広がっている隔離政策が、表向き見映えのいいベニヤ板の中でまた続くんだ。ここ、この場所でそれが起こるかどうかは、あなたにかかってるんだ、アンドルー」

「おれの名前はテディだ。テディ・ダニエルズだ」

テディは、最初の行はおそらく〝おまえ（ｙｏｕ）〟だろうと思った。

「ネーリングがあなたの名前で手術室を予約してるんだよ、アンドルー」

テディはページから眼を上げた。

コーリーがうなずいた。「われわれに与えられたのは四日間だ。もし失敗すれば、きみは手術を受ける」

「なんの手術だ」

コーリーはシーハンを見た。シーハンは煙草を見つめていた。

「なんの手術だ」とテディは繰り返した。

コーリーが口を開けて答えようとしたが、シーハンがさえぎって、疲れた声で言った。

「経眼窩式ロボトミー」

テディはそのことばに眼をしばつかせ、またページを見て、二番目のことばは〝は（ａｒｅ）〟だと思った。

「ノイスのようにか」とテディは言った。「だが、彼もいないと言うんだろうな」

「彼はいる」とコーリーが言った。「そして彼についてきみがドクター・シーハンに言った話のほとんどは事実だ、アンドルー。しかし、彼はボストンには戻っていない。きみは刑務所で彼に会ったんじゃない。ノイスは五〇年の八月からここにいるんだ。Ｃ棟からＡ

棟に移しても大丈夫だろうというところまで来たんだが、そこできみが暴行を加えた」

テディは最後の三文字から眼を上げた。「おれが何をしたって?」

「きみは彼に暴行を加えたんだ。二週間前に。危うく殺してしまうところだった」

「どうしておれがそんなことをする」

コーリーはシーハンを見た。

「きみをレディスと呼んだからだ」とシーハンが言った。

「いや、ちがう。おれは昨日彼に会った。彼は――」

「彼は?」

「おれをレディスとは呼ばなかった。それは確かだ」

「そうか?」コーリーはノートのページをめくった。「きみたちの会話の記録が残ってる。オフィスに行けばテープもあるが、とりあえず記録を見てみよう。思い当たる節があれば言ってくれ」彼は眼鏡を調節して、ページに眼を近づけた。「読むぞ――〝みんなあんたのためさ。主役はあんたただ。そしてレディス、最初からずっとそうだったんだ。おれはたまたまそこに現われただけで、ただの入口だった〟」

テディは首を振った。「彼はおれをレディスと呼んでるんじゃない。あんたは文の区切りをまちがえてる。彼は、主役はあんた――おれのことだ――そしてレディスだと言ってるんだ」

コーリーはくすくす笑った。「まったくたいしたもんだよ」

テディは微笑んだ。「おれもあんたのことをたいしたもんだと思ってたよ」

コーリーはまた記録に眼を落とした。「これはどうだね。ノイスに顔をどうしたと訊いたのを憶えてるかね」

「ああ。誰がやったんだと訊いた」

「正確に言うと、きみのことばはこうだ――〝誰がこんなことを〟。そうだね？」

テディはうなずいた。

「そしてノイスは答えた――〝あんただよ〟」

テディは言った。「ああ、だが……」

コーリーは顕微鏡のレンズの下の虫を観察するような眼で彼を見た。「だが？」

「彼はつまり……」

「つまり？」

並んで走る貨車のように、ことばがうまくつながらなかった。

「彼は」――ゆっくりと、慎重に話した――「おれの失敗でここに連れ戻されたから、あんなに殴られたんだと言ったんだ。間接的に表現してるだけで、おれが彼を殴ったと言ったわけじゃない」

「彼は〝あんただよ〟と言ったんだぞ」

テディは肩をすくめた。「ああ。解釈にちがいがあるようだ」

コーリーはページをめくった。「だったらこれは？ノイスがまた話す――〝知ってたのさ。わからないのか？　やつらはあんたのやろうとしてることをみんな知ってた。あんたの計画すべてを。これはゲームなんだ。巧みに演出された舞台劇なのさ。このすべてがあんたのためなのさ〟」

　テディは椅子の背にもたれた。「おれはここの患者や職員を二年間知ってるはずなんだろう？　なのにこの四日間、誰ひとりとして、おれが……劇を演じてるとは言わなかったぞ」

　コーリーはノートを閉じた。「みんな慣れてるんだよ。きみはもうあのプラスティックのバッジを一年はちらつかせてるから。最初、私はやってみる価値があると思った。バッジを与えてどう反応するか見てみようと思った。だがきみは、私が想像もしなかった手つきでそれを使いはじめたよ。さあ、財布を開けてみろ。プラスティックかどうか確かめるんだ、アンドルー」

「暗号を先に解かせてくれ」

「もうほとんど終わってるだろう。あと三文字だ。助けようか、アンドルー？」

「テディだ」

　コーリーは彼がページの上で文字を置き換えるのを眺めた。

「なんと書かれてる？」

　テディは笑った。

「教えてくれ」

テディは首を振った。

「だめだ、さあ、頼むからわれわれに教えてくれ」

テディは言った。「あんたがやったんだ。あんたが暗号を残したんだろう。おれの妻の名前を使ってレイチェル・ソランドを創り出したんだろう。みんなあんただ」

コーリーはゆっくりと、明快な口調で言った。「最後の暗号はなんと言ってる」

テディは手帳をまわして彼らに見せた。

おまえ（ｙｏｕ）
は（ａｒｅ）
彼だ（ｈｉｍ）

「満足したかい」とテディは言った。

コーリーは立ち上がった。疲労困憊《ひろうこんぱい》しているようだった。伸びきったロープの先にぶら下がっていた。彼はテディがそれまで聞いたことのない、荒れ果てた声で言った。

「私たちは希望を抱いていた。きみを救うことができると思っていた。そして医者としての評判をこれに賭けた。だが結局、患者に過去最大の妄想を抱かせて、得られたものは怪我をした警備員と、燃えた車だけだと言われることになる。職業的な辱《はずかし》めを受けるのはべつにかまわないがね」彼は小さな四角い窓の外を見た。「私は成長して、この場所を超えてしまったのかもしれない。あるいはこの場所が私を超えたのか。しかしいつか、保安官、われわれは人の体験で人の体験を治療するようになるよ。それはそう遠い話じゃない。わかるかね？」

テディは無表情だった。「よくわからないな」

「だろうな」コーリーはそう言って胸のまえで腕を組んだ。しばらく部屋は沈黙に包まれた。風と波の音だけが聞こえた。「きみは白兵戦で鍛え上げられた勲章つきの兵士だ。ここへ来てから、今日のふたりは入れずに、八人の警備員と、四人の患者と、五人の看護助手に怪我をさせている。ドクター・シーハンと私はきみのために、できるだけ長く、できることはすべてしてきた。だが、ほとんどの医師と法務官は結果を見せろと言っている。でなければ、きみの能力を奪うとね」

彼は窓のまえから離れ、机に手をついて、テディに哀しげな、暗い眼を向けた。「これがわれわれの最後のあがきだ、アンドルー。もしきみが自分の素性を認め、自分のしたことを認めないなら、もし正気の世界へ泳いで戻ってこなかったら、もうわれわれはきみを救えない」

彼はテディに手を伸ばした。

「握ってくれ」と彼は言った。声がしわがれていた。「お願いだ、アンドルー。私にきみを助けさせてくれ」

テディは手を握った。きつく握りしめた。いちばん率直な握手を交わし、いちばん率直な視線を送った。彼は微笑んで、言った。

「おれをアンドルーと呼ぶのはやめろ」

24

彼は枷《かせ》をはめられ、C棟に連れていかれた。

建物の中に入ると、地下へ向かった。地下では男たちが独房からわめきたてた。絶対に痛めつけてやると言った。絶対に犯してやると叫んだ。メス豚のように手足をまとめて縛り上げ、足の指を一本ずつ食ってやると誓う者もいた。

独房で枷をはめられた彼の左右に警備員が立ち、看護婦が入ってきて、腕に何かを注射した。

彼女はイチゴ色の髪で、石鹸のにおいがした。注射をしようと屈み、その息が顔にかかったとたんに、彼は彼女が誰かわかった。

「あんたがレイチェルに化けたんだな」と彼は言った。

彼女は言った。「この人を押さえて」

警備員が彼の肩をつかみ、腕をまえに引き出した。

「あんただったのか。髪を染めて。あんたがレイチェルか」

彼女は「手を引っ込めないで」と言い、針を彼の腕に刺した。

彼は看護婦の眼を見た。「たいした女優だな。いや、本当に信じ込んだよ、死んでしまった愛しいジムの話をな。とても説得力があったよ、レイチェル」

彼女は眼を落とした。

「わたしはエミリーよ」と言い、針を引き抜いた。「これで眠れるわ」

「お願いだ」とテディは言った。

彼女は独房のドアのまえで立ち止まり、振り返って彼を見た。

「あんただったのか」と彼は言った。

うなずいたのは彼女の顎ではなく、眼だった。それはほんの小さく下に動いた。そして彼女は微笑んだ。あまりに切ない笑みで、彼は髪にキスをしたくなった。

「おやすみなさい」と彼女は言った。

警備員が枷をはずすのも、彼らが立ち去るのも感じなかった。ほかの独房からの音は消え、顔のすぐまえの空気が琥珀色《こはくいろ》に変わった。湿った雲の真ん中に仰向けに寝て、手足がスポンジになったような気がした。

そして彼は夢を見た。

夢の中で、彼とドロレスは湖畔の家に住んでいた。

街を出なければならなかったからだ。

街は卑しく、暴力に満ちているからだ。

彼女がバトンウッドのアパートメントに火をつけたからだ。

そこから亡霊を追い出すために。

夢の中の愛は、鋼鉄のように硬く、火にも、雨にも、ハンマーの連打にもびくともしなかった。

ドロレスは気がふれていた。

そしてある晩、愛《いと》しいレイチェルが言った。彼は酔っていたが、ベッドで彼女に本を読んでやれないほどではなかった。レイチェルは言った。「パパ」

彼は言った。「なんだい、スウィーティ」

「ママがときどきおかしな眼でわたしを見るの」

「どんなふうに？」

「おかしな眼なの」

「笑ってしまうような？」

彼女は首を振った。

「ちがうのかい」

「ちがうわ」と彼女は言った。

「だったら、どんな眼で見るんだい」

「なんか、わたしがママを悲しませてるみたい」

そして彼は娘を抱き寄せ、おやすみのキスをして、鼻を彼女の首に優しくこすりつけ、おまえは誰も悲しませてなんかいないよと言った。そんなことあるわけない。できるわけがない。これからもずっと。

別の夜には、ベッドに近づくと、ドロレスが手首の傷をこすっていた。彼女はベッドの中から彼を見て言った。「どこか別の場所へ行くと、あなたの一部は戻ってこないのね」

「別の場所ってどこだい、ハニー」彼は腕時計を枕元に置いた。

「そして戻ってきた残りのあなたは」彼女は両の拳で自分の顔を殴りつけようとしているかのように、唇を噛んだ。「戻るべきじゃなかったって言ってる」

彼女は角の肉屋はスパイだと思っていた。肉切り包丁から血を滴《したた》らせながらわたしに微笑むのと言った。ロシア人の知り合いにちがいないわ。

ときどきあの包丁がわたしの胸に切りつけてくるような気がするの。

一度いっしょにフェンウェイ・パークに出かけたときに、子供のテディが野球を観ながら言った。「ここで暮らしてもいいな」

「もう暮らしてるじゃないか」

「この球場の中でってことだよ」

「今の家の何が悪いんだ？」

「水が多すぎるよ」

テディはフラスクからひと口酒を飲んだ。息子のことばについて考えた。息子は背が高く、力も強い。しかし、この歳の少年にしてはすぐに泣きだすし、簡単なことで怖がる。今どきの子供はそうやって大きくなる。好景気の中で甘やかされ、柔《やわ》に育つ。テディは母親がまだ生きていればよかったと思った。強く、たくましくならなければならないことを孫に教えてくれただろう。世の中はかまっちゃくれない。何も与えてくれない。奪っていくだけだと。

そういう教えはもちろん男からも与えられる。だが、それを永遠に身にしみ込ませるのは女だ。

しかし、ドロレスは子供たちの頭を夢や空想で満たし、彼らを映画やサーカスやカーニヴァルに連れていきすぎる。

彼はまたフラスクを傾け、息子に言った。「水が多すぎる。ほかには？」

「ないよ」

彼はよく言った。「何が悪い？　おれは何をさぼってる？　何を与えていない？　どうすればおまえを幸せにできるんだ」

すると彼女は答える。「わたしは幸せよ」

「いや、ちがう。おれがしなければならないことを教えてくれ。するから」

「大丈夫」

てるよ」

「おまえはすぐに腹を立てる。腹を立てていないときには幸せすぎる。壁のあいだを跳ねてるよ」

「そういうことが言いたいの?」

「子供を怖がらせてる。おれも怖い。大丈夫なものか」

「大丈夫よ」

「それにいつも悲しんでる」

「いいえ」と彼女は言った。「それはあなたよ」

彼は司祭に相談し、司祭は一、二度彼らを訪問した。彼女の姉妹にも相談し、姉のデライラがヴァージニアから一週間ほど出てきて、それでよくなったように見えたこともあった。

ふたりは医者をほのめかす話題は避けていた。医者は頭がおかしい人のためにいる。ドロレスの頭はおかしくない。気持ちが張りつめているだけだ。

気持ちが張りつめていて、悲しい。

テディは夢を見た——彼女がある晩彼を起こして、銃を取ってと言う。肉屋が家の中にいるのと彼女は言った。階下《した》の台所にいる。ロシア語で電話をかけてるわ。

あの夜、〈ココナット・グローヴ〉のまえの歩道で、タクシーに乗り込みながら、彼の顔は彼女の顔から数インチのところにあった……

彼はその顔を見て思った。

おれはおまえを知っている。生まれてからずっと知っていた。そして待っていた。おまえが現われるのをずっと待っていた。この長い年月《としつき》、ずっと。子宮にいたときからおまえを知っていた。

単にそう感じた。

出征のまえに、いかにも兵士らしく、やみくもに彼女とセックスをしようとは思わなかった。戦争から帰ってくるのがわかっていたからだ。魂の伴侶と会わせておいて、その彼女を彼から奪うような星の配置を神が許すはずはない。

タクシーに入って、彼女にそう言った。

そして彼は言った。「心配しなくていい。帰ってくるから」

彼女は指で彼の頰に触れた。「そうして」

彼は自分が湖畔の家に帰る夢を見た。

オクラホマに出かけていたのだ。南ボストンの港からタルサまで十歩ほどで跳んで、二週間、犯人を追いかけていた。すんでのところでいつも取り逃がしていたが、ある日、男がガソリンスタンドの男子トイレから出てくるところにばったり出くわした。

彼は朝の十一時に家に向かって歩いていた。平日で、息子たちが学校に行っているのがありがたかった。道のでこぼこを骨に感じながら、とにかく自分の枕に倒れ込みたいと思った。家の中に入って、ドロレスの名を呼び、グラスにスコッチをたっぷり注いだ。彼女は裏庭のほうから入ってきて言った。「まだ足りなかったわ」

彼はグラスを手に振り返り、「なんだって？」と言って、彼女が濡れているのに気がついた。まるでシャワーの中から出てきたばかりのようだ。が、彼女は、花柄模様の色褪せた暗い色合いのドレスを着ていた。裸足で、髪からも服からも水が滴《したた》っていた。

「ベイビー」と彼は言った。「どうしてそんなにびしょ濡れなんだ」

彼女は「まだ足りなかったわ」と言い、瓶をカウンターの上に置いた。「まだ起きてる」

そしてまた外に戻っていった。

テディは彼女があてどなくさまようように、揺れながら東屋《あずまや》のほうに向かうのを見た。スコッチをカウンターに置き、瓶を取り上げた。入院のあとで医者が彼女に処方した阿片チンキだった。出張に行かなければならないときには、留守中に彼女が飲むスプーン何杯分かを別の小さな瓶に取り分けて、薬戸棚に入れておく。そしてこの瓶は地下室にしまう。瓶には六カ月分の薬が入っていたのに、彼女はそれを飲み干していた。

ドロレスがよろめきながら東屋の階段を上がるのが見えた。途中で膝をつき、また立ち上がった。

どうやってこの瓶を取り出したのだろう。地下室のキャビネットについているのは普通の錠ではなく、力のある男がボルトカッターを使っても、こじ開けることはできない。だから彼女が開けたはずはない。鍵を持っているのはテディひとりだった。

彼女は東屋の中央のブランコに坐っていた。彼は瓶に眼を戻した。出発した夜、ここに立ったのを思い出した。小瓶にスプーンで薬を入れ、ライ・ウィスキーを一、二杯あおり、湖を眺めた。小瓶を薬戸棚に入れ、子供たちに別れを言って降りてきたときに、電話が鳴った。保安官事務所からだった。コートとボストンバッグを取り、戸口でドロレスにキスをして、車に向かった……

そして、大きな瓶を台所のカウンターの上に置き忘れた。

彼は網戸から外に出て、芝生を横切り、東屋の階段を上った。彼女は彼が近づくのを見つめていた。ずぶ濡れで、けだるげにブランコを前後にこぎながら、片方の脚をぶらぶらさせていた。

彼は言った。「ハニー、こいつを全部飲んだのはいつだ」

「今朝よ」彼女は舌を突き出し、彼に夢見るような笑みを送って、丸天井を見上げた。「でも足りなかったわ。眠れないもの。ただ眠りたかったの。すごく疲れてたのよ」

彼女のうしろの湖に丸太が浮かんでいるのが見えた。丸太でないことはわかったが、彼は眼をそむけ、また妻を見た。

「どうして疲れてるんだ」

彼女は肩をすくめ、両手を体の横でひらひらさせた。「このすべてに疲れたのよ。本当にへとへとなの。家に帰りたいわ」

「もう家にいる」

彼女は天井を指さした。「家の中の家ね」と彼女は言った。

テディはまた丸太に眼をやった。水の中でゆっくりとまわっている。

「レイチェルは？」

「学校よ」

「学校に行くにはまだ小さすぎるよ、ハニー」

「わたしの学校じゃないわ」と彼の妻は言い、歯を見せた。

テディは叫んだ。あまりの大声に、ドロレスは驚いてブランコから落ちた。彼は彼女を飛び越え、東屋の奥の手すりを飛び越え、走りながら叫んだ。やめろと叫び、神よと叫び、お願いだ、おれの子供たちをと叫び、なんてことを、ああ、ああ、ああと叫んだ。

そして水に飛び込んだ。つまずいて、顔から水に突っ込んだ。水は油のように彼を包み込んだ。彼はまえへ、まえへ泳ぎ、彼らの真ん中に達した。三本の丸太――彼の子供たちの真ん中に。

エドワードとダニエルはうつぶせになっていた。しかしレイチェルは仰向けで、眼を開け、空を見つめていた。瞳孔に母親の絶望を焼きつけ、視線を雲の中にさまよわせていた。

彼は子供たちをひとりずつ岸に上げ、横たえた。細心の注意を払った。固く、しかし優しく抱きしめた。彼らの骨を感じた。彼らの頬を撫でた。肩を、胸を、腿を、足先を撫でた。彼らに何度もキスをした。

そして膝をつき、胸が焼け、胃の壁が剝《は》がれるまで吐いた。

子供たちのところへ戻って、胸のまえで手を組ませた。ダニエルとレイチェルの手首にロープの跡があり、死んだのはエドワードが最初だったことを知った。ふたりは待たされたのだ。聞いていたのだ。彼女が自分たちのところに戻ってくるのを知っていたのだ。

子供たちひとりひとりの両頰と額にもう一度キスをして、レイチェルの眼を閉じてやった。

湖に連れていかれるときに、子供たちは彼女の腕の中で暴れたのだろうか。叫んだのだろうか。それともあきらめ、ぐったりしてうめいていたのだろうか。

初めて会った夜に、スミレ色のドレスを着ていた妻の姿が見えた。一目見た瞬間に恋に落ちた、あの表情が眼に浮かんだ。彼はずっとドレスのせいだろうと思っていた。すばらしいクラブですばらしいドレスを着て、はにかむ姿に心をつかまれたのだろうと。しかし、ちがった。恐怖だったのだ。ほとんど押さえつけられていない恐怖だ。それはつねに彼女につきまとっていた。外の世界に対する恐怖――列車、爆弾、ガタガタいう路面電車、削岩機、暗い通り、ロシア人、潜水艦、怒れる男たちがあふれる酒場、サメがあふれる海、片手に赤い本、もう一方の手にライフルを持って歩くアジア人。

彼女はそのすべてを怖れていたが、それをはるかに超えて、彼女をもっとも怖れさせたのは、彼女自身の中にいる、不思議な知性を備えた昆虫だった。それは彼女が生まれてからずっと、脳の中に棲んでいた。ときに彼女の人生をもてあそび、ときに波長を合わせ、気紛れに配線を引き抜いていた。

テディは子供を残し、長いこと東屋の床に坐って、彼女がブランコで揺れるのを見つめていた。あらゆることの中で最悪なのは、それでも彼女を好きでたまらないことだった。自分の心を犠牲にして彼女の心を取り戻せるなら、喜んでそうしただろう。手足を売る？いいとも。彼女は、彼が生まれてこのかた知った愛のすべてだった。彼女がいればこそ、戦争をくぐり抜け、このひどい世界で生き延びてこられたのだ。彼は自分の命より、自分の魂より、彼女を愛していた。

なのに彼女を裏切った。子供たちを裏切った。ドロレスを見ることを、彼女を真に見ることを拒んで、彼ら全員の人生を台なしにした。気がふれたのは、彼女の過ちではなく、彼女にどうにかできることでもなく、道徳的な弱さや勇気のなさを示す証拠でもないのに。彼はそれを見ようとしなかった。もし彼女が彼の真の恋人、永遠の伴侶であるとすれば、彼自身の頭、彼自身の正気や道徳的な弱さが問われることになるからだ。

だから彼は隠れていた。ドロレスから逃げていた。たったひとりの恋人である彼女を置き去りにして、みずからを浸食していく心を放っておいた。

彼は彼女が揺れるのを眺めた。ああ、どれほど彼女を愛していることか。息子たちより愛している（そう考えて深く恥じた）。

だが、レイチェルより？

たぶんちがう。おそらくそれはない。

レイチェルが母親の腕に抱かれ、水に連れていかれるところが眼に浮かんだ。娘が眼を見開き、湖の中に降りていくところが。

まだ娘の姿を見ながら、妻を見た。そして思った——**この残虐非道なメス犬め。**

テディは東屋の床の上で泣いた。どのくらい泣いていたのかわからない。泣いて、彼が花を持って帰ったときに背を丸めていたドロレスを見た。ハネムーンで肩越しに彼のほうを見たドロレス。スミレ色のドレスを着たドロレス。エドワードを身ごもったドロレス。キスのあとで顔を遠ざけながら、彼の頬から自分のまつげをつまみ取り、彼の腕の中で丸まってその手をキスでつつき、笑い、日曜の朝の微笑みを浮かべ、彼をじっと見つめ、大きな眼のまわりで顔の残りがくずれ、怯《おび》え、孤独で、いつも、いつも彼女のある部分はひとりぼっちで……

立ち上がると、膝が震えた。

妻の隣りに坐ると、彼女は言った。「あなたはわたしの素敵な人」

「いや」と彼は言った。「ちがう」

「そうよ」彼女は彼の手を取った。「あなたはわたしを愛してる。わかるの。もちろん完璧な人間じゃないのはわかるわ」

眼が覚めたときに、母親が自分たちの手にロープを巻こうとしているのを見て、彼らは

――ダニエルとレイチェルは――何を思っただろう。彼女の眼をのぞきこんだのだろうか。

「ああ、なんということを」

「わかってる。でも、あなたはわたしのものよ。それに努力してる」

「ああ、ベイビー」と彼は言った。「もう何も言わないでくれ」

エドワード。エドワードは逃げたはずだ。彼女は家じゅうあの子を追いかけなければならなかったはずだ。

彼女は明るく、幸せな気分になっていた。「台所に置きましょう」

「え？」

ドロレスは彼の上に乗ってきて、またがった。彼を抱きしめて、濡れた体に押しつけた。

「テーブルのまえに坐らせましょうよ、アンドルー」そして彼のまぶたにキスをした。

彼は彼女を抱いた。自分の体に叩きつけるように抱き、肩に顔をうずめて泣いた。

彼女は言った。「みんな生きた人形になるわ。乾かしましょう」

「なんだと？」声が肩でくぐもった。

「着替えさせてやりましょう」彼女は彼の耳元でささやいた。

箱の中に入った彼女が見えなかった。彼女はドアに小さなのぞき窓のついた、白いゴムの箱に入っていた。

「わたしたちのベッドに入れてやりましょうよ」

「話すのをやめてくれ」

子供たちのところへ行ってやりたかった。生き返らせて、ここから、彼女から遠ざけたかった。

「もしおれを少しでも愛してるなら、話すのをやめてくれ」とテディは言った。

「ずっと愛してるわ、ベイビー」

「もしおれを少しでも愛してるなら……」湖岸に横たわっている子供たちが見えた。

「明日はピクニックに連れていきましょう」

「お願いだ」

「今日だけでも」

ドロレスは彼の銃に手を伸ばした。

彼はその手をつかんだ。

「愛してほしいの」と彼女は言った。「わたしを自由にしてほしいの」

彼女は銃を引っ張ったが、彼はその手を払いのけた。彼女の眼を見た。痛いほど輝いている。人間の眼ではない。おそらく犬の眼。あるいは狼の眼。

戦争のあと、ダッハウのあとで、彼はもう二度と人を殺すまいと誓った——どうしてもほかに方法がない場合を除いて。相手の銃がすでに自分に向けられている場合を除いて。そのときだけはしかたがない。

もうあとひとつでも、死を見ることは耐えられなかった。もうだめだ。

彼女はさらに眼を輝かせて、銃を引いた。彼はまたその手を銃から引き離した。

岸に眼をやり、子供たちが肩を並べてきれいに並んでいるのを見た。銃をホルスターから抜いた。彼女にそれを見せた。

彼女は唇を噛んで泣いていた。そしてうなずいた。東屋の天井を見上げて言った。「あの子たちがいるふりをするの。お風呂に入れてやるのよ、アンドルー」

彼は銃を彼女の下腹に当てた。手が震え、唇が震えた。彼は言った。「愛してるよ、ドロレス」

そこまできても、銃を彼女の体に当てても、絶対にできないと思った。

彼女は自分がまだそこにいて、彼が下にいることに驚いたように、下を見た。「わたしも愛してるわ。心から愛してる。まるで――」

彼は引き金を引いた。音が彼女の眼から飛び出し、空気が口から漏れた。彼女は穴に手を当て、もう一方の手で彼の髪の毛をつかんで、彼を見た。

そして命が流れ出していった。体を引き寄せると、彼女は柔らかく彼の体に当たった。彼はドロレスを抱きしめ、また抱きしめて泣いた。色褪せたドレスに顔をうずめ、無惨な愛を嘆いた。

彼は暗闇の中で坐っていた。煙草のにおいがして、先端の火が見えた。シーハンが彼を見ながら煙を吸い込むと、その火が赤く燃えた。

彼はベッドに坐って泣いた。涙が止まらなかった。彼女の名前を呼んだ。

「レイチェル、レイチェル、レイチェル」

彼女の眼が雲を見つめ、髪が顔のまわりに広がっているのが見えた。

嗚咽《おえつ》が収まり、涙が乾くと、シーハンが言った。「レイチェル、誰だい？」

「レイチェル・レディスだ」と彼は言った。

「そしてあなたは？」

「アンドルー」と彼は言った。「おれの名前はアンドルー・レディスだ」

シーハンが小さな懐中電灯をつけると、鉄格子の向こうにコーリーとひとりの警備員が立っていた。警備員は彼らに背を向けていたが、コーリーは両手で鉄格子をつかんで、彼を見つめていた。

「なぜきみはここにいる」

彼はシーハンが差し出したハンカチーフを手に取り、顔を拭いた。

「なぜここにいる」とコーリーは繰り返した。

「妻を殺したからだ」

「どうしてそんなことをした」

「彼女が子供を殺し、心の平和を求めていたからだ」

「あなたは連邦保安官か」とシーハンが言った。

「ちがう。かつてそうだったが、今はちがう」

「いつからここにいる」

「一九五二年五月三日からだ」

「レイチェル・レディスとは誰だ」

「娘だ。四歳だった」

「レイチェル・ソランドは？」

「彼女は存在しない。おれが創り出した」

「なぜ」とコーリーが訊いた。

「わからない。おれには……」

「わかるさ、アンドルー。なぜだか教えてくれ」

「できない」

「できる」

テディは自分の頭をつかみ、その場で体を揺すった。「言わせないでくれ。頼む、お願いだ、ドクター」

コーリーは格子を握りしめた。「聞かなければならないんだ、アンドルー」

彼は鉄格子の向こうのコーリーを見つめた。まえに飛び出して鼻を嚙んでやりたいと思った。

「なぜなら」と彼は言って、ことばを切った。咳払いをして、床に唾を吐いた。「妻がわが子を殺すのを許した自分を受け容れられなかったからだ。おれはあらゆる兆候を無視した。なくなれと念じた。彼女を助けてやらず、みんなを見殺しにした」

「そして？」

「そしてそれを知っていることに耐えられなかった。そんなものを抱えて生きていけない」

「だが、生きなければならない。それはわかってるだろう」

彼はうなずいた。胸のまえで膝を抱えた。

シーハンは振り返ってコーリーを見た。コーリーは鉄格子の向こうからじっと彼を見つめた。そして煙草に火をつけ、テディを見据えた。

「心配なことがあるんだ、アンドルー。われわれは一度ここまで来た。九カ月前にまさにこれと同じ状態になった。しかし、きみはそのあとまた後退した。急速にな」

「申しわけない」

「そう言ってもらうのは嬉しいが」とコーリーは言った。「しかし今は謝ってもらってもしかたがない。きみが現実を受け容れたことを知る必要がある。われわれみんなにとって、ここからの後退は許されない」

テディはコーリーを見た。眼の下に大きな隈《くま》がある瘦せぎすの男を。彼を救うために現われた男、彼がこれまでに得たただひとりの親友かもしれない男を。

彼女の眼に響いた銃声を見、胸の上に置いてやった息子たちの濡れた手を感じ、人差し指で撫でつけてやった娘の髪を見た。

「もう後退はしない」と彼は言った。「おれの名前はアンドルー・レディス。五二年の春に、妻のドロレスを殺し……」

25

眼が覚めると、部屋に太陽の光が満ちていた。

彼は起き上がり、鉄格子のほうを見たが、それはもうなかった。窓だけがあった。ずいぶん低い位置にあると思い、自分が二段ベッドの上の段にいることに気がついた。トレイとビビーといっしょの部屋にいたのだ。

部屋には誰もいなかった。ベッドから飛び降り、クロゼットを開け、自分の服がきれいに洗濯されて戻ってきているのを見た。服を着た。窓辺に歩いていき、枠に足を載せて、片方の靴の紐を結んだ。外の敷地に眼をやると、患者と看護助手と警備員が同じくらいいて、病院のまえを散歩したり、掃除をしたり、建物のまわりに残っているバラの茂みの手入れをしていた。

もう片方の靴の紐を結びながら、自分の手を見た。岩のように落ち着いている。視界は子供の頃のようにすっきりと晴れていて、頭も同様だった。

部屋を出て階段を降り、敷地に出た。通路でマリノ看護婦とすれちがうと、彼女は微笑んで「おはよう」と言った。

「いい朝だ」と彼は言った。

「すばらしい天気ね。嵐が夏を吹き飛ばしたようよ」

手すりにもたれて、柔らかい青色の眼のような空を見た。六月以来感じられなかった爽やかな空気のにおいがした。

「いい一日を」とマリノ看護婦は言った。彼女が通路を去るのを見送り、その腰の動きに興味をそそられるのは健康になったしるしだと思った。

敷地の中に入り、非番の看護助手がキャッチボールをしているまえを通り過ぎた。彼らは手を振って、「おはよう」と言った。彼も手を振り、「おはよう」と挨拶を返した。

桟橋に近づくフェリーの汽笛の音がした。コーリーと院長が病院のまえの芝生の中央で話をしているのが見えた。彼らはうなずき、彼もうなずき返した。

病院の階段の角に腰を下ろし、そのすべてを眺めた。こんなに気分がいいのは本当に久しぶりだ。

「ほら」

彼は煙草を受け取り、口に入れ、背を屈めて火をもらった。ジッポーのガソリンのにおいがして、蓋がパチンと閉められた。

「今朝の気分はどうだい」

「いいよ。おまえは?」煙を肺に吸い込んだ。

「文句は言えないいな」

コーリーと院長が彼らを見ていた。

「院長が持ってるあの本が何か知ってるやつがいるのか?」

「いない。知らずに墓に入るんだろうな」

「まったく残念だ」

「地上には、われわれが知るべきでないこともいくらかある。そう考えよう」

「興味深い見解だ」

「まあ、そうあってほしいね」

もう一度煙を吸い込み、煙草の煙がどれほど甘かったのかに気づいた。思っていたより濃厚で、咽喉《のど》の奥にねばりつく。

「これからどうする?」と彼は言った。

「教えてくれよ、ボス」

彼はチャックに微笑んだ。ふたりは朝陽を浴びながら坐っていた。ゆったりとくつろぎ、世の中のすべてがうまくいっているように振る舞っている。

「ここから抜け出す方法を考えないとな」とテディは言った。「家へ帰ろうぜ」

チャックはうなずいた。「そういうことを言うんじゃないかと思ってたよ」

「ほかに意見は?」

チャックは言った。「ちょっと《ア・ミニット》待ってくれ」

テディはうなずき、階段にもたれた。一分ぐらい待とう。二、三分待ってもいい。チャックが手を上げ、同時に首を振るのを見た。コーリーがわかったと言うようにうなずき、院長に何か告げた。彼らは芝生を横切って、テディに近づいてきた。四人の看護助手があとについている。ひとりは何か白い塊を持っている。布のようだ。テディはそこに何か鉄のようなものを見たような気がした。看護助手が布を広げると、それは陽の光に鋭く輝いた。

テディは言った。「なんだろうな、チャック。おれたちの考えを読まれたか」

「いや」とチャックは頭を上に向け、太陽に眼を少し細めて、テディに微笑んだ。「読まれるには、おれたちは頭がよすぎる」

「ああ」とテディは言った。「確かにそうだよな」

解説

レビュアー　福井 健太

貴方にとってデニス・ルヘインはどんな作家だろうか。ボストンの私立探偵〈パトリック＆アンジー〉シリーズ――『スコッチに涙を託して』『闇よ、我が手を取りたまえ』『穢れしものに祝福を』『愛しき者はすべて去りゆく』『雨に祈りを』のハードボイルド作家？『ミスティック・リバー』のサスペンス作家？それとも本書が初対面？いずれにせよ確かなのは、貴方にとって『シャッター・アイランド』は忘れ難い一冊になるということだ。大胆な設定とギミックを秘めた本作は、とりわけ著者のファンには強いインパクトを与えるに違いない。

物語の舞台は現代ではなく、非人道的なロボトミー手術が行われている一九五四年の夏。シャッター島にある凶悪犯専用の精神病院で、かつて三人の子供を溺死させた女が忽然と姿を消した――という事件を手がけることになったテディ・ダニエルズは、保安官仲間のチャック・オールとコンビを組み、島の秘密を暴き出そうとする。テディはエネルギッシュな捜査を続けるが、その真意は別のところにあった。収監されているはずの（妻を殺した）放火魔を見つけ、自分の手で殺すことが彼の目的だったのである。

こう書くと情動的なストーリーに見えるが、本作は極めて理知的に構成されている。テディの内面にはいくつもの鮮烈なイメージ――戦場での大量殺戮、溺死した子供たち、腹に穴の開いた女性などが宿っているが、これらは不安感を醸すだけではなく、結末のための伏線としても機能している。著者はそれに加えて、封鎖された孤島、密室からの人間消失、不可解な暗号といった（他の作品群とは異なる／本格ミステリを思わせる）要素も駆使してみせた。本書は技巧派としてのルヘインの代表作なのである。

参考までに記しておくと、本作はイギリス映画《ウィッカーマン》の影響下で書かれている。少女が行方不明になったという手紙を受け取った警部が、古代ケルト宗教に支配された島を訪れるという物語で、脚本担当は《フレンジー》《探偵スルース》などで知られるアンソニー・シェイファー。「七〇年代で最もエロティックな恐怖映画」「ホラー映画の《市民ケーン》」などの異名を持ち、パリ・ファンタスティック映画祭ではグランプリを獲得したカルトムービーだ。

――というところで、もう少し内容に踏み込んでみたい。必然的に結末を示唆せざるを得ないので、解説から読んでいる方には（この先を読まずに！）すぐに本篇に取りかかることをお薦めしておこう。

＊　　＊　　＊

二〇〇三年に刊行された単行本では、本書の「四日目」は袋綴じになっていた。ビル・S・バリンジャー『歯と爪』がそうだったように、これは結末の意外性を強調する趣向にほかならない。つまり本作はそういう類いの存在なのである。

もっとも率直に言ってしまえば、ラストの意外性は必ずしも強くはない。勘の良い人であれば容易に真相を察知するだろう。単行本の解説で池上冬樹が記しているように、精神病院の脱走者をめぐるサスペンスはドナルド・E・ウェストレイク『憐れみはあとに』を思わせるし、精神病院内の調査はタッカー・コウ『刑事くずれ／蠟のりんご』のようでもある。しかし真相を知った読者であれば、スタンリイ・エリンやリチャード・ニーリィの作品群を連想するのではないか。再帰的なアイデンティティ・クライシスの物語は、ミステリ史における一つの類型でもある。これはその系譜において評価されるべき野心作なのだ。

ちなみに『ミスティック・リバー』の文庫解説において、関口苑生は「わたしは、ミステリというものを、個々のプロットはどうあろうと、主人公が自分を探す物語であると考えています。わたしにとって、それが物語の核心です」というルヘインのインタビューを引用している。〈パトリック＆アンジー〉シリーズのパトリックにせよ、『ミスティック

・リバー』のジミーにせよ、彼らは自分を探す者として描かれている。「個々のプロットはどうあろうと」が強調されただけで、本作のモチーフもまた自分探しにほかならない。その果てに現れるカタストロフィは、読者の心に深い哀愁を刻みつけることだろう。

もう一つ押さえておきたいのは、先にも少し触れたように、結末の展開が多くの伏線に支えられていることだ。テディの抱えているイメージだけではなく、メモに記された暗号とアナグラム、不自然に見える会話、台詞のダブルミーニングなどは（翻訳のフィルターは避けられないにせよ）パズル的な小説作法に則っている。逆転劇のための伏線を張ったサスペンス——あえて語弊を恐れずに言えば、ここには本格ミステリの魅力も備わっている。悲劇的なドラマ性だけではなく、不安感に満ちたサスペンスだけでもなく、ギミックを駆使した構成だけでもない。それらのブレンドを味わってこその一冊なのである。

それでは最後に一言。本篇を読み終えた方には、プロローグを注意深く読み返していただきたい。それ自体が巧緻なミスディレクションであり、最後に大胆な伏線が潜んでいたことに気付かされるはずだ。

本書は、二〇〇三年十二月に早川書房より単行本
として刊行された作品を文庫化したものです。

名作ハードボイルド

赤い収穫
ダシール・ハメット／小鷹信光訳
悪党どもに牛耳られた鉱山町。コンチネンタル・オプは抗争の果ての共倒れを画策する。

マルタの鷹
ダシール・ハメット／小鷹信光訳
黄金の鷹像をめぐる金と欲の争い――探偵サム・スペードの非情な行動を描く不朽の名作

コンチネンタル・オプの事件簿
ダシール・ハメット／小鷹信光・編訳
コンチネンタル・オプの初登場作「放火罪および……」をはじめ選りすぐりの六篇を収録

長いお別れ
レイモンド・チャンドラー／清水俊二訳
殺害容疑のかかった友を救う私立探偵フィリップ・マーロウの熱き戦い。MWA賞受賞作

さらば愛しき女よ
レイモンド・チャンドラー／清水俊二訳
出所した男がまたも犯した殺人。偶然居合わせたマーローウは警察に取り調べられてしまう

ハヤカワ文庫

訳者略歴　1962年生，1985年東京大学法学部卒，英米文学翻訳家　訳書『ミスティック・リバー』ルヘイン，『樽』クロフツ，『剣の八』カー（以上早川書房刊）

HM=Hayakawa Mystery
SF=Science Fiction
JA=Japanese Author
NV=Novel
NF=Nonfiction
FT=Fantasy

シャッター・アイランド

〈HM㉘-2〉

二〇〇六年九月十五日　発行
二〇一〇年五月十五日　七刷

（定価はカバーに表示してあります）

著者　デニス・ルヘイン
訳者　加賀山卓朗《かがやまたくろう》
発行者　早川浩
発行所　株式会社早川書房
郵便番号　一〇一 - 〇〇四六
東京都千代田区神田多町二ノ二
電話　〇三 - 三二五二 - 三一一一（大代表）
振替　〇〇一六〇 - 三 - 四七七九九
http://www.hayakawa-online.co.jp

印刷・精文堂印刷株式会社　製本・株式会社明光社
Printed and bound in Japan
ISBN978-4-15-174402-0 C0197